분노

이병숙 장편소설

청어

문노

이병숙 장편소설

발 행 처 · 도서출판 청어
발 행 인 · 이영철
영　　업 · 이동호
기　　획 · 이용희
편　　집 · 방세화
디 자 인 · 이해니 | 이수빈
제작이사 · 공병한
인　　쇄 · 두리터

등　　록 · 1999년 5월 3일
(제1999-000063호)

1판 1쇄 인쇄 · 2019년 6월　1일
1판 1쇄 발행 · 2019년 6월 10일

주소 · 서울특별시 서초구 남부순환로 364길 8-15 동일빌딩 2층
대표전화 · 02-586-0477
팩시밀리 · 0303-0942-0478

홈페이지 · www.chungeobook.com
E-mail · ppi20@hanmail.net
ISBN · 979-11-5860-652-7(03810)

이 도서의 국립중앙도서관 출판시도서목록(CIP)은 서지정보유통지원시스템 홈페이지
(http://seoji.nl.go.kr)와 국가자료공동목록시스템(http://www.nl.go.kr/kolisnet)
에서 이용하실 수 있습니다.(CIP제어번호: CIP2019019266)

분노

이병숙 장편소설

작가의 말

현실과 이상.

삶의 두 축인 이 둘은 철로처럼 평행하다. 둘은 만날 수 없다. 그렇다고 어느 한쪽을 택할 수도 없고, 둘 다 외면할 수는 더욱 없다. 이 비정함을 극복해내는 게 삶의 숙명이다. 숙명의 본질을 파악하고 의미를 부여하고 대안을 제시하며 삶의 주관자와 타협을 해야 한다. 그래서 삶을 투쟁에 비유하는지도 모른다.

나는 삶의 한 조각을 놓고 창작이라는 이름으로 보이지 않는 적과 전투를 벌이곤 한다. 삶이 그렇듯 승리는 포기하지 않는 것이다. 승리는 승자가 결정하는 것이 아니라 패자가 인정하는 것이기 때문이다.

이종욱의 『화랑세기로 본 신라인 이야기』를 본 순간 살아있는 삶의 화석을 보았다. 고대의 인물임에도 현대인의 의식을 뛰어넘는 자유분방한 사고와 생활방식, 신격화한 신분제도와 정치체제, 화학구조식을 연상시키는 복잡한 가계도.

아름다운 전장이었다.

정말 우리의 조상일까 싶은 낯설음에 매료되어 뿌리에 대한 애정으로 이들의 삶을 재현해 내었다. 시간과 인내가 필요한 힘든 작업이었지만 즐거운 모험이었다. 마치 내 현실과 이상이 만난 것 같은 희열을 느끼기도 했다.

천여 년의 세월을 건너 새로운 전장에 선
문노 윤궁 미실 세종
이들의 운명에 승운이 깃들길 기대해 본다.

만물이 소생하는 봄날에
이병숙

차례

등장인물 가계도

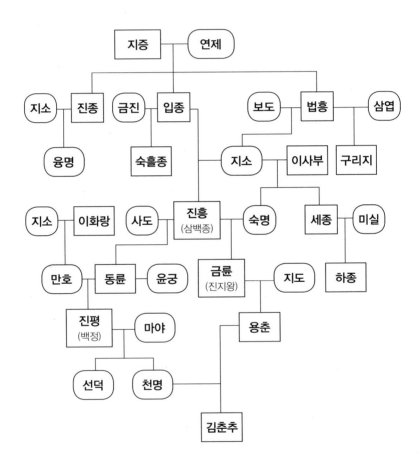

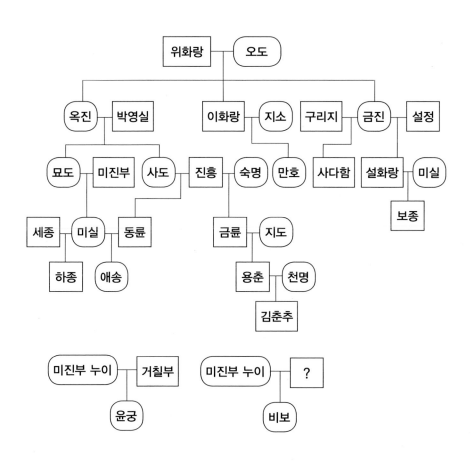

☐ : 남자   ⬭ : 여자

법사의 혜안

승복 차림의 사내는 산등성이에 올라서 아스라이 펼쳐진 능선들을 훑어본다. 아침 일찍 떠나온 일각사 스님 말에 비추어 보면 대략 국경에 다다른 것 같다. 스님의 말로는 부지런히 걸어올라가 고개 하나를 넘은 후 해가 정수리 위에서 내리쬐는 산등성이에 다다르면 거기서부터 고구려 땅이라고 했다. 그어진 선도 없고 장벽을 쳐놓은 것도 아니지만 어림잡아 국경을 넘는다는 생각에 잠깐이나마 긴장이 된다. 조금 전까지 걷던 신라 땅이나 앞으로 가려는 고구려 땅이나 그저 산길일 뿐인데 공연히 남의 물건에 손댄 것처럼 가슴이 두근거리고 누가 눈여겨보고 있는 것만 같아 자꾸 주위를 휘둘러보게 된다. 아무리 둘러보아도 나무요 바위요 흙뿐 사람은 기척조차 없다.

바위에 걸터앉아 잠시 하늘을 올려다본다. 푸른 하늘에 흰 구름이 드문드문 박혀 있다. 조금 전 신라 땅에서 본 구름과 모양도 크기도 자리도 변함없다. 국경은 사람에게만 있는 것이다. 사람의 생김새나 살아가는 모습이나 별반 다를 게 없건만, 공연히 가만히 있는 산과 들을 네 편 내 편으로 나눠놓고 그 안에 갇혀 산다. 우매해서 그런지 너무 영민해서 그런지 가늠이 안 된다. 호의호식을 마다하고 반걸식을 하며 방방곡곡 사찰을 전전했지만 아무리 배를 채워도 마음은 늘 헛

헛하기만 하다.

사내는 깊게 숨을 들이마셨다가 창공을 향해 토해낸다. 문득 하늘을 우러르며 외치던 이차돈의 우렁찬 목소리가 들리는 듯하다. 이차돈이 참수되던 날, 그 자리에 모인 모든 군중이 그러했지만 이차돈과 동연배인 그에게는 머리가 송연해지는 충격이었다.

'도대체 그것이 뭘까.'

한창 꽃다운 스물두 살의 목숨을 주저 없이 버리게 한 그 힘이 뭘까. 하늘을 바라보던 사내는 하늘을 향해 호소하던 이차돈의 모습을 떠올리며 다시금 의문을 가진다. 뿐만 아니라 하늘 아래 못 이룰 것이 없는 대왕이 그 젊은 목숨에 의지해 구하려 했던 건 또 뭘까. 말직의 젊은 신하와 무소불위의 대왕이 같이 느끼고 있는 그 거대한 힘은 도대체 뭘까. 목숨보다 소중하고 권좌보다 위대한 그 힘은 어디서 오는 걸까. 부족함 없이 자라 결혼하여 꿀맛 같은 삶을 지내고 있던 사내는 납득이 되지 않는 이 의문으로 날을 새고 달을 보냈다.

사내는 내물왕 5세손이요, 각간의 조부와 이찬의 아버지를 둔 명문가의 후손 거칠부다.

불도(佛道)에 심취한 법흥대왕은 대사찰을 지어 민중에게도 불법을 심어주려 했다. 하지만 아직 불도를 도외시한 대신들은 예산낭비라며 극구 반대했다. 대사찰을 창건할 비용으로 국경을 더 튼튼히 하여 백제나 고구려의 침략에 대비하여야 한다는 게다. 틀린 말도 아니라 대왕은 그저 전전긍긍할 뿐이었다. 이때 불심 깊은 말직의 이차돈이 대왕의 의지를 안타깝게 여겨 제 목숨을 담보로 불사를 일으키라 청한다. 살생금지를 가장 큰 교리로 여기는 불도에서 사람의 목숨이 걸린 일을 왕은 선뜻 받아들일 수가 없었다. 하지만 자신 한 목숨으로 중생을 구할 수만 있다면 이는 죽어도 사는 길임을 호소하는 이차돈의 뜻을 만류할 수가 없었다. 이차돈은 사찰창건을 수락한다는 왕의 거짓 문서를 궁 밖으로 돌렸다. 예상대로 대신들은 대노했다. 감히 말직의 관리가 언감생심 왕명을 사칭해 문서를 꾸미고 사찰을 창건하려 하다니 이는 있을 수 없는 일이다. 이차돈이 단독으로 꾸미기에는 무리가 있는 일이다. 불도를 퍼트리기 위해 왕과 사전에 모의가 있다고 의심을 한 대신들은 왕을 압박하기 위해 모든 백성이 보는 가운데 이차돈을 처형해야 한다고 입을 모았다. 암암리에 퍼지고 있는 불도를 차단하려는 속셈도 있었다. 국태민안을 위해 사찰을 창건하려다 생긴 일이지만 당장 뚜렷한 증거나 명분이 없는 왕은 대신들의 뜻을 따를 수밖에 없는 대세였다.

대신들은 왕명을 위조한 것은 국법을 어지럽히는 중죄로 극형에 처해야 한다며 이차돈을 서라벌 백성이 다 볼 수 있는 언덕에 형장을 만들어 그 한가운데에 세웠다. 격앙된 대신들과 달리 이미 다 예견하고 있었다는 듯 이차돈은 처연하고 숭고한 모습으로 형장에 섰다. 대왕을 비롯하여 대신들과 군중들이 겹겹이 형장을 에워쌌다. 집행관이 민중들을 향해 외쳤다.

"이 자는 나라의 녹을 먹는 자로 대왕의 신임을 얻고 이를 빙자하여 민중들에게 사특한 교리를 전파했으며 급기야 왕명을 위조하여 그 본당을 세우려 했다. 이는 민심을 흉흉하게 하고 국가기강을 어지럽히는 중죄로 극형에 처한다. 앞으로 누구든 이 자가 퍼트린 교리에 현혹되는 자가 있으면 그도 이와 같은 형벌을 면치 못하리라."

군중 사이에서 소요가 일었다. 이차돈이 하늘을 우러러 소리쳤다.

"거룩한 부처시어! 신실한 대왕님이 불도(佛道)로 나라를 다스리려 하나 몽매한 인연들이 가로막아 이 몸이 신명을 바쳐 대왕의 뜻을 이으려 하나이다. 부디 상서로운 징표를 내리시어 불안에 떠는 저 중생들에게 불법(佛法)의 신령함을 보여주소서. 나무아미타불 관세음보살."

하늘에서 울려나오는 듯한 청청한 이차돈의 말에 군중은 일순 숨을 죽였다. 이차돈은 다시 한번 외쳤다.

"지금 부처는 그대들과 함께 계십니다."

집행관은 미간을 찌푸리고 형리에게 눈짓을 했다. 형리의 칼이 이차돈의 목을 내리쳤다. 순간 사방이 갑자기 어두워지더니 우박과 꽃비가 동시에 내리고 바람도 거세게 일었다. 바람결에 나무관세음보살을 외는 이차돈의 음성이 퍼졌다. 동시에 바람에 흩날리는 하얀 꽃잎들이 머리가 떨어져 나간 이차돈의 목 위로 소복이 쌓였다. 계속 쌓인 꽃잎들은 피를 타고 흘러내려 땅바닥까지 하얗게 덮었다. 왕은 눈물로 곤룡포를 적셨고, 백관들은 두려움에 서둘러 자리를 떴다. 군중들은 놀라움과 신령함에 엎드려 일어날 줄 몰랐다.

거칠부는 같은 연배인 이차돈의 행동이 너무 충격적이어서 숨이 막히는 듯했다. 뭇사람들은 이차돈의 처형 후 일어난 신령함으로 불도에 관심을 가지게 되었지만, 거칠부는 사전에 그런 이변을 믿은 이차돈의 신심에 관심이 갔다. 어쨌거나 이차돈의 순교로 불법(佛法)은 불을 일으키듯 번져나갔고, 법흥대왕은 불도를 국교로 반포하고 무사히 대사찰 흥륜사를 중건하게 되었다.

불법에 대해 별반 관심이 없던 거칠부도 오롯이 마음을 쏟게 되었

다. 어린 말직 신하의 말을 따른 대왕도 그렇거니와 죽음을 불사한 이
차돈의 행위는 사람의 의지가 아니라 어떤 거역할 수 없는 힘에 이끌
린 것이라 생각되었다. 죽음조차 두렵지 않게 하는 힘, 아니 스스로
죽음을 통해서라도 이룩하려는 믿음의 힘이 느껴졌다. 어렴풋이 그 힘
이 그들이 말하는 부처라는 건가 싶었다. 그 부처를 알고 싶었다.

　그는 이차돈이 묻힌 자추사를 찾아 부처를 알기 위한 유람을 시작
했다. 자추사는 불공을 드리면 대대로 복을 누릴 뿐만 아니라, 불법의
큰 이치를 깨닫게 된다하여 영험한 절로 알려졌다.

　거칠부는 부처님이 애초 왕자의 신분에서 삶의 무상함을 깨달아 중
생을 구하기 위해 출가했다는 교리를 들으며 법흥왕이 동병상련의 마
음에서 그토록 불법에 심취했나 추측해 보았다. 그러나 중생을 구한
다는 게 구체적으로 무얼 의미하는지 쉽게 다가오지 않았다. 신심이
깊은 법사를 찾아 절을 옮기며 깨달음을 얻고자 했다. 그러나 삶의 무
상함까지는 알 것도 같은데 그리하여 어찌 살아야 하는지 납득이 되
지 않았다. 간혹 법사의 강론을 통해 어찌 살아야함도 알 것 같으나
그 또한 실행에 옮기기는 실로 어려운 일이라 맥없이 절만 전전하며 세
월을 축냈다. 그렇게 불도의 이치를 찾아 떠돌던 발길이 불법을 백제
로 전파해준 고구려까지 닿은 것이다. 신라의 불도는 백제로부터 전파
된 지 그리 오래 되지 않았다. 이미 백오십 년 전에 불교를 받아들인
고구려에 가면 좀 더 진리를 깨달을 수 있지 않을까. 그리고 불도가 어
느 정도로 삶에 영향을 미치고 있는지 두루두루 궁금했다.

　평양으로 들어온 거칠부는 아무리 태연하려 해도 적지라는 생각을
떨쳐 버릴 수가 없었다. 게다가 진골의 피가 흐르는 왕족의 후손답게

고구려의 정세와 민심에도 저절로 관심이 갔다. 지형이며 인심이며 나도는 물품의 질과 양까지 눈여겨보게 되었다.

고구려는 안장왕에 이어 동생 안원왕이 보위에 올랐는데 나라 사정이 편안치 못해 보였다. 전왕의 정부인이 아이를 못 낳자 둘째와 셋째 부인의 아들 사이에 왕위 다툼으로 천여 명이 죽는 내란을 겪은 후였다. 지난해는 대홍수로 난리를 겪었다더니 올해는 가뭄에 메뚜기 떼마저 극성을 부려 기근을 겪고 있었다. 게다가 백제의 우산성 침공으로 국정도 불안했다. 다행히 기병 오천을 급파해 물리치긴 했으나 재해와 재난 속에 유랑민이 속출하는 등 민생은 고단해 보였다. 불도도 신라보다 백여 년이나 먼저 들어와 민중 속에 널리 자리잡았을 줄 알았는데 흉흉한 민심 탓인지 이제 막 부흥하기 시작하는 신라만도 못한 듯했다. 그런 와중에도 혜량법사에 대한 소문은 가는 곳마다 모르는 사람이 없었다.

학식과 덕망이 높다고 소문이 자자한 혜량법사를 찾아간 것은 고구려 땅을 밟은 지 반 년을 넘긴 후였다. 법사가 창건했다는 사찰의 강론장에는 명성대로 많은 사람들이 들어차 있었다. 무심히 사람들 틈에 끼어 있던 그는 나중에 온 사람들에 밀려 주춤주춤 앞으로 밀려나갔다. 학식과 덕망이 높다기에 이제껏 만나보았던 법사들처럼 의례 노년이려니 했는데 법사는 생각보다 훨씬 젊어보였다. 자신보다 기껏해야 대여섯 살쯤 손위로 보일 정도다. 저 정도의 연배로 그만한 명성을 얻었다면 학식이 아니라 뭔가 다른 능력이 있지 않을까 하는 호기심이 들기도 했다.

"인연이란 사람과 사람 사이에만 있는 게 아니라 일과 일 사이 또는 일과 사람 사이에도 있지요. 사람도 혼자 살 수 없듯이 모든 일도 혼자 일어나는 법이 없어요. 몇 가지의 일이 서로 연관되어 한시에 일어날 수도 있고, 시차를 두고 일어날 수도 있지요. 또한 그 시차는 가까울 수도 있고 아주 멀어서 내세에 일어날 수도 있어요. 그러니까 지금 일어난 일이 지금 단독으로 일어난 게 아니라 전에 있었던 어떤 일이 원인이 되어 일어난 것일 수도 있고 전생의 업으로 일어난 것일 수도 있어요. 마찬가지로 지금 겪고 있는 일이 나중에 어떤 일로 연결될 수도 있고 내세에 나타날 수도 있는 것입니다. 또한 내게 일어난 일은 나와 인연이 있어 일어난 것입니다. 지금 내게 일어난 이 일을 어떻게 다루느냐에 따라 나중에 일어날 일과 좋은 인연이 될 수도 있고 악연이 될 수도 있습니다."

법사는 사람과 사람 사이에도 좋은 인연을 맺기 위해서는 먼저 자신의 마음가짐부터 바르게 해야 하는 것처럼, 일도 좋은 인연으로 맺어지려면 마음가짐이 중요함을 역설했다. 젊은 법사의 강론은 목소리도 우렁찰 뿐만 아니라 확신이 뚜렷하고 이제까지 들어본 어느 강론보다 설득력이 있었다. 어려운 불경을 해독해주는 차원이 아니라 실생활에서 느끼는 답답함을 부처님의 가르침을 통해 풀어주려 애쓰는 것 같았다. 불법이 중생들의 삶을 규제하거나 선도하기보다 자신의 삶에 대한 소중함을 일깨워주기 위한 방편임을 설법하는 것 같아 고개가 끄덕여졌다.

강론이 끝나고 돌아서 나오려는데 '거기 젊은 스님' 하는 법사의 목소리가 들렸다. 주위에 승복을 입은 사람은 자기뿐이라 멈칫하긴 했는데 이 고구려 땅에서 누가 자신을 부르랴 싶어 그냥 발걸음을 옮겼다.

법사는 다시 한번 '저기 승복을 한 젊은 양반!' 하고 불렀다. 거칠부는 걸음을 멈출 수밖에 없었다. 왠지 가슴이 뜨끔했다. 승복을 했으니 스님이라고 부르는 건 당연한데 '승복을 한 젊은 양반'이라니. 그대로 도망갈까 망설이다가 공연히 의심을 사 더 큰 일을 당할지 몰라 일단 돌아섰다.

"저 말씀입니까?"

거칠부는 허리를 굽히며 물었다. 법사는 그렇다며 잠시 사람들이 빠져나가길 기다렸다.

"강론이 들을 만했소?"

법사는 낮은 음성으로 물었다.

"예? 아 예. 처음에는 인과응보에 대해서 말씀하시나 했는데 그보다 큰 의미의 인연에 대한 말씀이라 많은 걸 생각하게 했습니다. 제 식견이 짧아 다는 이해할 수 없었지만, 내게 일어난 일은 나와 인연이 닿아 일어난 것이니 피하지 말고 다음에 좋은 인연으로 연결될 수 있도록 열심을 다 하라는 말씀으로 이해했습니다."

"잘 들으셨습니다. 내가 오늘 인연에 대한 강론을 하게 된 것은 아마도 그대를 만나게 될 줄 알고 그랬던 것 같소. 보통 인연은 아닌 것 같소."

"보통 인연이 아니라 하심은….."

"신라 사람이지요?"

"예? 신라 사람이라니요? 무슨 말씀이신지….."

철렁 내려앉은 가슴을 다스리며 거칠부는 무슨 천부당만부당한 말이냐는 투로 말을 흐렸다.

"아무리 승복을 입고 고구려 사람인 체 하지만 눈에 경계의 빛이 영력한 게 정탐인의 그것과 같아 하는 말이요. 그러나 두려워할 것 없어요, 부처님이 만들어주신 인연이니. 하지만 이제 돌아가시오. 곧 위험이 닥칠 게요."

"정탐인이라니요. 제가 법사님의 강론에 너무 열중해 눈빛이 그리 보인 게 아닌가 합니다."

자신의 생각에도 군색한 변명 같았지만 그래도 신라인 그것도 정탐인이라는 말을 그대로 수긍할 수는 없었다.

"그렇게 변명할 것 없소. 그대가 잡혀 곤욕을 겪을까 염려되어 하는 소리니 어서 돌아가시오. 아마 그동안 고구려에 대해 꽤 많은 걸 알았을 법 하오."

"제가 신라의 정탐꾼이라니요, 만일 그리 확신하신다면 어찌 순순히 돌아가라 하십니까. 관에 통기해야 하는 것 아닙니까."

거칠부는 신라의 정탐꾼이 아니라는 것을 강조하기 위해 한술 더 떠 보았다.

"내 응당 고구려 사람으로 그래야 하나 관상을 조금 볼 줄 알다보니 그럴 수가 없소."

"제 관상이 어떠하기에 그렇습니까."

"그대에게 그 승복은 어울리지 않소. 장차 큰 장수가 될 상이오. 그 운명을 어찌 미약한 내가 막겠소. 후일 만약 군사를 일으켜 고구려를 공략해 오거든, 내게 해나 끼치지 마시오. 이렇게 만난 것도 다 인연 아니겠소. 나무관세음보살!"

법사는 빨리 떠나라고 재촉했다. 장수 될 운명을 막을 수는 없지만 고구려에 대한 정탐은 그만 하라는 뜻임에 거칠부는 절을 나와 그 길로 신라를 향했다. 진골의 자손이요, 현직 대신의 아들이라는 것이 관에 밝혀지면 자칫 국가의 볼모가 되어 분쟁을 일으킬 수도 있다. 혹시 법사의 마음이 바뀌어 밀고를 하지 않았을까 잔뜩 긴장을 하고 발길을 재촉했다. 다행히 국경을 넘도록 뒤쫓는 군사는 없었다.

거칠부는 자신의 신분을 알아차린 법사의 혜안이 생각할수록 섬뜩했다. 자신이 신라 사람 그것도 정탐꾼이라 믿으면서도 밀고하지 않은 것도 심상치 않았다. 믿을 수는 없지만 자신의 운명을 꿰뚫고 있다는 생각이 들자 그 또한 어떤 거역할 수 없는 불법의 힘으로 느껴졌다. 공격해오더라도 자신을 해치지 말라는 말도 꼭 그럴 날이 있으리라는 예언인 것만 같았다.

고구려에서 신라로 돌아온 거칠부는 승복을 벗고 다시 관복을 입었다. 혜안을 가진 고구려 법사가 거역할 수 없어 밀고도 못하고 보내줄 수밖에 없는 운명이라면 자신도 거역할 수 없을 거란 생각이었다. 이왕 벼슬을 할 거면 내물왕의 후손답게 집안을 일으키자고 마음도 다잡았다. 아들이 정계에 관심이 없어 노심초사하던 아버지가 누구보다 반겼다. 어린 나이에 부모의 강권으로 시집을 온 아내의 독수공방에도 훈훈한 바람이 일었다.

법흥대왕이 승하하고 진흥제가 보위에 올랐다. 거칠부의 관직은 대아찬에서 파진찬으로 높아졌다. 그는 신라가 신국(神國)이라는 국가 존립의 위상을 다지기 위해 국사 편찬에 힘을 기울였다. 골품제도와 육두품의 관제를 명확히 기술해서 국가 질서의 기틀을 다져놓았다. 나라

밖으로는 우산국을 기지로 함락시키고 가야국들을 복속시켜가는 장수 이사부, 안으로는 관제 서열을 철저히 지킨 내무대신 거칠부, 두 중신들로 인해 실로 신라의 힘은 안팎으로 그 어느 때보다 막강해지기 시작했다.

내정에 힘을 쏟던 거칠부는 장수가 되어 전쟁에 참여하게 될 것이라고는 생각도 못했다. 공격해 오더라도 해치지 말아달라는 혜량법사의 말은 여행 중에 있었던 많은 일화 중 하나로 기억에 남아 있을 뿐이었다. 심신단련을 위해 종종 말을 타고 궁술을 익힐 때 문득문득 생각나는 정도였다. 그러나 일에도 인연이 있다는 혜량법사의 말대로 그 일은 머지않아 큰 인연으로 이어졌다.

진흥왕 12년. 고구려에게 여러 성을 잃은 백제로부터 동맹요청이 왔다. 고구려는 백제의 성을 함락하며 한수 이남까지 내려와 신라의 위협이 되기도 했다. 진흥왕은 일단 백제를 도와 고구려를 밀어내고 백제를 튼튼한 완충지대로 삼았다가 후일 백제까지 밀어내겠다는 야심으로 백제의 동맹을 수락하고 고구려 원정에 나섰다.

대총관에 거칠부가 내정되었다. 용맹과 지략이 뛰어나기도 했지만 무엇보다 고구려 지리에 밝기 때문이다. 거칠부는 전군인 세종을 부관으로 삼고 주령과 서력부 두 장군을 참모로 진영을 짰다. 황후나 태후가 외간 남자와 사통으로 낳은 아들을 전군(殿君)이라 하는데, 세종은 진흥왕의 어머니 지소태후가 이사부와 사통하여 낳은 아들이다. 화랑도의 풍월주이기도 한 세종은 무예에 출중한 화랑들을 참전시켰다. 백제는 평양으로 진격하고, 신라는 고현성을 시작으로 북으로 북으로 진군해 양공작전을 폈다.

고구려는 평양에서 백제군과 전투를 치르느라 밑에서 치고 올라오는 신라군에는 제대로 응수할 수가 없었다. 신라군의 말발굽은 먼지를 일으키며 고구려의 진지를 짓밟아 나갔다. 고현성을 점령하고 파죽지세로 몰아부처 금현성을 향했다. 금현성의 고구려군은 고현성에서 패주해온 군사들과 합세해 신라군을 맞았다. 그러나 이미 승전의 기세가 하늘을 찌를 듯한 신라군을 대적하기엔 너무 기가 죽어있었다. 변변히 겨뤄보지도 못하고 고구려군에는 퇴각명령이 떨어졌다. 접전을 벌이던 양 진영 사이는 썰물처럼 벌어지기 시작했다. 고구려 장수들은 말머리를 돌려 전력으로 퇴각하기 시작했다. 사태의 진상을 파악한 신라군의 진영에서 한 필의 말이 쏜살같이 퇴각하는 고구려군의 후미를 향해 내달았다. 이어 여남은 말이 뒤를 쫓았다. 모두 병부소속 군사들이 아니라 화랑들이었다. 선두에 선 화랑이 고구려 후미를 따라잡아 한가운데를 질주해 들어갔다. 퇴각하던 고구려군은 뒤에서 번개 같이 달려들며 칼을 휘두르는 장수의 기세에 말을 돌리지도 못하고 양옆으로 밀리며 앞으로 달릴 수밖에 없었다. 선봉장이 뚫은 적진을 뒤미처 장수들이 따라 들어가 고구려군은 가르마처럼 벌어져 양분이 되었다. 가뜩이나 전세를 잃은 고구려군은 진영마저 쪼개지자 더욱 힘을 잃어 우왕좌왕했다. 때를 놓치지 않고 주령장군이 군사를 이끌고 고구려군을 치니 고구려군은 목을 떨구거나 사방으로 뿔뿔이 흩어져 사력을 다해 도주했다.

"전군! 저 비호같은 장수는 누구입니까?"

거칠부는 퇴각하는 적진의 후미를 뚫은 화랑에 대해 풍월주인 세종에게 물었다.

"화랑 문노입니다. 무예가 워낙 출중나 모든 화랑들이 스승으로 삼고 있지요."

"문노라…. 이번 전투에 단연 두각이 드러나 보입니다."

"예, 참전경험이 여러 번 있다 보니 패기도 남다른 것 같습니다."

풍월주로서 세종은 자랑스럽게 문노를 추켜세웠다. 거칠부는 의미심장하게 고개를 끄덕였다. 금현성도 큰 손실 없이 손에 넣었다. 거칠부는 잠시 휴식을 취하고 전열을 가다듬어 도살성을 향해 병력을 진두해 나갔다. 승복을 입고 부처님의 가르침을 깨닫겠다고 유람하다 알게 된 길을 군복을 입고 말발굽으로 누비고 있는 것이다.

전쟁터만큼 단순한 곳이 있을까. 오직 삶과 죽음만이 극명하게 대립하는 곳이다. 인정도 사정도 용납이 안 된다. 오직 죽이지 않으면 죽어야 한다. 살생이 최대의 금기사항인 부처님의 가르침도 무색하기 짝이 없다. 어떤 경우든 역사는 그에 합당한 족적을 남기며 이어지리라. 어떤 형태 무슨 명분으로도 역사는 살아남게 마련이니까. 거칠부는 무지막지한 살생에 씁쓰레지면서도 불도도 어쩔 수 없는 역사의 속성이라 자위하며 마음을 다잡는다.

고구려군은 퇴각하기 바빴고, 피난길에 오른 양민들은 한 발이라도 빨리 움직여 사방으로 흩어졌다. 패주하는 고구려군을 쫓아 도살성에 거의 다다를 즈음이었다.

군사들이 모두 퇴각했는지 성곽 위에는 깃발 하나 보이지 않는데 성문 앞에 한 스님이 목탁을 두드리며 경을 외우고 있었다. 점점 가까이 달려오는 말발굽을 느끼면서도 스님은 미동도 하지 않았다. 하마터면 그대로 스님을 밀치고 들어설 순간에 거칠부는 간신히 말을 세웠다.

"멈춰라!"

다급하게 말머리를 돌리며 뒤따르던 대열을 향해 소리쳤다. 내달리던 말발굽들이 허둥지둥 멈추었다.

"아니, 이게 누구십니까? 혜량법사 아닙니까?"

"나무관세음보살."

스님은 합장을 하고 허리를 굽혀 인사를 했다.

"스님이 왜 이런 위험한 곳에 계십니까. 하마터면 큰일 당할 뻔하지 않았습니까."

거칠부는 말에서 내려 인사를 했다. 다른 장수들도 말에서 내렸다.

"대총관께서 아시는 분입니까?"

너무 공손한 대총관의 태도에 곁에 있던 세종전군이 의아한 눈빛으로 물었다.

"그렇습니다. 오래 전 내가 고구려에서 유람을 좀 했는데 그때 위험에 빠질 뻔한 내게 큰 도움을 주신 분입니다."

"솔직히 유람이라기보다 정탐이란 말이 맞겠지요."

스님이 무표정하게 입을 열어 거칠부의 말을 받았다.

"아 뭐 겸사겸사였지요. 그런데 왜 이곳에서… 혹시 저를 기다리신 겁니까?"

"그렇습니다. 지금 성 안에는 군사들은 모두 퇴각을 하고 미처 피난 못간 유민들만 남아 두려움에 떨고 있습니다. 부탁하건데 나약한 양민들을 해하지 말아주십시오."

"그걸 부탁하기 위해 이렇게 위험을 무릅쓰고 성문 앞을 막고 계신 겁니까. 과연 적군의 수장이 그 부탁을 들어주리라 믿으셨습니까?"

"물론 다른 장수라면 묵살하겠지만 장군이라면 들어주시리라 믿었습니다."

"그럼 제가 장수로 올 줄 알고 계셨다는 말씀입니까."

"그러하옵니다. 나무관세음보살."

"아, 그때 법사께서 제가 군사를 일으켜 정벌에 나서면 해하지 말아 달라는 부탁을 하셨지요. 이미 그때 이런 인연을 미리 내다보고 계셨었군요. 일은 혼자 존재하지 않는다는 말씀 아직도 기억하고 있습니다. 일도 인연이 있으니 좋은 인연으로 연결될 수 있도록 성심을 다하라고 하셨죠. 염려 마십시오. 양민들은 절대 해하지 않을 것입니다."

"그것도 그것이지만 다른 청이 있어 이리 장군을 기다리고 있었습니다."

"청이라니요?"

"저를 신라로 데려가 주십사는 청입니다."

"예? 신라로요."

"그러하옵니다. 이제 고구려는 불도가 서지 않을 만큼 국운이 쇠락해 가고 있습니다. 왕은 늙어 제대로 국정을 살필 수 없고, 세 아들은 왕위 싸움으로 민생은 뒷전이니 간신히 일어선 국력은 나날이 쇠락해질 것입니다. 그럴수록 돈독한 불심으로 도탄에 빠진 민생을 구해야함도 알지만 이 나라에서는 불심마저 불신 받고 있어 어렵습니다. 선처해 주신다면 신라에 들어가 불도를 일으키고 싶습니다."

"혜안을 가지신 법사를 모시게 되어 우리 신라에 영광이지요. 제가 모시겠습니다."

거칠부는 주령에게 말을 대령하라 했다.

24

"하지만 대총관님. 이 스님의 말을 어떻게 믿을 수 있겠는지요. 지금은 전쟁 중입니다. 혹여 다른 뜻이 있는지 좀 더 알아본 연후에 받아들이시지요."

"다른 뜻이라니?"

"공격의 시간을 늦추기 위해 수작을 하는지 혹은 우리 진군의 동태를 파악할 말미를 얻으려는 것인지 나아가 신라에 첩자로 가려는 것인지 뭐 아무튼 알아볼 건 알아봐야 하지 않겠습니까."

전장에서 뼈가 굵은 주령장군이 아무래도 마음이 놓이지 않는 듯 만류했다.

"장군의 염려하는 바 알만 하오. 그러나 이 법사는 나를 적지에서 구명해 주신 분이요, 또한 덕망도 높으시고 혜안이 깊으신 분이니 나를 믿듯 믿어도 되오."

거칠부가 거듭 안심을 시켜주어 주령은 화랑이 타고 있던 말 한 필을 끌어다 대령했다. 그러나 법사는 그냥 걷기를 원했다. 아무리 고구려를 버리고 신라로 가기로 마음먹었지만 적의 말에 올라 그 발굽으로 고구려 땅을 밟고 싶지 않았다. 성안은 혜량의 말대로 공포에 떠는 양민들만 숨죽이고 있었다.

거칠부는 주령에게 오백의 병력을 주어 성의 치안을 맡기고 철수하기로 했다. 아군의 큰 손실 없이 승전을 한 셈이다. 또한 백제가 고구려에게 빼앗긴 세 개의 성을 찾고도 두 개의 성을 더 차지했으니 백제와의 동맹도 성공한 것이다. 동맹대로라면 백제가 잃은 성은 백제에 넘겨야 하나 그리되면 국경이 불안할 것 같아 한수 이남의 성 둘은 신라에 복속시켰다. 백제는 치열한 전투를 하고도 고구려에 빼앗겼던 성

둘을 신라에 넘겨주는 꼴이 되어 화가 치밀었다. 하지만 대신 신라의 도움으로 고구려의 성 두 개를 차지해 당장은 분을 삭일 수밖에 없었다. 이로 인해 신라와 백제와의 동맹은 깨지고 말았다.

어쨌든 거칠부와 세종은 승전고를 울리며 서라벌로 복귀했다. 지소태후와 진흥왕은 대소 신료들을 거느리고 맞아주었다. 진흥제는 일일이 장수들의 손을 잡아 반겨주었다.

태후궁에 거칠부와 세종이 혜량을 대동하고 들었다. 세종은 어머니 지소태후께 안부를 고했다. 지소태후도 세종의 손을 덥석 잡으며 아들의 무사귀환을 반겼다.

"그래, 무탈한 게냐. 어디 보자. 고맙다."

아들 세종의 몸을 위아래로 훑어보고 무사한 걸 확인한 태후는 얼싸안아 등을 토닥여 주었다. 세종도 노심초사했을 어머니를 살포시 안아주었다.

"아이고, 나도 아녀자라 별 수 없소. 어쩌겠소, 어미인 걸. 공께서 이해해주시오. 이번에 공께서 큰 공을 세우셨소. 이제 당분간 고구려는 한수로 내려올 엄두도 못 낼 게요."

세종이 어머니의 품에서 떨어지고서야 태후는 곁에 서 있던 거칠부에게 치하를 했다.

"모두 태후마마의 현명하신 판단과 홍복입니다."

"웬걸요, 장군과 같은 우국충신들 덕분이지요. 이번에 화랑들의 활약도 크다고 들었습니다."

"예, 세종전군께서 화랑들과 낭두들을 잘 훈련시켜 승전하는 데 크나큰 힘을 발휘했습니다. 특히 문노 화랑의 기량은 모든 군사들이 따를 만큼 출중했습니다."

거칠부는 지소태후와 세종 모자를 경외하는 뜻으로 화랑의 활약을 칭송했다. 이에 세종이 말을 받아 화랑들의 무용담을 소상히 들려주었다. 지소태후는 무척 기뻐했다. 지소태후는 화랑의 시초인 원화제도와 선화제도를 창설한 장본인이다. 아들 세종이 그 화랑의 우두머리인 풍월주로서 화랑들을 대동하고 참전해 큰 공을 세웠다니 여간 대견한 게 아니다.

"어이구, 손님을 너무 오래 기다리시게 했네."

지소태후는 그제야 혜량을 바라보았다.

"혜량이라고 하옵니다."

혜량은 앉은 자세에서 합장을 하고 허리를 굽혀 인사를 올렸다.

"듣자하니 우리 신라에 귀화를 원하신다구요?"

"거두어주신다면. 미력하나마 신라를 위해 신명을 바쳐 불도에 정진할까합니다."

"장군은 스님을 어찌 아시게 되었습니까."

태후는 혜량을 모시고 온 거칠부에게 물었다. 거칠부는 승려의 신분으로 고구려를 유람할 때의 얘기를 고했다.

"그런 일이 다 있었습니까. 정말 법사의 혜안이 놀랍군요. 그날의 인연으로 우리 신국에 고귀한 인재를 얻은 셈이요. 어쩌면 장군이 이번에 얻은 성 보다 더 큰 수확이 될지도 모르겠소."

"황감하옵니다."

혜량은 다시 한번 허리를 굽혀 대답했다.

"진흥제나 저나 불도에 아주 관심이 많답니다. 부디 불사를 크게 일으켜 주시오."

"신명을 다 하겠사옵니다."

태후는 궁에서 드나들기 쉬운 천주사로 혜량의 거처를 마련하라 명하였다.

태후궁을 나온 거칠부는 혜량에게 자신의 집까지 동행을 청했다.

"내 내자가 불심이 깊은지라 모시고 가면 전쟁에서 살아온 서방보다 더 반길 것 같습니다. 우거지만 거동하시어 조찬이라도 같이 하시면서 회포를 풀었으면 하는데."

"크게 승전하고 돌아오시니 여유가 생겼나봅니다. 농담을 다 하시고. 보살님께서 그리 불심이 깊으시다니 불경이나 몇 마디 외워드릴까요."

혜량은 순순히 승낙하고 거칠부의 행보에 발을 맞추었다.

무사귀환 했다는 전갈은 받았지만 거칠부의 집에서는 노심초사한 식솔들이 엉덩이를 못 붙이고 대문만 뚫어지게 바라보고 기다렸다. 밖에 나가 기다리던 노복이 대문을 열어젖히며 파진찬 어른께서 돌아오셨다며 큰소리로 아뢰었다. 부인은 차마 안마당에서 나오지 못하고 제자리걸음만 하는데 윤궁 장연 남매는 한달음에 달려나갔다.

"아니 다 큰 처자가 이 무슨 경망인고. 조신하지 못하고."

말은 그리하지만 거칠부는 마중 나온 윤궁을 얼싸안으며 반겼다. 샘을 내듯 아들 장연도 아버지의 품을 파고들었다. 혼인은 일찍 했지만 깨달음을 얻겠다고 절을 찾아 헤매느라 서른이 다 되어서야 얻는 자식들이다.

"이거 흉이 말이 아닙니다. 제가 늦게 자식을 본 터라 귀애하기만 했더니 버릇이 없습니다. 애들아, 인사 여쭈어라. 혜량법사님이시다."

거칠부는 곁에서 빙그레 미소를 띠고 바라보는 혜량을 향해 남매에게 인사를 시켰다.

"흉이라니요. 사지에서 돌아온 아버지니 얼마나 반갑겠는지요. 처자식을 거느려보지는 못했지만 보기에 흐뭇합니다."

"윤궁아, 너는 어머니께 큰스님이 오셨다고 이르고 사랑으로 저녁상 내오라고 해라."

"아버지. 스님은 제가 사랑으로 모실 테니 어머니께 가보세요. 얼마나 많이 걱정하셨다고요. 매일 절에 가서 기도드리셨어요."

"어이구, 우리 장연이 많이 컸네. 어미 마음도 헤아릴 줄 알고."

"그러시지요. 얼마나 근심이 크셨겠는지요. 저는 도령을 따라 사랑에 가 있겠습니다."

"그러시겠습니까. 그럼 잠시 의복이나 갈아입고 나가겠습니다."

거칠부는 아들 장연에게 법사를 맡기고 안채로 들어갔다. 남편이 들어서자 제자리걸음으로 땅고름을 하고 있던 부인은 눈물이 앞을 가렸다. 부인은 남편이 전쟁에 나가 있는 동안 하루도 빠짐없이 흥륜사에 가 불공을 드렸다. 남편이 속에 든 것 없이 복색만 중노릇을 하고 다닐 때부터 오히려 부인은 의심도 고심도 없이 불심을 키웠다. 남편이 불법(佛法)을 통해 삶을 알려고 했다면 아내는 불법에 삶을 그냥 맡겼다. 딸 윤궁이 뒤따라오자 부인은 얼른 눈물을 훔치고 나붓이 허리를 굽혀 맞았다.

"어째 전쟁에 나간 나보다 부인이 더 상한 것 같구려. 자 안으로 듭

시다. 윤궁아, 어멈에게 일러 저녁 준비시켜라. 스님이니 찬에 각별히
신경 쓰고."

"예, 아버지. 걱정마시고 들어가세요."

"스님이라니요?"

"우선 들어갑시다. 들어가서 얘기하리다."

거칠부는 의아해하는 부인을 앞세워 내실로 들어갔다. 그제야 부부
는 마음 놓고 회포를 풀었다. 거칠부는 스님에 대해 의아하게 생각하
는 부인에게 자초지종을 얘기해주었다. 남편이 젊었을 때 잠시 승려의
신분으로 전국을 떠돌다 집으로 돌아와 안주하게 된 사연을 이미 들
어 알고 있던 터라 부인은 그 인연에 대해 몹시 놀랐다. 신심 깊은 부
인은 그저 부처님의 뜻이라 여겼다.

얼마 안 있어 조촐한 저녁상이 사랑채로 들여졌다. 부인 마음 같아
서는 전쟁터에서 돌아온 남편을 위해 기름진 음식을 하고 싶지만 스님
을 위해 갖가지 생채와 묵은 나물로 상을 마련해 들였다. 혜량은 두
양주의 마음씀씀이에 미안해하고 고마워했다. 이에 거칠부는 자신도
한때는 땡중 일망정 중이었던 사실을 상기시키며 마음을 풀어주었다.
상을 물리고 다과상을 들이며 거칠부의 부름으로 부인과 윤궁이 함께
들었다. 윤궁은 어머니가 절에 갈 때 종종 배행했었다. 혜량은 불심이
깊다는 부인을 향해 성불하실 것을 기원하며 가내에 부처님의 은총이
가득하길 축원했다. 부인은 고매한 스님을 뵈올 수 있어 황감하다며
합장을 하고 감개무량해했다.

"따님이 아주 영민하십니다."

혜량이 어미 뒤에 다소곳이 앉아 있는 윤궁을 주의 깊게 바라보며

말했다. 일찍이 많은 사람들 틈에 끼어 있던 자신을 신라의 염탐꾼이라 꿰뚫어본 눈빛 아니던가. 거칠부는 혜량의 눈빛을 놓치지 않고 능청스레 눙쳐보았다.

"영민하긴요, 그저 안살림이나 익히는 처자인 걸요."

"품안에 자식은 다 어리게만 보이지요. 소승이 보기에 처자는 훗날 많은 사람들에게 선망을 받을 상입니다."

"그게 정말입니까. 법사의 혜안을 익히 아는 터라 그 말씀을 어떻게 들어야 할지 가늠이 안 됩니다."

"혜안까지야 되겠는지요. 오늘 과분한 대접에 대한 성의로 그저 처자의 미래를 조금 내다보았습니다."

"그런데 정말 많은 사람들에게 선망을 받을 상이란 말씀이지요?"

"제 안목으로는 서라벌 모든 사람들에게 칭송과 함께 우러름을 받을 상으로 보이는데, 제 안목이 녹슬지 않았길 바랍니다."

"이리 기쁜 일이…."

부인이 감격해 어쩔 줄 모르고 거칠부마저 흥분을 감추지 못했다. 고매한 스님의 독경소리라도 들을 수 있으려나 싶어 어머니 뒤에서 자리를 지키고 앉아 있던 윤궁은 얼굴을 붉히고 좌불안석으로 숙인 고개를 들지 못했다. 흥분한 부모만큼은 아니더라도 불경을 들은 것보다 기분은 좋았다.

시종을 딸려 혜량법사를 천주사로 보내고 안채로 건너온 거칠부는 혜량의 말을 곱씹으며 생각에 잠겼다. 실은 미실궁에서 윤궁의 혼삿말이 있었다. 처남의 딸인 미실은 왕실의 색공지신으로 막강한 힘을 가지고 있었다. 남편 세종전군은 말할 것도 없고 진흥제도 그녀의 색사에 사로잡혀 정사도 그녀와 의논할 정도다. 그런 그녀가 동륜왕자를 사위로 삼을 생각이 없느냐고 물어온 것이다. 절을 전전할 때는 벼슬이고 권력이고 다 부질없다고 여겼으나 관직을 받고 전쟁터에서 생사가 수없이 뒤바뀌는 경험을 하는 동안 거칠부의 심사는 여타의 속세인과 다름없어졌다. 부는 많을수록 뱃심이 들어가고, 권력은 클수록 만사에 당당해지고, 명예는 높을수록 발걸음이 가벼웠다. 미실은 동륜을 추천했지만, 진흥제에게는 아들이 동륜 외에 금륜도 있었다.

형 동륜은 지소태후의 딸인 만호와 혼인을 한 처지이고, 금륜은 아직 미혼인 상태다. 그러면 동륜에게는 후비가 되는 것이고 금륜에게는 정비가 될 수 있다. 다만 누가 태자가 되느냐가 문제다. 후비든 정비든 태자비라야 한다. 그래야 장차 황후가 되고 태후가 될 수 있는 게다. 가문에 그런 광영이 어디 있으랴. 거칠부는 혜량의 말을 믿고 벌써 왕실의 일족이라도 된 양 저울질 하느라 머리가 뻐근할 지경이었다.

'과연 누가 태자가 될까?'

아버지는 같지만 동륜은 사도황후의 아들이요, 금륜은 숙명황후의 아들이다. 사도왕후는 진흥제와 일곱 살 동갑나이에 혼인하여 같이 자라며 정을 키워왔다. 숙명황후는 어머니 지소태후와 이사부 사이에서 태어난 진흥제의 이부동복 동생이다. 남매가 다 싫어했지만 어머니 지소태후의 강권으로 혼인을 한 것이다. 사도황후가 정비였으나 그녀를 못마땅해 한 지소태후의 뜻으로 한 때 숙명이 정비가 되고 사도가 후비가 되기도 했다. 얼마 못가 숙명의 사통이 드러나 다시 사도가 정비가 되었다. 당연히 진흥제는 사도황후의 소생인 장남 동륜을 태자로 삼고 싶어 했다. 하지만 지소태후는 같은 손자지만 자신의 딸인 숙명

소생의 금륜을 태자로 삼고 싶어 했다. 어린 나이에 왕위에 오른 진흥제 대신 지소태후가 섭정을 해온 탓에 아직은 진흥제보다는 지소태후의 뜻이 대세다. 따라서 태자 자리는 금륜 쪽으로 기울어보였다. 그러나 변수가 있었다. 당장은 시어머니 지소태후보다 약하지만 미실을 등에 업은 사도황후의 야심 또한 지소태후 못지않아 결코 호락호락하지 않을 낌새다.

사도황후와 미실은 이모 조카 사이로 둘이 합세해 지소태후를 견제하고 있다. 진흥제는 정비 사도에게는 의리를 지키고 색공 미실에게는 사랑에 빠져 있으니 동륜이 태자가 될 기미도 만만치 않은 것이다. 동륜에게 정비 만호가 있는 게 마음에 걸리긴 했지만, 만호는 아들을 못 낳고 윤궁이 낳으면 얼마든지 태자비도 될 수 있고 황후도 될 수 있다.

다소 모험이긴 하지만 만인의 우러름을 받을 것이란 혜량의 말에 거칠부는 고심에 고심을 거쳐 윤궁을 동륜의 후비로 혼인시키기로 마음먹는다. 윤궁은 추상같은 아버지에게 순종할 수밖에 없는 겨우 열여섯 살의 소녀다.

누가 사다함을 죽게 했는가

　태후궁에서 어머니를 배알하고 나온 세종은 한달음에 집으로 달려
갔다. 이미 소식이 전달된 듯 대문은 활짝 열렸고 시종들이 일제히 고
개를 숙이고 맞아주었다. 건성으로 일별하고 중문까지 들어섰으나 당
연히 맞아줄 줄 알았던 부인 미실은 이리저리 휘둘러보아도 눈에 띄지
않았다. 아무리 공사다망하나 사지에서 남편이 돌아오는데 집을 비웠
다 생각하니 야속함과 허망함에 맥이 쭉 빠졌다. 근자에 들어 진흥제
도 미실을 자주 찾는 눈치고, 인물 출중한 화랑들도 미실이 찾는다면
지체 않고 달려와 허리를 굽힌다. 미실이 색공인지라 왕실에서 찾는
거야 어쩔 수 없지만 어린 화랑들과의 연애도 막지 못하는 자신이 늘
미욱스러웠다. 오롯이 저 혼자만 소유할 수만 있으면 세상을 얻은 것
처럼 흡족하련만 그러기엔 미실의 미색과 색사가 작은 소에 쏟아지는
폭포수처럼 차고 넘쳤다. 게다가 욕망과 지략도 사내들을 능가하며 자
부심마저 강해 도도하기가 동짓달 서릿발 같았다.
　세종은 맥이 빠져 안채로 들어갔다. 미실이 그래도 일말의 미안함은
있었는지 시종에게 욕조에 따뜻한 물은 받아놓고 모시라 지시하고 나
간 모양이다. 섭섭한 마음에 바로 침실로 들어가 잠이나 잘까 했는데
시종이 궁주님의 지시라며 굳이 욕실로 안내했다. 딴은 그게 더 좋을

것 같아 욕조에 몸을 담갔다. 오랜만에 따뜻한 물에 몸을 담그고 있으려니 노곤해지며 어디선가 복숭아 향과 감초향이 은은하게 풍겨왔다. 침실 쪽이다. 향기에 취한 세종은 욕조에서 나와 준비해둔 실내복을 걸치고 기방에 들어가듯 침실로 빨려들어갔다.

발길을 이끈 향은 탁자에 놓여 있는 은합에서 피어오르고 있었다. 침상에는 미실이 금침을 덮고 얼굴만 내밀고 있었다.

"아니, 어디 아픈 게요?"

출타한 줄 알았던 미실을 보고 세종은 반가움 반 근심 반으로 쫓아가 물었다. 남편이 몇 달 만에 전쟁터에서 돌아오는데 이불 속에서 맞으니 달리 생각이 들지 않았다. 그런 줄도 모르고 다른 사내를 만나러 나갔나 해서 심술이 났던 자신이 옹졸하게 느껴졌다.

"아프긴 아픈데 몸이 아니고 마음입니다. 서방님이 전장에 나가 계신 동안 무사귀환이 걱정되어 속이 속이 아니랍니다. 승전하고 돌아오신다는 전갈 받고 마음 같아서는 대문 밖까지 나가 기다리고 싶었으나 분명 저를 보자마자 얼싸안으실 텐데, 그때 제 몸이 얼어있으면 옥체에 해가 될까 이리 이불 속에서 조바심을 내며 기다리고 있었습니다. 어서 이리로 들어오십시오. 알맞게 데워진 제 몸을 안으시면 그간의 노고가 풀리실 겝니다."

그러고 보니 아프기는 고사하고 어느 때보다 낯빛이 화사했다. 진하지 않으면서 윤기만 흐르게 화장을 한 얼굴은 비 맞은 풀잎처럼 산뜻하고 촉촉한 입술은 고혹스러웠다. 미실은 갖가지 요초와 과실과 곡식으로 화장품을 만들고 향초도 만들어 두었다.

세종은 홀린 듯 허겁지겁 걸친 옷을 벗고 이불 속으로 들어갔다. 미실은 실오라기 하나 걸치지 않고 있었다. 세종은 알맞게 데워진 미실의 몸을 안았다. 수밀도 같은 미실의 몸은 세종의 품에서 미꾸라지처럼 꿈틀거렸다. 세종은 단번에 뜨거워지는 몸과 솟구치는 춘정을 못이겨 미실의 가슴에 얼굴을 묻고 신음을 토해냈다. 탱탱하게 앵도라진 미실의 유두가 신열이 오른 세종의 입속을 드나들며 침을 말렸다. 세종은 미실의 유두를 덥석 물고는 부르르 떨며 입술로 깨물었다. 미실이 낮게 비명을 지르며 세종의 머리채를 뒤로 잡아채었다. 미실은 몽환에 젖어 벌어진 세종의 입술을 빨다가 따뜻한 혀로 목덜미를 핥아주었다. 미실의 부드러운 혀는 세종의 단단한 가슴으로 내려오며 나긋나긋 움직였다. 이번엔 세종이 미실의 머리채를 낚아채고는 허리를 비틀었다. 더는 견딜 수 없는 힘에 떠밀려 미실의 몸을 끌어안고 옥문을 향해 꼿꼿해진 옥경을 힘껏 꽂았다. 미실이 다리를 한껏 죄고 빨아들이더니 이내 몸을 뒤틀어 빼고는 성난 세종의 옥경을 손으로 움켜쥐었다.

"서둘지 마시어요."

미실은 가쁜 숨을 쉬며 속삭였다.

"그게 어찌 뜻대로 되겠소."

세종은 신음을 내었다.

"제게 맡기세요."

어떠한 무기가 이보다 더하랴. 칼도 검도 화살도 사람을 이보다 더 무력하게 만들지는 못하리라. 꽃이 칼보다 더 강할 수도 있다는 걸 새삼 느꼈다. 세종은 미실이 죽으라면 죽을 수밖에 없다고 생각했다. 아니 이대로 죽어도 좋다고 생각했다. 미실은 한 번 더 세종을 죽였다

살려냈다. 세종은 기진맥진했다. 땀으로 범벅이 된 세종의 몸을 미실은 준비한 따뜻한 물수건으로 살뜰히 닦아주고 부드러운 속옷을 입혀주었다. 세종은 시신처럼 늘어져 미실이 하는 대로 맡겼다.

세종은 운우지정에 온 힘을 소진한 뒤 그대로 잠이 들었다. 얼마 만에 두 다리 뻗고 마음 편히 자는 잠이던가. 세종은 죽음처럼 깊이 잠들었다. 아이 어르듯 사근사근한 미실의 목소리에 잠을 깼을 때는 들고 있던 바위를 내려놓은 것처럼 가뿐했다. 미실이 저녁상을 보아놓고 깨운 것이다. 마주 앉아 밥을 먹으면서도 미실의 오물거리는 입모양이나 생글거리는 눈매에 세종은 음식의 맛도 모르면서 몇 끼 굶은 사람처럼 밥주발을 비워냈다. 미실은 늘 허기를 느끼게 하는 여자였다. 허기뿐이랴 갈증은 석 달 열흘 가문 논바닥 같았다. 혼자 차지해도 그 허기와 갈증이 해소되지 않을 것인데 진흥제의 색공이요, 화랑의 연인이니 나눔의 고통을 감수해야만 했다.

밤이 이슥해서 다시 침상에 들었지만 격정을 치른 뒤라 평온했다. 이제야 정말 전쟁을 끝내고 집으로 돌아온 걸 실감했다.

"이번 전투에 고모부께서 그리 전략을 잘 짜셨다면서요?"

"그렇소. 가장 연장자 임에도 어느 장수 못지않게 용맹했을 뿐만 아니라 고구려의 지형을 미리 다 알고 계셔서 아군의 공격로와 적군의 퇴로를 정확하게 제시하시더군요. 그러니 큰 손실 없이 승전할 수 있었지요."

"이번에 그 공으로 승진을 하시겠네요."

"당연하지요. 대총관뿐 아니라 주령장군과 서력부도 승차를 할 것이고 문노 화랑에게도 벼슬이 주어질 것이오."

"문노도요?"

"그렇소. 이번에 우리 화랑들이 큰 역할을 해내었소. 풍월주인 나로서는 여간 흐뭇한 게 아니라오. 특히 문노는 선두에서 모든 화랑과 낭두들을 이끌었소."

"그러면 서방님께서 문 화랑의 입각을 품신하실 겁니까?"

"아, 조정에서 할 일이지만 대총관께서 잊고 계신다면 당연히 풍월주인 내가 나서야지요."

"이런 말씀 어찌 들으실지 염려되지만 그래도 아내이자 공신의 충간으로 들어주시길 바라며 말씀드리겠습니다. 문노는 아직 벼슬을 주면 아니 될 것입니다."

미실은 미리 예측하고 작심해둔 듯 부드럽지만 단호하게 얘기했다. 세종은 미실의 부드러움에 뼈가 느껴져 선뜩했다. 전쟁에 대한 얘기며 품신을 물은 것도 어떤 의도가 있어 보였다.

"아니, 그게 무슨 말이오? 문노처럼 충성스럽고 모범적인 화랑에게 벼슬을 주면 안 된다니요?"

"아시다시피 문노는 가야의 피가 흐르고 있습니다. 가야가 신라에 복속되었다고는 하나 아직 반란군이 지방 곳곳에서 들고 일어나지 않습니까. 더군다나 왜국의 지원을 받고 있어 오히려 가야의 정예군보다 막강한 지역도 있다 들었습니다. 만일 문노에게 벼슬이 내려져 얼마간의 병권이라도 생긴다면 언제 반란군에 합세할지 모르는 것 아닙니까?

"외가가 가야이긴 해도 그의 아버지 비조부는 법흥왕의 손녀 청진공주와 혼인했고 한때는 병부령을 지낸 권력가의 집안이었소. 비록 퇴락하긴 했지만 그런 가문의 문노공을 어찌 가야의 피가 흐른다는 이유로 벼슬에 나갈 수 없다 하십니까."

"친가가 그런 가문임에도 정작 본인은 늘 가야인을 자처한다고 들었습니다."

"아, 그거야 청진공주의 소생이 아니라 서출이다보니 자격지심에서 객쩍게 한 말일 게요. 이럴 때 오히려 벼슬을 주어 사기를 높여주어야 큰 재목이 되지 않겠소. 그렇지 않아도 그동안 여러 번 전공을 세우고도 신분이 미천하다하여 관위를 못 얻었는데 이번에는 내려야지요."

세종은 공연한 데다 헛힘 쓰지 말자며 미실의 몸을 끌어안았다. 미실은 섭섭하다며 토라져 돌아누웠다. 세종이 어르고 달래보았지만 미실은 자신을 그저 속도 없는 색공으로만 본다며 마음을 풀지 않았다. 다른 때는 애교 있는 투정으로 제 의사를 관철시키려 했는데 이번 일로는 예민해 보여 더 달래 볼 염이 나지 않았다. 조금 전 그토록 정성껏 방사를 풀어내던 때와는 너무도 달라 세종은 다른 사람을 보는 것 같았다. 연모하는 마음 없이도 그렇게 몸이 뜨거워질 수 있을까. 갑자기 그런 의문이 들기도 했다. 제 말로는 다른 사내들에게는 방술이지만 남편에게만큼은 진정한 성애라 했다. 그런데 별 것 아닌 일로 저토록 토라지는 걸 보니 어쩐지 어떤 목적이 있는 방술이었던 것만 같아 찜찜했다.

세종은 도대체 미실이 왜 문노를 그토록 싫어하는지 납득이 되지 않았다. 문노의 어머니는 가야의 문화공주로 신라의 사신으로 갔던 호조의 소실로 따라왔다. 가야에서는 호조가 공주로 귀히 여겨주었지만 신라에 돌아와서는 기껏 소실에 불과했다.

문노의 아버지 비조부는 법흥왕의 총애를 받고 있던 숙질 박영실과 호형호제하며 절친하게 지내 권력을 행세하기도 했다. 그러나 진흥제가 즉위하고 지소태후가 섭정을 하면서 영실의 존재는 날개 잃은 새 신세가 되었고, 비조부는 날개에 둥지마저 잃은 새 신세가 되고 말았다. 부인 청진공주마저 실권한 남편을 멀리 했다. 그런 비조부와 호조의 소실로 소외당한 문화공주는 동병상련으로 마음이 통했고 사통을 하여 문노를 낳았다. 문화공주는 가야에 대한 애련한 향수와 외로움을 문노를 키우며 달래곤 했다. 문노에게 가야는 어머니였다. 세종은 가야에 대한 문노의 생각을 어머니에 대한 애틋함이라 여겼다. 문노의 입각을 그토록 반대하는 미실의 반응이 의아할 수밖에 없었다.

미실은 화랑에 무척 애정이 많았다. 화랑들 중에는 미실을 흠모하는 화랑들도 많았다. 흠모는 아니더라도 미실이 손을 내밀면 마다할 화랑은 없을 게다. 단 한 사람 문노는 예외였다. 그는 미실을 못마땅해 했다. 뭇 남성들을 휘젓고 다니는 그녀에게 목을 매는 세종에게 불만을 토로한 적도 있다. 세종은 진정으로 아끼고 싶은 여인을 만나면 알게 될 거라며 능치고 말았다. 세종은 문노에 대한 미실의 속앓이를, 제 손에 든 열 개의 재물보다 들어오지 않은 한 개의 재물에 속을 끓이는 심정이라 여겼다. 한 개의 재물이 열 개의 재물보다 가치가 크거나, 한 개의 재물을 채워야 어떤 틀이 완성될 수 있을 때는 그럴 수도 있을 것이라는 생각에서다.

그러나 문노에 대한 미실의 반감은 그렇게 간단하지 않았다. 미실이 천하의 내로라하는 사내들을 치마폭에 휘감았지만 진정으로 마음을 준 사내는 사다함 한 사람뿐이었다. 5세 풍월주로 아름다운 용모와 단아한 풍채로 뭇 여성들의 마음을 단번에 사로잡는 화랑이었다. 미실이 그를 만난 건 세종의 어머니인 지소태후에게 미움을 사 궁 밖으로 내쳐졌을 때였다.

지소태후는 며느리 사도황후를 못마땅해 했다. 진흥제와 세종은 동모이부 형제로 둘 다 지소태후의 아들이다. 진흥제의 아내인 사도황후와, 세종의 아내 미실은 동서지간이자 이모와 조카 사이다. 태후가 사도황후를 폐비시키려 명분을 찾고 있을 때, 미실이 세종을 통해 그 사실을 알고는 이모인 황후에게 알려 사전에 대비케 했다. 결국 지소태후의 계획은 실패로 돌아갔고, 화풀이는 고스란히 미실이 받게 된 것이다. 요망한 계집이 순진한 아들 세종의 심기와 총기를 흐려놓았다는 이유에서였다. 섭정을 하고 있던 지소태후의 령을 거스를 수는 없었다. 사가로 쫓겨 온 미실은 실의에 빠져 지냈다. 온갖 색사의 전형을 전수해준 외할머니 옥진의 지극한 위로도 별반 도움이 되지 않았다. 요부로 낙인찍힌 것에 대해서는 수치심과 자괴감으로 괴로웠고, 왕실 안의 암투에 대해서는 무섭고 두려웠다. 색공지신의 대를 이어야 하는 자신의 운명이 야속하기만 했다.

실의에 젖어 나날을 보내던 미실에게 갖가지 꽃이 피어난 들과 숲만이 위로가 되었다. 누가 불러대기라도 한 것처럼 미실은 날마다 들로 숲으로 발걸음을 놓았다. 어쩌다 가끔씩 유오를 나온 화랑들을 보게 되는 것도 큰 낙이었다. 정갈한 정복에 상큼한 어린 화랑들을 보면 봄날 수피를 뚫고 나온 새순을 보는 것처럼 생기가 느껴졌다. 그렇게 차츰 안정을 찾아가고 있을 즈음, 사다함이 이끄는 화랑들을 만난 날은 생전 처음 보는 진귀한 꽃무리를 보는 듯 발걸음을 뗄 수가 없었다.

특히 풍월주 사다함은 꽃 중의 꽃이었다. 아직 적요함과 시름에 젖어있던 색신 미실의 가슴은 단박에 꽃으로 변했다. 그 고혹스런 색신을 본 화랑 사다함도 여느 남정네와 다름없이 나비가 되었다. 꽃과 나비가 된 두 사람은 마른 장작에 붙은 불이 되어갔다. 미실은 사다함 외에는 아무 것도 생각하고 싶지 않았다. 아니 생각나지 않았다. 사다함은 삶이요 세상이었다. 그토록 짐스러웠던 세종의 연모도 궁의 암투도 이모에 대한 부담도 모두 간밤의 악몽으로 잊혀져갔다. 미소년 사다함 또한 미실의 아름다움에 취해들었다. 어떤 꽃향기보다 황홀하고 어떤 술보다 취하게 하는 여인의 향을 알아갔다. 그녀의 미소는 어느 무기보다 예리하게 가슴을 찌르고, 그녀의 목소리는 어느 악기보다 심금을 울렸다. 들판은 그들의 연회장이 되었고, 내리쬐는 햇살과 퍼붓는 빗줄기도 두 연인에겐 들러리에 불과했다. 두 사람은 사랑을 맹세했고 영원을 믿었다.

장안의 젊은이들에게 부러움을 살 만큼 불꽃같던 두 사람의 사랑은 가야의 침공이라는 암초에 부딪쳤다. 화랑도의 규율에는 18세 미만의 화랑은 참전시키지 않는다는 규정이 있었다. 이 규정에 따라 16세의 사다함은 참전하지 않아도 되었다. 사다함은 스승으로 여겨 무예를 익혀온 문노에게 정중히 출정을 부탁했다. 하지만 문노는 어찌 어미의 아들로 외가의 사람들을 괴롭힐 수 있냐며 거부했다. 풍월주로서 사다함은 자신이 직접 출정할 수밖에 없었다.

미실은 눈물이 앞을 가려 꿈에도 보이던 사다함의 얼굴이 보이지 않았다. 사다함도 적군보다 미실이 먼저 어찌 될까봐 마음이 아팠다. 미실은 사다함의 품에서 울음에 섞어 노래했다.

바람이 불어도 임 앞엔 불지 마오.
물결이 쳐도 임 앞에는 치지 마오.
어서 돌아와 다시 만나 안고 보오.
아아, 임이여. 잡은 손을 차마 떼라니요.

그렇게 애절했지만 미실은 전장에 나간 사다함을 기다릴 수가 없었
다. 미실이 궁을 나간 후 세종은 미실 못지않게 실의에 빠져 지냈다.
게다가 미실이 사다함과 열애에 빠져 곧 혼인을 하게 될 거란 소문이
돌자 아예 식음을 전폐하고 앓아눕게 되었다. 보다 못한 지소태후는
자신과 진종 사이에서 낳은 융명과 혼인을 시켰다. 하지만 세종은 융
명은 거들떠보지도 않고 헛소리로 미실만 불러댔다. 민망한 융명은 궁
밖으로 나가버리고, 지소태후는 어쩔 수 없이 미실을 궁으로 불러들였
다. 쫓겨날 때와 마찬가지로 태후의 령은 거스를 수 없었다. 미실은 혹
시나 궁으로 들어가지 않아도 될까 해서 세종의 색공이 아니라 정부인
이 되게 해달라고 해보았다. 예상대로 태후는 발칙하다며 펄쩍 뛰었
다. 미실의 뜻대로 입궁이 취소될 수도 있었다. 하지만 미실에게 혼을
빼앗긴 세종에게 정부인이 되게 해달라는 조건은 문제는커녕 바라는
일이었다. 세종의 필사적인 청으로 미실은 세종의 정부인이 되어 입궁
할 수밖에 없었다.

한편 출정한 사다함은 사력을 다해 가야군을 막아냈다. 대총관 이
사부는 사다함이 어린 나이지만 무술이 탁월하고 용맹하여 부관에 임
명했다. 단순한 우국충정만으로는 그처럼 용맹을 떨치지 못했을지도
모른다. 어서 토벌하고 귀환해 미실을 만나리라는 일념이 그를 더욱

장수답게 했다. 하지만 가야군은 국가의 존망이 달린 전투라 그 어느 때보다 막강했다. 일진일퇴의 공방전 끝에 겨우 승전을 거둘 수 있었다. 단순한 승전이 아니라 마지막 가야를 복속한 전승이었다. 그러나 안타깝게도 사다함은 큰 부상을 당했다. 서둘러 귀환을 했지만 사다함은 부상당한 환부보다 더 아픈 현실을 맞아야 했다. 뜨거운 눈물을 쏟아내며 미래를 약조했던 미실이 세종의 정부인이 되어 환궁해 버린 것이다. 사다함의 상처는 깊어만 갔다. 마음의 상처가 몸의 상처를 점점 악화시켰다. 패전보다 더 쓰리고 죽음보다 더 절망적인 심정을 바람에 실려 보냈다.

파랑새야 파랑새야 구름 위에 파랑새야.
어찌하여 나의 콩밭에 머무는가.
파랑새야 파랑새야 나의 콩밭에 파랑새야.
어찌하여 날아들어 구름 위로 가는가.
이미 왔으면 가지 말지 다시 갈 걸 왜 왔는가.
공연히 눈물 짓게 하고 상심하여 죽게 하려는가.
나는 죽어 무슨 귀신이 될까, 나는 죽어 신병(神兵)이 되리.
그래서 그대에게 날아들어 수호신이 되리.
매일 아침저녁으로 전군부처 보호하여
천년만년 살게 하리.

그렇게 미실부부의 안녕을 빌어준 사다함은 끝내 일어나지 못하고 이레 만에 세상을 하직했다.

사다함의 부음에 미실은 망연자실했다. 자신은 슬퍼할 자격도 없고 염치도 없었다. 목이 아프도록 울음을 삼켰다. 몇날 며칠을 천주사에서 속죄하며 명복을 빌었다. 그녀에게 더 이상 연정 따위는 남아있지 않았다. 그녀의 열정과 사랑은 모두 사다함의 영전에 바쳤다. 오로지 색공지신으로서 권력에만 집착하기로 다짐했다. 애닮은 다짐이지만 이때까지만 해도 이 집착은 단순한 야망이었다.

'문노가 사다함의 청을 들어주기만 했으면…'

달라진 미실이 제일 먼저 한을 품은 게 문노였다. 이제 겨우 열여섯의 사다함 대신 응당 청년 문노가 출정해야 했다. 더구나 문노는 화랑들의 훈련을 맡을 만큼 무예로 단련되었고, 여러 번의 참전 경험이 있어 대총관 이사부도 출정을 청했다. 그런데도 외가의 사람을 괴롭힐 수 없다는 이유로 거절했다. 그건 배신이요 불충이다. 그때 문노가 참전했다면 사다함이 나가지 않았을 것이고 지금쯤 혼인해서 행복하게 잘 살 거란 생각만 하면 원수가 따로 없다. 문노에 대한 포한은 거기서 끝나지 않았다. 단순했던 야망의 불에 기름을 붓는 일이 이어졌다.

사다함을 잃은 미실은 물기 빠진 칡뿌리처럼 모질게 권력과 명예만 쫓았다. 첫 번째 시도로 사다함이 앉았던 풍월주 자리에 자신이 앉으려 했다. 하지만 자신을 눈엣가시처럼 여기는 지소태후가 있어 방법이 없었다. 전전긍긍하고 있을 때, 화랑도의 부제인 설원랑이 화랑과 낭두들의 주청이 있으면 가능하지 않겠냐고 방법을 제시했다. 풍월주가 죽었으니 당연히 부제인 그가 풍월주에 올라야 했다. 그럼에도 그 같은 의견을 낸 것이 좀 의외이긴 하지만 미실은 이것저것 따질 겨를 없이 그래주길 간청했다. 화랑들이 모두 나서주면 태후도 어쩔 수 없을 것이라는 생각에서였다.

설원랑은 사다함의 이부동모 동생으로 형 못지않게 미실을 흠모했지만 내색하지 않고 형의 유지를 받드는 심정으로 일을 추진했다. 하지만 화랑도에서 설원랑의 입지는 그리 탄탄하지 못했다. 형 사다함의 주선으로 화랑에 들어와 부제까지 오르긴 했지만 설원랑과 사다함은 엄청난 신분의 차이가 있었다. 둘 다 금진의 소생이긴 한데, 사다함의 아버지 구리지는 법흥제의 후비 삼엽궁주의 아들이지만, 설원랑의 아버지 설성은 촌부다. 금진은 미실에게 색사를 전수한 옥진의 동생으로 색공의 혈통을 지닌 여인이다.

금진이 유람을 나섰다가 외딴 산속에서 농투성이 설성을 만났는데, 그의 다부진 몸을 보고 색이 동해 사통을 하게 되었고 설원을 가져 낳은 것이다. 미천한 신분으로 인해 낭도들은 설원랑을 사다함만큼 따르지 않았다. 이를 눈치 챈 미실은 많은 뇌물을 설원랑에게 건넸다. 설원랑은 낭도들에게 뇌물을 아낌없이 썼다. 그 뇌물이 미실에게서 나온 것이라는 것도 숨기지 않았다. 만일 그녀가 원화만 된다면(여자가 풍월주가 되면 원화라 칭한다) 그녀의 부와 아름다움으로 화랑도는 한층 풍요로워질 것임을 은근히 부추겼다. 진흥제와 세종전군의 신임이 두터워 화랑의 위상도 한층 높아질 것이라는 가설도 빼놓지 않았다. 차츰 많은 낭두와 낭도들이 호응해주었다. 그러나 문노에게는 통하지 않았다. 원화에 부패가 있어 폐지한 일을 왜 다시 부활하려고 하느냐는 것이다. 게다가 화랑들 중에 가장 아끼는 사다함이 죽은 것은 부상보다 미실의 배신 탓이라 믿고 있어 설원랑의 제안은 씨도 먹히지 않았다.

연배로 보나 무예로 보나 설원랑으로서는 문노에 맞설 처지가 못 되었다. 게다가 문노를 따르는 화랑과 낭두들이 많아 결국 원화가 되고자 했던 미실의 꿈은 성사되지 못했다. 미실은 가뜩이나 사다함의 일로 포한이 진 터에, 야망까지 막은 문노에 대해 분을 삼키며 원흉으로 새겼다. 그나마 세종이 차기 풍월주로 오른 것이 위안이라면 위안이었다. 화랑도의 전례를 따르자면 부제인 설원랑이 풍월주에 내정되어야 하나 신분이 미천한 데다 스스로 미실에게 그 자리를 내주려 한 일을 불미스럽게 여긴 화랑들이 반대했다. 물론 문노가 주축이 되었다. 미실에게 모든 화랑이 꽃으로 보여도 유독 문노만큼은 독버섯으로 보일 수밖에 없었다.

문노에게 벼슬이라니, 미실에게는 도저히 용납할 수 없는 일이었다. 미실은 아무리 암상을 내도 세종이 선선히 약조를 해주지 않자 다시 안 볼 것처럼 토라졌다. 세종은 난처하기가 계곡에서 멱 감다 옷을 잃어버린 것보다 더 했다. 한 쪽은 호형호제하는 사이로 모든 화랑과 낭두들이 추종하는 인물이요, 한쪽은 그 무엇으로도 느낄 수 없는 열락을 선사해주는 인물이니 어느 쪽도 잃고 싶지 않았다.

미실도 세종이 문노를 얼마나 신임하고 있는지 잘 알고 있었다. 자기가 문노의 입각을 반대하는 이유를 단순한 여자의 시기로 보는 줄 알면서도 미실은 사다함 얘기까지는 할 수 없었다. 그건 사다함에 대한 깊은 애정을 토설하는 셈이다. 공연히 그 아린 사랑에 흠을 낼 수도 있고, 권력을 향한 자신의 운신에도 이로울 게 없었다. 어디까지나 공적인 이유를 들어 반대하려니 명분이 너무 미약했다. 세종이 선뜻 응하지 않은 건 당연했다. 자신에게는 봄 냇가 수양버들처럼 약하지만 그래도 화랑을 이끄는 풍월주 아닌가.

미실은 다른 방도를 모색했다. 가장 확실한 방법은 막강한 힘을 가진 지소태후가 나서주면 거스러미 하나 없이 해결될 일이다. 그러나 눈 밖에 난 처지로 지소태후를 만나 어찌해보겠다는 생각은 언감생심이다. 미실은 시간이 없음을 의식하며 밤새워 궁리를 했다.

"아, 맞어. 이사부!"

여명에 동창의 윤곽이 드러날 즈음 미실은 가장 적절한 인물과 방법을 찾아냈다. 딴에도 고심이 되는지 밤이 이슥하도록 뒤척이던 세종은 곤히 잠들어 있었다. 미실은 일어나 찬모에게 떡쌀을 안치고 고기를 손질하라 일렀다. 그분이 무슨 음식을 좋아하더라, 미실은 진작에 알아두지 못한 것이 후회막급이다. 그녀는 찬모에게 가장 정성이 많이 가는 떡과 안주와 잘 익은 술을 준비하라 일렀다.

뜻밖에 미실의 방문을 받은 이사부는 반가움보다는 의아했다. 사사로이는 며느리요, 공식적으로는 진흥제를 모시는 색공이니 대하기도 편치 않은 인물이다. 게다가 세종이 아들이긴 해도 골품이 낮은 자신은 어디까지나 신하일 뿐이다.

태종 이사부, 그는 여걸 지소태후가 진정으로 연모한 첫 연인이다. 지소의 남편 입종은 아버지 법흥왕의 동생으로 작은아버지다. 작은아버지가 귀애해주어 많이 따르기는 했지만 두 사람 다 이성으로 느끼기에는 생태적 문제가 있었다. 부부의 연으로 삼백종(진흥제)을 얻기는 했지만 둘의 연인은 따로 있었다. 입종은 금진을 사랑해 숙흘종을 낳았고, 지소는 태종 이사부와 사랑에 빠져 1남 3녀를 낳았다. 그 아들이 세종이다. 신라의 가계와 족보는 아들이냐 딸이냐 의미보다 골품이 우선이다. 성골인 지소에게 진골인 이사부는 사통관계로 신하일 뿐이다. 자녀들은 어머니와 궁에서 자라 이사부는 자식들과 대면하는 일조차 드물었다. 같이 살지는 않았지만 아버지 이사부의 학식과 덕망을 익히 들어온 터라 세종은 아버지를 그리워하고 존경했다. 그래도 군신의 관계로 아버지라 부르지는 못했다. 미실도 남편이 이사부를 아버지로 모시지 못하는 처지라 자신도 시아버지로 모시지 못했다. 그러나 오늘만큼은 국가의 원로요 대신은 물론이고 시아버지로서의 예우까지 다 동원해 보리라 마음먹고 찾았다.

"아니, 바쁜 미실궁주가 내 집까지 어인 일이오?"

이사부는 미실의 뒤를 흠칫거리며 어정쩡하게 맞아주었다. 혹여 아들 세종이 같이 왔나 하는 눈빛이었다. 그러나 미실을 따라온 시종이 입맛에 맞으실지 모르겠다며 이바지함을 자신의 시종에게 건넬 뿐이다. 군신의 예로 대해야 하긴 했지만 그래도 아들에 대한 애정과 기대가 왜 없겠나. 아들로 대할 수 없는 안타까움까지 더해 애틋함은 여느 아버지보다 더했다.

"그간 강녕하셨습니까."

미실은 공손히 절을 올렸다.

"세종전군께서도 안녕하시오?"

"예, 아버님! 너무 격조하여 면목이 없습니다."

"그럴 것 없소, 그저 태후와 전군이나 잘 모셔주시오."

이사부는 새삼스레 살갑게 구는 미실이 거북하게 느껴졌다. 아버님이라는 호칭 또한 생뚱맞아 덜컥 겁이 났다.

"부족하지만 성심을 다해 보필하려고 애쓰고 있습니다. 전군께서도 늘 아버님 안위를 걱정하고 있습니다.”

“고맙군요. 단순히 안부나 묻자고 오실 발걸음은 아닐 텐데 어인 행보요. 무슨 일이라도 있는 것이요?”

진흥제의 색공이 새삼스레 며느리 노릇하러 올 리는 없을 테고, 색사뿐 아니라 정권에도 깊숙이 관여하는 미실인지라 이사부는 마주하고 있기가 거북했다.

“그렇게 말씀하시니 송구스러워 몸 둘 바를 모르겠습니다. 차라리 불효를 크게 꾸짖어 주세요.”

“꾸짖다니, 어찌 그런 민망한 말씀을.”

이사부는 미실이 너무 몸을 낮추는 게 점점 더 미심쩍었다. 미실도 평소 자주 왕래를 하지 않았던 것이 마음에 쓰였다. 제 신분을 의식해서 체념하고 지내겠지만 그래도 아비인데 어찌 바라는 바가 없겠는가. 이사부로서는 섭섭한 마음이 들 수도 있다. 전군이야 그렇더라도 자신이라도 종종 찾아뵀었어야 했다는 생각이 이제야 들었다. 아쉬우니 찾아왔다고 고까워하지나 않을까. 오늘은 그냥 문안차 왔다고 하고 후일 다시 올까 주저되기도 했다. 그러나 그럴 시간적 여유가 없다. 논공행상은 내일이라도 있을 것이다. 부딪쳐 볼 수밖에 다른 방법도 대안도 지금으로선 없다.

“저어, 아버님. 실은 제가 걱정되는 일이 있어서 염치불구하고 상의를 좀 드릴까 해서 찾아뵀었습니다.”

“아니 궁주가 내게요? 궁주야 주변에 진흥제도 계시고 태후며 전군까지 힘이 돼 줄 분들이 즐비할 텐데, 어찌 나한테 상의를….”

“물론 윗분들하고 상의를 해도 좋겠지만 이번 사안은 아버님이 제일 좋을 듯합니다."

"사안이라면… 무슨?"

"예, 이번에 파진찬 거칠부 대총관과 세종전군이 고구려 정벌을 하고 돌아오지 않았습니까."

"그랬지요. 아주 큰 성과를 냈지요. 고구려가 다시는 한수를 넘보지 못할 게요."

"그래서 말씀인데, 그에 대해 곧 논공행상이 있겠지요?"

"당연하지 않겠소. 아주 큰 포상이 내려질 것입니다."

"저도 당연하다고 생각합니다. 다만 문노 화랑만큼은 재고를 해봐야 하지 않나 해서요."

"화랑 문노요? 아, 이번에 화랑들의 공이 크다고 하던데, 문노공이 큰 활약을 했나보지요? 전군이 잘 아시겠네요. 풍월주시니까."

"예, 이번에 용맹을 떨쳤다고 하더군요. 워낙 무예가 출중해 낭두들이 스승으로 모신다고 합니다. 하지만 그는 스스로 가야인을 자처하며 가야 출신들과 따로 어울린다 합니다. 그런 그에게 물질적 포상은 하더라도 관직을 주어서는 안 된다고 생각됩니다."

"어째서요?"

"가야가 신라에 복속되었다고는 하나 아직 반란군이 곳곳에서 일어나는 판에 그에게 관직이 있어 무리를 만들 수 있는 힘이 생긴다면 언제 반란군과 합세할지 모르는 일입니다. 더군다나 반란군은 왜국의 지원군도 끌어들인다 합니다."

"그렇긴 하나 문노가 가야인을 자처한다고 반드시 그런 무리들과 합세한다는 증거는 없지 않습니까. 공연히 그럴 수 있다는 추측만 갖고 논공행상에서 불이익을 줄 수는 없지 않겠습니까."

시아버지의 냉철한 지적에 미실은 몸이 달았다. 시아버지에게마저 공감을 끌어내지 못하면 일은 틀린 것이다. 미실은 시아버지가 문노에 대해 공분할 수 있는 일을 유도해보기로 했다.

"저 혹시 아버님께서 가야토벌을 위해 출정하신 일을 기억하시나요?"

"그걸 어찌 잊겠소. 종종 반란군이 일어나기는 해도 그때 완전히 토벌되어 복속이 되지 않았소. 내 마지막 출정이었고."

"그때 사다함 화랑을 기억하시는지요. 어린 나이임에도 부관으로 임명해 주셨던."

"아, 그 어린 화랑! 나이는 어리지만 용맹스럽긴 어느 장수 못지않았소. 그때 부상을 당해 아까운 목숨을 잃었지요. 사실 부상은 당했지만 목숨까지 잃을 정도는 아니라 곧 회복될 줄 알았는데 오히려 비보를 듣고 어찌나 비통하던지요. 참, 그러고 보니 궁주가 그 화랑과 열애에 빠졌다는 말을 들은 것 같은데. 그가 일찍 세상을 떠난 것도 전장에서 다치기도 했지만 궁주의 변심으로 자결했다는 소문까지 있었지 아마. 전군은 전군대로 식음을 전폐하고 궁주만 찾았고, 전군과 혼인한 융명은 소박을 맞아 출궁하고, 아무튼 그 무렵 태후의 고심이 이만저만이 아니었지요."

"송구하옵니다. 사다함은 제가 태후마마로부터 출궁명을 받아 사가에 나가 있다가 만났습니다. 어린 나이에 출궁의 슬픔이 커 쉽게 빠져들었나 합니다. 사다함 또한 젊은 혈기로 수심에 찬 제게 동정을 느꼈던 것 같습니다. 어쨌거나 둘 다 첫정이라 눈치 없이 행동해 세간의 놀림을 산 것뿐입니다. 믿어주십시오. 사다함의 자결 운운도 문노를 따르는 낭두들이 억하심정으로 지어낸 소문입니다. 그들도 아끼고 따르던 풍월주를 잃었으니 허탈했겠지요. 불미스런 일로 염려 끼쳐드려 죄송합니다."

미실은 사다함과의 열애가 풋내기들의 불장난처럼 별것 아님을 강조했다. 혹여 자신의 속셈이 그대로 드러나 일을 그르칠까 조심 또 조심해 말하면서도 조마조마했다.

"다 지난 일인데 이제와 시시비비 가릴 게 뭐 있겠소. 더군다나 죽은 사람인 걸요. 아무튼 국가의 큰 재목이 될 인물인데 생각할수록 안타까운 일이요. 그런데 새삼 왜 그 일을 들추는 것이오?"

"그때 사다함의 나이는 열여섯이었습니다. 화랑도의 규율에는 열여덟이 안 되면 참전할 수 없지 않습니까. 그런데도 나갈 수밖에 없던 이유가 있었습니다.

"그게 무엇이요?"

"당시 풍월주는 사다함이었으나 가장 무술이 뛰어난 화랑은 문노 화랑이었습니다. 사다함도 스승으로 모셨으니까요. 나이 또한 약관의 혈기왕성한 때였고요. 애초 사다함은 그에게 출정을 부탁했습니다. 하지만 그는 어미의 아들로 외가의 사람들을 괴롭힐 수 없다며 거절했습니다. 그를 추종하는 우수한 화랑들도 그와 뜻을 같이 했고요. 결국 풍월주인 사다함이 어린 나이임에도 출정할 수밖에 없었던 것입니다."

"그러고 보니 기억이 나는군요. 문노가 거절했다하여 내가 사람을 보냈는데도 마음을 바꾸지 않았지요. 병부에 속한 자라면 령으로 다스리겠지만 화랑인지라 유감스럽게만 여겼지요. 대신 그 못지않은 사다함이 출정하니 나는 오히려 심적 부담이 있는 문노보다 낫다고 여겼지요. 그리고 대승을 거두고 가야를 복속시킨 터라 다 덮고 넘어갔는데 궁주는 포한이 지셨겠습니다."

"제가 단순히 사사로운 감정으로 이리 상의를 드리는 것은 아닙니다. 그가 그토록 가야인을 자처하는 것은 그의 어미가 가야의 공주였기 때문입니다. 공주의 신분으로 호조부의 첩살이를 한 그의 어머니는 상심이 컸을 것입니다. 비조부와 사통하여 문노를 낳았으니 시름인들 오죽했겠습니까. 문노는 그런 어미의 버팀목이 돼 주었고 사사로이는 서출이란 설움을 삭히며 지냈을 것입니다. 그 설움을 잊기 위해 무예를 익히는데 혼신을 다했을 것이고요. 어미를 애석해하는 문노의 우직함이 언제 가야의 충성심으로 변할지 모르는 것입니다. 제가 알아본 바로는 그의 성정으로 보아 직급을 준다 해도 급찬 이하는 마다할 자입니다. 그에게 육두품 이상의 벼슬을 준다는 건 호랑이에게 칼을 쥐어주는 격입니다. 그래서 전군께 그 같은 염려를 전했으나 전군은 그와 호형호제하는 사이로 제 얘기는 귀담아 들으려 하지도 않습니다. 아버님께서 나서주시면 가한 줄로 압니다."

미실은 교태가 드러나지 않도록 정중하면서도 애잔한 목소리로 청원했다.

"글쎄요. 듣고 보니 궁주의 말이 옳은 것 같기는 한데 제게 무슨 힘이 있어야 말이지요. 더군다나 전군께서도 귀담아 듣지 않으신다니."

미실은 태후께 청을 해보라고 말하고 싶으나 그도 자존심이 있는데 며느리가 시킨다고 하겠는가. 공연히 덧들여 놓으면 일을 더 그르치고 말 것 같아 말을 돌려보기로 했다.

"이번 전투에 대총관이신 거칠부공과 각별하시다 들었습니다. 그분께 말씀드려봄은 어떠하올런지요."

"글쎄요. 장수는 목숨을 걸고 같이 전장에 나간 전우를 가장 소중히 여기지요. 아마 나도 그때 사다함이 죽지 않았으면 적극적으로 그를 입각시키려 했을 것이요. 내가 사다함을 아끼는 것이나 거칠부공이 문노를 아끼는 것이나 마찬가지일 테니 그는 벼슬을 품신하려들 것이요."

"그러면 그분을 대적할 수 있는 분이 없을까요?"

"큰 공을 세웠으니 진흥제나 태후마마 아니고는 어려울 거요."

"아버님께서 태후마마를 한번 만나보심이…."

미실은 아주 조심스럽게 얘기하느라 등에 땀이 스몄다. 진흥제는 자신이 구슬려 볼 요량이지만 태후만큼은 철옹성이었다. 그런 태후지만 사통 관계인 이사부의 말은 듣지 않을까 싶은 것이다.

"그동안 적조했으니 배알해보는 것도 좋긴 하지만 궁주께서 이렇게까지 문노의 입각을 막으려는 의도가 좀 의아하군요."

"아버님, 저 또한 혹시라도 제가 사다함의 일로 포한이 져 그런다고 오해를 받을까 염려하고 있습니다. 사실 그 오해가 두려워 전군께는 이처럼 소상하게 말씀드리지도 못했습니다. 저는 신라의 백성이고 색공이나마 공신이며 왕실 사람입니다. 어찌 한때 풋내기의 연정에만 사로잡혀 국사를 얘기하겠는지요. 부디 제 충심을 헤아려주십시요."

단아한 자태와 고혹적인 눈빛으로 애잔하게 읍소하는 미실의 모습에 노구의 마음은 이미 흔들리고 있었다. 때로는 보고 싶은 대로 보이고 느끼고 싶은 대로 느낄 때가 있다. 같은 떡이라도 남의 떡이 커 보이고, 고슴도치도 제 새끼는 함함하게 보이는 것도 그런 이치다. 아무리 현자라 해도 그 이치를 벗어나지는 못하는 것 같다. 적적하게 지내던 선비 이사부의 눈에 모처럼 찾아와 애절하게 간구하는 절세가인 며느리가 그저 어여쁘게만 보였다. 그녀의 말도 지당하게 들렸다.

흘러간 세월에 묻혀 잊고 지냈는데 다시 생각해보니 자신의 출정요청을 거절한 문노에게 슬그머니 섭섭함이 일었다. 처절했던 전장의 모습이 떠오르며 아리따운 며느리의 읍소가 보태지자 섭섭함은 점점 분노로 바뀌어갔다.

그때 사다함이 큰 부상을 입을 만큼 가야군의 저항은 거셌다. 가야로서는 나라의 존폐가 달린 절체절명의 전쟁이었다. 자신도 위험한 고비를 몇 번씩 넘겼다. 그야말로 삶과 죽음이 눈앞에서 넘실거렸다. 삶과 죽음 중 어떤 것이 덮칠지 아무도 장담할 수 없었다. 살려고 기를 쓰기보다 차라리 죽음을 각오하는 것이 마음은 더 편했다. 그때 사다함만한 용맹스런 장수가 몇 명만 더 있었으면 하는 아쉬움이 간절했다. 문노의 거절이 야속했고 무슨 수를 써서라도 처단을 하리라 다짐도 했다. 다행히 제때 지원군이 도착해 승리를 거둔 후 돌아와서는 승리감으로 덮고 말았다. 어찌 생각하면 제 말대로 외가의 나라이다 보니 마음 놓고 무예를 행사할 수 없었을지 모른다 싶기도 했다. 그런데 이제 논리 정연한 며느리의 읍소를 듣고 보니 새삼스레 괘씸한 생각이 들었다. 그때 하려다 만 처단을 이제라도 해야겠다는 생각이 들었다. 핑곗김에 옛 연인과 해후도 할 겸 태후궁을 찾으리라 마음먹으며 미실에게 잘 알겠노라 선심을 썼다.

미실은 행여 시아버지의 마음이 변할까 애교를 담뿍 담아 미소를 띠며 고마워했다.

편전에서 고구려정벌에 나섰던 장수들에 대한 논공행상이 논의되었다. 파진찬으로 있던 거칠부는 두 단계 승진하여 이찬으로 제수되고, 급찬으로 있던 주령장군은 일길찬으로 승진했다. 그 외 서력부 등 모든 장수들의 승차는 이견 없이 진행되었는데 화랑 문노는 의견이 분분했다. 관직을 주어야 한다는 거칠부와 아직은 더 두고 보아야 한다는 이사부가 팽팽히 맞섰다. 같이 국사를 편찬하고 늘 국정을 의논해오던 두 사람은 처음으로 맞상대가 되어 격론을 벌였다. 거칠부는 문노가 이번 전투에서 가장 용맹하게 임해 많은 낭도들과 군사들의 사기를 드높여 큰 전공을 세웠을 뿐만 아니라 앞으로도 크게 쓰려면 그에게 합당한 관직을 주어야 한다고 목소리를 높였다. 반면 이사부는 문노 스스로 가야인을 자처하며 가야인들을 중심으로 규합을 일삼아 자칫 반란군에 휩쓸릴 우려가 있으니 좀 더 두고 보아야 한다고 주장했다. 중신들은 누구의 의견이 옳은지 가늠이 되지 않았다. 이 문제에 가장 적극적이어야 할 세종은 아예 편전에 들지 않았다. 미실의 분주한 공작을 눈치 채고 있었기 때문이다.

결국 진흥제가 결단을 내렸다. 문노는 아직 젊은 화랑이니 이번이 아니더라도 직위에 오를 기회는 많다는 게다. 더군다나 가야의 반란군이 아직도 미련을 못 버리고 난을 일으키는 상황이니 그의 충성심을 더 본 후에 입각을 시키라 명했다. 대신 전답과 노비를 후하게 하사하라는 명이었다. 이사부나 진흥제나 미실의 의중대로 움직였다. 공작이 제대로 먹힌 것이다. 미실은 그런 결론이 있기까지 마음을 놓을 수가 없었다. 만에 하나 지소태후가 거칠부의 의견을 지지하면 그걸로 끝이 난다. 그런데 천만다행으로 진흥제에게 일임하고 편전에 나오지 않았다. 이사부와 진흥제가 사전에 따로 지소태후를 만나 그 같은 일을 재가 받았던 것이다. 두 사람은 태후에게 문노의 입각은 시기상조임을 강조했다. 물론 철저히 자신들의 생각임도 암시했다. 행여나 태후가 미실의 입김이 작용한 것을 알면, 자신들과 뜻을 같이 하다가도 틀어버리기 십상이기 때문이다. 그런 언행 역시 미실의 조언과 당부를 따른 것이다.

논공행상의 결과가 전달된 화랑도에는 청명한 날 갑작스런 소나기로 비설거지하듯 술렁거렸다. 특히 참전했던 화랑들은 분통을 터트리고 있었다. 하지만 중구난방으로 열을 올릴 뿐 누구 하나 대안도 대책도 내놓지 못했다.

고구려의 침공으로 여러 성을 잃은 백제가 동맹을 청해왔을 때 신라는 거절할 수 없었다. 단순히 의리를 지키기 위해서가 아니라 한수 이북으로 영토를 넓히고자 하는 진흥제의 속셈이 더 컸다. 단독으로 고구려를 치기보다 이웃 나라의 어려움을 돕는다는 명분도 있고, 혼자의 힘보다 둘의 힘으로 고구려를 친다면 더 많은 실익을 얻을 것이라는 계산이었다. 이에 오래전부터 어린 화랑들을 양성해왔던 진흥제는 실전에 화랑들을 적극 참전시켰고 이번에 큰 전과를 올린 것이다. 화랑도에서 무예를 익힌 화랑들은 병부에 들어가기도 했다. 그만큼 진흥제의 화랑에 대한 관심과 애정은 돈독한 편이었다. 더군다나 진흥제의 동생 세종이 풍월주로 있는 터라 이번 논공행상에 화랑들이 거는 기대는 어느 때보다 컸다.

화랑 문노는 구체적으로 벼슬에 대한 야망은 없었다. 백제의 동맹 요청을 받고 파진찬 거칠부가 대총관으로 군이 소집되었고 풍월주 세종전군이 부관으로 출정하게 되어, 나라와 전군에 대한 충성심으로 참전했다. 오로지 목표는 전군의 안위를 지키며 고구려 진영을 한수 이북으로 몰아내는 것뿐이었다. 평양으로 진군한 백제와 양공 작전으로 고구려의 군사력을 분산시킨 덕분에 기대 이상의 승리를 거두게 된 것만으로도 통쾌하고 값진 일이라 생각했다. 승전에 자신의 공로가 남달랐다는 평가만으로도 만족했다.

그러나 화랑도에서의 분위기는 달랐다. 화랑들은 문노의 입각에 대해 자신들의 일처럼 관심을 가졌다. 문노의 입각은 화랑의 대표성은 물론 화랑도에 대한 조정의 시각을 가늠해보는 잣대가 되고 있었다. 입각이야 당연하고 과연 직급이 어느 정도일까만 궁금해 할 뿐이었다. 입각에 관심 없던 문노 자신도 워낙 주위에서 당연해 하니 그럴 수도 있겠다는 기대가 들기 시작했다. 한 번 들기 시작한 기대는 시간이 갈수록 커져만 갔다. 5두품의 소사나 대사를 생각하다가 세종의 신임을 생각하며 6두품도 생각했다. 늘 소외감으로 풀죽어 사는 어머니를 떠올리며 효도할 수 있는 기회가 왔다고 설레기도 했다.

그런데 관직 없이 전답과 노비 정도가 고작이라니 화랑도는 술렁일 수밖에 없었다. 문노는 허방다리를 짚어 수렁에 빠진 것처럼 멍했다. 혼자 헛물켜다 들킨 것 같은 수치심이 들어 흥분하는 낭두와 화랑들 틈에 같이 있을 수도 없었다. 낭전을 빠져나와 말을 타고 월성 밖까지 달렸다. 옷이 땀에 젖도록 달리고 또 달렸다. 부끄러웠다. 공명심에 사로잡혀 화랑의 명예를 더럽힌 것만 같아 동료들에게 얼굴을 들 수가 없었다. 낭두들이 벼슬 운운할 때 부화뇌동 할 게 아니라 의연하게 일축했어야 했다. 아직 가야의 잔당이 호시탐탐 일어나는 마당에 가야의 공주 아들 그것도 서출인 자신을 한번 대승했다고 바로 입각을 시킬 신라가 아니다. 그렇더라도 한편으로 스며드는 허탈감은 아무리 말을 혹사시켜도 털어지지 않았다.

문노는 해거름에서야 집에 당도했다. 어머니 역시 처음에는 아들이 사지에서 성한 몸으로 돌아온 것만도 고맙게 여겼다. 하룻밤이 지나자 여기저기서 화랑들의 공로를 칭송하고 그 중에서도 문노에게는 직위가 내려질 것이라는 말이 떠돌았다. 평소에는 아는 체도 안 하던 아낙네들도 곰살궂게 인사를 했다. 민심이 조정의 분위기를 읽은 것일 수도 있고, 민심을 조정에 전달할 수도 있음이라 여겼다. 어머니의 기대는 그간의 시름을 날려 보내기에 충분했다. 그러나 이내 들려온 아들의 소식에 하늘을 날아오르다 날개가 찢어진 것처럼 마음이 쓰리고 아팠다. 자신이 이럴진대 아들의 마음은 오죽할까. 땀에 젖어 들어온 아들을 맞는 어머니는 사지로 떠나보낼 때보다 더 애잔했다.

"말이 다 지쳐 콧김이 뜨겁구나. 너는 괜찮은 거냐?"

"예, 걱정 마세요."

"얼마나 상심이 될지 다 안다. 모두 이 어미 죄다. 어미만 아니었으면 이런 처사가 가당키나 하겠냐. 정말 너 볼 면목이 없구나."

어머니는 아들의 얼굴을 똑바로 보지도 못했다. 문노는 더욱 마음이 아렸다.

"왜 어머니 죄예요. 다 제 운명이죠. 많은 사람이 알아주면 됐지 꼭 관직에만 나가야 출세를 하는 건 아니잖아요. 또 어쭙잖은 관직은 양에 차지도 않고요. 어머니 아들 이만한 일로 기 죽지 않아요. 그러니 너무 마음 아파하지 마세요."

"그래, 아직 젊디젊으니 언젠가는 기회가 또 오지 않겠니. 외가가 가야이긴 하나 넌 분명 신라 사람이다. 앞으로는 가야 사람이란 말을 하지 말고 철저히 신라 사람으로 살거라. 어차피 가야는 없어지고 말지 않았니. 신라 사람으로 신라에 공을 세우다 보면 크게 쓰일 날이 있을 게다. 이번에 직위를 못 받았다 하여 행여라도 불충한 생각은 하지 말거라. 의연하게 받아들여야 한다. 그래야 네가 더 크게 보이는 게야. 이만한 일로 불만을 드러내면 소인배로 보인다. 난 믿는다."

어머니의 눈에는 눈물이 어룽거렸다.

"알았습니다. 저도 처음부터 벼슬을 탐하진 않았습니다. 낭도들의 부추김에 잠시 정신이 해이해졌던 것 같아요. 병부를 통솔했던 아버지의 아들로 혼신을 다해 무예를 익히고 학문에만 힘쓰겠습니다. 그러다 보면 알아봐 줄 위인도 생기고 크게 쓰일 기회도 오겠지요. 그러니 어머니도 너무 상심 마시고 기다려주세요."

"그래, 모쪼록 그래야지."

"어이구, 이러다 우리 어머니 우시겠네. 월성을 돌았더니 시장한 걸요. 저녁 멀었어요?"

문노는 일부러 능청을 떨며 눈물이 그렁그렁한 어머니를 위로했다.

"아니다. 곧 차려 오마. 고맙다. 지하에서 아버지도 응원해 주실 게다."

어머니는 눈물을 훔치고 자리에서 일어났다. 문노는 쉬 삭혀지지 않은 배반감과 굴욕감을 속으로 씹어 삼켰다. 처음에는 세종과 국가를 향한 배반과 굴욕이었지만 따로 내막이 있었음을 알고 난 후부터는 방향이 바뀌었다. 그리고 그 방향을 향해 아주 날카로운 화살을 품었다.

낭전은 여전히 술렁였다. 무슨 계책을 세워야 한다고 열을 올리는 축도 있고, 정중히 항의를 해보자는 축들도 있었다. 중구난방으로 열을 올리다 문노가 들어서자 일제히 입을 다물고 그를 응시했다.

"나를 위해 분개하는 그대들의 마음 충분히 이해합니다. 제 신분이 미천하여 여러분들께도 누를 끼치는 것 같아 미안한 마음 금할 길 없습니다. 그러나 우리 화랑들이 누굽니까. 문무를 두루 섭렵한 신라 최고의 동량들입니다. 나라는 기필코 우리를 크게 쓰게 될 것입니다. 지금 제가 직위를 받아보았자 무슨 직위를 받겠습니까. 더 연마하여 때를 기다리십시다. 여러분 또한 벼슬을 따른 것이 아니라 나를 따른 것이리라 믿습니다."

"물론 공의 말씀이 지당하신 줄 압니다. 하오나 듣자하니 이번 일에는 미실궁주가 진흥제와 이사부를 조정하여 이루어진 것이라는데 세종전군이 보고만 있었다는 게 너무 서운합니다."

"보고만 계셨기야 했겠습니까. 아마 그분도 여러분 못지않게 마음이 아플 겁니다. 며칠째 이곳에 나오지 못하는 것만 보아도 알 수 있지 않습니까."

풍월주가 너무 물러서 그런 거라는 둥 미실의 농간에 놀아난 사내들이 한심하다는 둥 낭전은 수런거리는 낭두들로 어수선했다. 문노는 작심을 선포하듯 분분한 낭도들을 향해 일갈을 가했다.

"나도 잊지는 않을 겁니다. 잊는 게 아니라 참는 겁니다. 그러니 여러분, 저와 함께 힘을 키웁시다. 우리가 직위를 구하는 게 아니라 나라에서 직위를 들고 찾아올 때까지 연마를 게을리 하지 맙시다."

"역시 문노공입니다. 목숨을 바쳐 따르겠습니다."

낭도들은 이구동성으로 충성을 맹세했다. 문노도 주먹을 들어올리며 맹세에 화답했다. 그러면서도 아무도 모르게 어금니를 악물며 이름 하나를 새겼다.

'미실!'

어쩔 수 없었음을 토로하며 미안해하는 세종에게 문노는 오히려 마음 쓰지 말라며 위로해 주었다. 화랑으로서 국가에 충성할 수 있는 기회를 얻었으면 그것으로 흡족한 일 아니냐며 다소 과장되게 너스레도 떨었다. 세종은 몸 둘 바를 몰랐다.

"전군폐하. 하여 하사하신 전답과 노비도 사양할까 합니다. 거두어 주십시오."

문노는 군신의 예를 갖춰 세종에게 청했다.

"아니, 그게 무슨 말인가. 너무 적어서 그런가? 아, 물론 적지. 하지만…"

전에 없이 경직된 문노의 언행에 세종은 당황하여 말을 제대로 잇지 못했다.

"아, 아닙니다. 그렇지 않아도 그런 오해를 살까 걱정했습니다. 적기는커녕 과분하지요. 그만한 전답과 노비면 공연히 제가 안주할까 두려워서 그럽니다. 저는 아직 담금질이 필요한 때라고 생각합니다. 그래서 좀 더 큰 재목이 될까 합니다."

세종이 무안하여 몇 번 뜻을 거두어 달라고 부탁했지만 문노의 생각은 완강했다. 밭 몇 뙈기로 만족해 하는 자신을 상상하며 성취감에 젖어있을 미실을 생각하면 흙 한줌도 받을 수 없었다. 강한 부정은 긍정을 의미하듯, 시혜에 대한 필요 이상의 거부는 항거라는 걸 미실 또

한 모르지는 않을 것이다.

　세종은 어쩔 수 없이 문노의 고사를 받아들일 수밖에 없었다. 하지만 문노의 어금니에 미실의 이름이 깨물려 있으리라곤 짐작도 못했다.

태후 대 황후

신라는 스스로 신국(神國)이라 했다. 왕실이 신성한 알에서 태어난 국가다. 신의 혈통을 이어가야 할 왕실은 인통과 골품을 철저히 지켰다. 신라 여인이 혼인을 통하여 왕실과 연을 맺는 인통은 김알지계와 박혁거세계로 맥이 이어져왔다. 모계로 이어지는 이 권력구조는 김알지계의 대표로 지소태후가 이끄는 진골정통과, 박혁거세계의 대표로 사도황후가 이끄는 대원신통으로 구분되었다. 골품에 대한 집념은 절대적이고 필사적이었다. 특히 성골을 지키기 위해서는 근친혼인과 중첩혼인도 마다하지 않았다.

법흥왕의 딸인 지소태후는 숙부 입종과 혼인했다. 입종이 조카딸을 무척 귀애해 주기는 했으나 부부라기보다는 부녀지간의 정으로 살았다. 그래도 둘 사이에서 삼백종(진흥제)를 낳았다. 입종이 일찍 죽자 법흥왕은 여동생의 아들 박영실을 지소의 계부로 삼게 했다. 고종사촌간이다. 법흥왕은 박영실을 몹시 총애해 후사를 잇게 할 생각까지 했다. 그러나 장부의 기질이 있는 지소는 소심하고 감성적인 박영실을 싫어했다. 아버지의 강권을 거역할 수 없어 계부로 받아들이긴 했지만, 마음으로는 헌헌장부인 이사부를 흠모했다. 이사부는 고구려와 백제에 맞서 큰 전공을 세웠을 뿐만 아니라, 가야를 토벌하여 신라에 복속시켰으며 우산국을 기개와 지혜로 장악한 장수였다. 이사부 역시 화통한 지소를 연모했다. 둘은 사통으로 1남 3녀의 자식을 두었으니 그 아들이 세종전군이요, 첫째 딸이 숙명이다.

지소가 박영실을 좋아하지 않은 것만큼 영실도 지소를 좋아하지 않았다. 지소가 이사부와 정분을 쌓는 동안 한량 생활을 즐기던 영실은 색공 옥진과 부부의 연을 맺었다. 이 부부 사이에서 태어난 딸이 진흥제의 정비인 사도황후다. 박영실을 총애한 법흥왕이 그의 딸 사도도 귀애해 일곱 살 동갑의 외손자 삼백종과 혼인시킨 것이다. 삼백종은 지소태후와 입종 사이의 소생으로 법흥왕에게는 외손자이자 조카가 된다. 그때까지도 법흥왕은 박영실을 보위에 올리고 딸 지소를 황후로 삼을 생각이었다. 박영실을 싫어한 지소는 황후보다는 아들을 보위에 앉혀 태후가 되길 원했다.

아버지 법흥왕의 뜻에 따라 사도를 며느리로 맞이하긴 했으나, 박영실과 옥진의 소생인 사도가 지소로서는 처음부터 마음에 들지 않았다. 하지만 어린 사도는 어른들의 얽히고설킨 감정들이야 어찌됐던 일곱 살 동갑내기 삼백종과 동무로 오누이로 연인으로 살갑게 정을 키워갔다. 삼백종이 법흥왕의 보위를 이어받아 진흥제가 되었을 때는 어엿한 부부로 정 또한 돈독했다. 하지만 아직 어린 진흥제 대신 섭정을 맡은 지소태후의 눈에 사도는 가시였다. 하지만 사도는 그 가시를 견뎌내고 이제는 신흥세력으로 떠올라 추상같은 지소태후와 맞설 수 있게 되었다.

왕실이 골품을 지키기 위해서 근친결혼을 해오던 터이기도 하지만 지소태후는 사도황후를 견제하기 위하여 이중 삼중으로 혼맥을 엮어

놓았다. 자신과 이사부 사이에서 낳은 큰딸 숙명은 동복 남매인 진흥제와 혼인시켰고, 자신과 이화랑 사이에서 낳은 딸 만호는 손자 동륜과 혼인시켰다. 그러나 애정 없이 혈통으로만 맺어진 혼맥은 외양은 단단해 보이나 속은 텅 비어 있는 대나무처럼 허허로웠다. 간신히 아들 삼백종을 얻고 남남이 되어버린 자신과 입종처럼, 숙명과 진흥제도 서로 싫어해 마지못해 금륜을 낳고는 남남이 되어버렸다. 또 다른 숙부 진종 사이에서 얻는 딸 융명은 세종과 혼인시켰으나 소박맞고 말았다. 딸 만호가 동륜과 부부의 연을 맺고는 있지만 시어머니인 사도황후가 만호를 마뜩찮아 하고 있으니 그 또한 불안했다.

두 여인 지소태후와 사도황후가 태자책봉을 놓고 팽팽히 맞선 건 어쩌면 당연한 일이었다. 동륜과 금륜 두 왕자 중에 누가 태자가 될지 왕실은 물론 모든 중신들은 촉각을 세웠다. 태자라 하면 다음 왕통을 이을 사람이니 당연히 동량으로서 됨됨이를 따져야 하나 그건 뒷전이다. 동륜을 앉히려는 사도황후와 금륜을 앉히려는 지소태후의 기 싸움으로 전개되고 있었다. 모든 왕실과 중신들의 눈과 귀는 이 두 여인에게 모아졌다. 사가로 치면 고부간의 대결이요, 왕실로 치면 진골정통과 대원신통의 대결이었다. 왕실은 물론 대신들 사이에서도 어느 쪽에 줄을 서야 할지 인력과 눈치와 정보가 총동원되었다.

지소태후에게는 둘 다 손자이긴 하지만 동륜은 사도황후의 소생이요, 금륜은 자신의 딸인 숙명의 소생인지라 금륜을 태자로 삼으려 하는 것이다. 반면 사도황후가 제 아들인 동륜을 태자로 삼으려 하는 것은 당연한 일이었다. 아직은 지소태후의 기득권에 사도황후가 밀리는 정황이지만 앞으로의 기세는 만만치 않았다. 두 왕자의 아버지인 진흥제는 맏이인 동륜에게 기울었다. 그러나 어린 자신을 대신해 한동안 섭정을 한 어머니의 뜻을 거스를 만큼의 입지는 못 되었다. 아내와 어머니 사이에서 진퇴양난이었다.

"주상, 아직도 마음의 결정을 못 보시었습니까. 물론 맏이로 보위를 잇고 싶은 마음은 충분히 이해합니다. 그러나 내 누누이 말씀드리지만 사람 됨됨이와 출신을 무시해서는 안 됩니다. 내게는 동륜이나 금륜이나 똑같은 손자입니다. 하지만 동륜은 색공의 피가 흐르는 황후의 소생으로 왕실의 적통이 아닙니다. 허나 금륜은 김알지계의 적통으로 제 밑에서 자란 왕자입니다. 선왕인 법흥제부터 정사에 관여했던 이 어미가 아무려면 황후의 소견을 능가하지 못하겠는지요. 속히 금륜을 태자로 책봉하여 주상의 효심과 함께 탄탄한 신라의 위상을 대내외적으로 보여주세요."

동륜에 기울어 있는 진흥제의 마음을 간파한 지소는 효심까지 내세워 진흥제를 압박했다. 제 속을 들어갔다 나온 사람처럼 꿰뚫고 있어 진흥제로서는 태후를 설득해 볼 여지를 찾지 못했다. 그저 아직 왕자들이 어리니 서둘지 말자는 정도로만 미루어놓곤 했다. 하지만 지소태후는 일찌감치 태자를 책봉해 놓아야만 왕실이 안정되고 그래야만 조정도 튼튼하다며 책봉을 서두르라 재촉했다. 공연히 시간을 끌다가 맏이인 동륜에게 대세가 기울지 않을까 불안한 눈치가 역력했다.

사도황후의 베갯머리송사도 녹록치 않았다. 황후는 태후궁에 들어 닦달을 당하고 왔을 진흥제에게 읍소했다.

"사가에서도 맏이로 하여금 대를 잇는 게 적통이거늘 어찌 왕실에서 차자인 금륜이 적통이라 하십니까. 또한 작금은 김알지계가 보위를 이어오고 있지만 박혁거세계 또한 왕실의 시작으로 대통을 잇는데 무엇이 하자라는 말입니까. 폐하 통촉해 주시옵소서."

일곱 살부터 부부의 연으로 살아온 황후의 애절함에 진흥제는 한숨만 나왔다. 그래도 어머니의 뜻을 거스를 수 없지 않느냐는 군색한 논리로 황후를 달랠 수밖에 없었다.

"물론 태후마마의 뜻을 따르는 게 효도임은 분명하나 신국의 왕은 가장 지존이십니다. 아무리 태후라 해도 왕 위에 존재할 수 없습니다. 마마의 뜻이 가당치 않을 때는 효성에 앞서 충성으로 그 뜻을 거두게 하실 수도 있어야 합니다."

황후는 조금도 밀리는 기색 없이 진흥제를 압박했다. 자신의 의중에 동륜이 있음을 알고 하는 말이라 진흥제는 달리 말릴 방법이 없어 태후에게 그랬던 것처럼 좀 더 두고 보자며 시간만 끌었다. 황후가 추상같은 태후에게 맞서 그리 당당하게 나오는 데는, 태후의 아들 세종을 조카 미실이 입속의 혀처럼 부리고 있고, 무엇보다 어려서부터 정을 키워온 진흥제가 뒷배가 돼주기 때문이다.

황후는 입궁할 때부터 못마땅해 하는 태후의 눈총이 무섭고 두려웠다. 울타리가 돼주던 법흥왕이 세상을 떠나고부터 사정은 더욱 악화되었다. 태후가 숙명을 진흥제의 정비로 들이면서 사도는 후비로 밀리고 말았다. 사도는 지푸라기라도 잡는 심정으로 진흥제에게 매달렸다. 다행히 진흥제는 숙명을 멀리하고 사도를 감싸주었다. 그럴수록 태후의 눈총은 날카로워져 갔다. 마침 하늘의 도움으로 이제 막 꽃봉오리처럼 육신이 벌어지고 있던 미실이 입궁하게 되었다. 하늘의 도움이라 할 수밖에 없는 것은 미실의 입궁이 태후에 의해서 이루어졌기 때문이다.

아들 세종이 외모와 체격은 아비 이사부를 닮아 헌걸찬데 마음은 너무 여리고 소심해 걱정이던 지소태후는 서라벌의 한다하는 미색의 낭주와 궁주들을 불러 연회를 열어주었다. 그 자리에 미실이 초대되었고 세종은 미실에게 마음을 빼앗겼다. 미실은 누가 보아도 귀엽고 사랑스러웠다. 태후는 너무 요염해 보여 내키지는 않았지만 세종이 처음으로 마음에 들어 하는 처자인지라 아들의 성숙을 위해 합궁 시켰다. 그녀가 법흥왕과 박영실을 치마에 감쌌던 색공지신 옥진의 외손녀로 음사를 전수받았을 줄을 어찌 짐작이나 했겠는가. 미실은 외할머니에게 전수받은 음사를 이제 막 색에 눈을 떠가고 있는 세종에게 살뜰히 베풀었다. 두 사람 다 첫 시험이었다. 그 시험을 미실은 잘 치렀고 세종은 잘 보았다. 그 길로 미실은 궁에 눌러앉았다.

가뜩이나 미실이 너무 요염해 마뜩찮은 태후는 미실이 옥진의 손녀요 사도의 조카라는 사실을 알고는 심기가 여간 불편한 게 아니었다. 미실의 어미 묘도는 사도와 자매지간으로 옥진의 딸들이다. 큰아들 진흥제는 사도에게, 작은아들 세종은 미실에게 빠져 자신의 뜻이 제대로 먹혀들지 않자 태후는 아예 두 여인을 출궁시킬 계책을 생각했다. 왕실을 음탕한 색사로 미혹시키고 정사를 흐려놓는다는 이유로 사도를 폐비시키려 했다. 그러면 미실쯤이야 같이 내쫓을 수 있는 명분이 생긴다. 소박당한 딸 숙명을 위해서라도 사도를 폐비시키기 위해 혈안이 되어 꼬투리를 찾았다.

어머니의 그런 의중을 눈치 챈 세종은 난생 처음 얻은 보물을 잃어버릴까봐 좌불안석이었다. 급한 마음에 사도황후야 어찌되든 미실만이라도 지키고 싶었다. 제 딴에는 방법이랍시고 미실을 곁에 둘 수 있도록 어머니께 응석을 부려보았으나 어머니는 사도와 미실을 머리와 꼬리의 한 몸으로 싸잡아 내치려 했다. 애가 탄 세종은 제 품에 안겨 이슬 머금은 꽃잎처럼 싱그러운 향을 품어내는 미실의 얼굴에 눈물을 떨어뜨렸다. 놀란 미실은 눈물을 닦아주며 사근사근 연유를 물었다. 더욱 초조해진 세종은 어머니의 의중을 토설했다. 미실은 세종의 품에 얼굴을 묻고 흐느꼈다. 세종은 그 흐느낌에 삭신이 녹아내리는 듯했다. 둘은 애써 어머니 지소태후의 마음을 돌릴 방도를 궁리해보았지만 길을 찾을 수 없었다. 미실은 그래도 황후라면 방도를 찾을 수 있지 않을까 싶어 자신과 황후가 위태롭게 된 사실을 이모 사도황후에게 알렸다. 사도는 진흥제의 품을 파고들어 눈물로 사랑을 호소했다. 어머니의 뜻을 거역할 수 없어 동생 숙명을 정비로 맞고 사랑하는 사도를 후비로 내려앉히기까지 했는데 아예 폐비까지 시킨다니 진흥제는 더는 양보할 수 없었다.

진흥제의 강한 반발로 태후는 사도의 폐비 계책을 중단할 수밖에 없었다. 그래도 이왕 빼든 칼을 그냥 칼집에 넣을 수는 없었다. 미실이 출궁을 당했다.

이번에는 세종이 가만히 있지 않았다. 최악의 경우 사도황후야 어찌 되든 미실만은 지키고 싶던 그였다. 그런데 그 반대 상황이 벌어지니 흥분을 금치 못했다. 사도황후를 지키기 위해 반기를 든 형 진흥제의 용기에 힘을 얻기도 했을 것이다. 그러나 그보다는 혈기왕성한 수컷에게 효성보다 애정이 강했다. 그것도 이제 막 황홀한 암내를 맡은 수컷에겐 본능이 앞서게 마련이다. 세종은 유약하고 순종적이던 종전의 모습은 상상도 할 수 없을 만큼 거칠게 항거했다. 지소는 딸 융명을 혼인시켜 달래보았지만 곡기를 끊은 세종은 피골이 상접해 갔다. 보다 못한 융명이 출궁하자 어쩔 수 없이 사다함과 사랑에 빠져 있던 미실을 도로 불러들일 수밖에 없었다. 그것도 세종의 정비가 되어야만 들어가겠다는 미실의 요구 조건까지 받아들여야 했다.

사도황후는 자신이 폐비당할 처지에서 자신을 구하려다 쫓겨난 미실에게 여간 미안한 게 아니었다. 게다가 언제 다시 폐비령을 내릴지 모를 태후에 대한 두려움으로 늘 마음 졸였다. 그런 차에 다시 미실이 입궁하자 적의 포위망을 벗어난 것처럼 기뻐 얼싸안았다. 때마침 숙명의 외도까지 들통 나 사도는 다시 황후의 자리도 찾게 되었다. 어머니에 맞서 제 편이 되어준 진흥제가 한없이 고마웠다. 하지만 언제까지 그래 줄지는 의문이었다. 사도는 자신보다 젊고 음사에 능한 미실을 색공의 신분으로 진흥제를 모시게 했다. 진흥제의 마음은 자신이, 몸은 미실이 꽁꽁 묶어두려는 심사였다. 사도는 미실과 삼생(전생 현생 내생)의 일체가 되기로 약속했다.

진흥제와 미실 거기다 미실에게 끌려온 세종까지 뒷배가 든든해진 황후는 더 이상 당하고만 있지는 않겠다고 다짐했다. 자신의 아들인 동륜이 태자만 된다면 향후 지소태후쯤 얼마든지 맞상대할 수 있으리라 상상을 부풀려 갔다.

대신들 간에도 어느 편을 들어야 할지 서로 눈치를 보며 은근히 편이 갈라지는 조짐이 감지되고 있었다. 사도황후의 오라비 노리부야 당연히 동륜을 지지했고, 지소태후의 명을 받아 출정을 했던 주령 탐지 등은 금륜을 지지했다. 하지만 가장 영향력이 큰 이사부와 거칠부의 태도가 어정쩡해 뚜렷하게 패가 갈리지는 않았다. 지켜보는 이들도 답답했지만 당사자들은 더 속이 탔다.

이사부는 당연히 연인인 지소태후의 편을 들어야 했다. 더군다나 금륜은 자신의 딸 숙명의 소생이다. 하지만 아들 내외인 세종과 미실이 사도황후 측을 지지하다 보니 확실한 태도를 취할 수 없었다. 근자에 들어와서는 태후마저 젊은 연인 이화랑에게만 빠져 소원하게 지내는 형편이다. 그러다 보니 섭섭하고 허전한 마음에 아들이 더욱 애틋하게 느껴지곤 했다. 며느리 미실도 문노의 직위 제수를 막기 위해 찾아온 뒤로는 살갑게 굴었다. 게다가 자신 역시 박이사부로 박혁거세계인 대원신통이다보니 사도황후 편에 서는 것이 도리다. 하지만 자신의 아이를 넷씩이나 낳은 지소태후도 쉽게 배반할 수는 없었다. 무엇보다 외손자가 왕위를 이어받는 걸 방해할 수는 없었다. 이러지도 저러지도 못하는 처지라 칭병하고 입궁하지 않는 날이 많았다.

딸 윤궁을 동륜의 후비로 들여보낸 거칠부의 속내는 한층 더 답답했다. 동륜이 태자로 책봉되리라는 미실의 말을 믿고 후비로 보냈는데, 섭정에서 물러났다고는 하나 아직 막강한 권력을 행사하는 지소태후를 너무 과소평가한 게 아닌가 좌불안석이었다. 인통은 모계를 따르는 것으로 진흥제는 지소태후계인 진골정통이지만 아들 동륜은 사도황후의 소생으로 대원신통이 된다. 금륜은 지소태후의 딸 숙명 소생이므로 진골정통이 된다.

거칠부는 자신도 김알지계인 만큼 진골정통인 지소태후 편을 들어야 한다. 하지만 딸을 동륜과 혼인시킨 아비의 심정으로는 사도황후 편에 설 수밖에 없었다. 물론 겉으로 내색하진 못했다. 대신들끼리 갑론을박 따질 때도 왕실의 일이라며 짐짓 관망만 하는 처지였다. 조카인 미실을 만나고 돌아온 아내의 말로는 조정에 미치는 영향력이 같은 반달인데, 태후는 기우는 반달이요 황후는 차오르는 반달이라 했다. 미실의 말이 얼마나 신빙성이 있는지 추이를 지켜볼 뿐이었다.

대신들이 동륜과 금륜 양쪽으로 은근히 나뉘기는 해도 박이사부와 김거칠부 두 재상이 뚜렷한 금을 긋지 않아 위험한 단계로까지 파급되지는 않고 있었다. 하지만 기다리다 못해 대신들이 두 재상을 부추기기라도 하면 그들도 어쩔 수 없이 판을 나누리라. 진흥제는 그 전에 결정을 해야 한다고 조바심을 내었다. 하지만 도무지 뜻을 굳힐 명분을 찾지 못해 안동답답이로 속만 끓이고 있었다.

왕과 대신들의 우유부단함을 견디다 못한 태후가 몸을 움직였다. 화랑과 낭두들이 풍월주보다 더 따른다는 문노를 불렀다. 지난번 논공행상 때 문노에게 직위를 내리라는 거칠부의 품신을 진흥제와 이사부의 말만 듣고 불허를 묵인한 게 다시금 마음에 걸렸다. 뒤늦게 미실의 입김이 작용했다는 걸 깨닫고 몹시 분개했었다. 이사부가 나서 자신이 가야정벌 때 문노에게 당한 섭섭함을 토로하며 설득하지 않았다면 어떤 조치를 취했을 것이다. 사실 미실에 대한 개인감정만 배제한다면 충분히 일리 있는 생각이라 그대로 접고 말았다. 어쨌거나 내내 찜찜한 일로 염두에 남아있다. 게다가 하사한 전답과 노비를 문노가 마다했다니, 그의 힘이 절실한 지금 생각해보면 실수를 한 게 아닌가 하는 미련이 들기도 했다.

"찾아계시옵니까?"

"오, 문 화랑. 어서 오시오. 기상이 더욱 늠름해 보이오."

"마마의 보살핌과 은덕 덕분이옵니다."

"지난번 논공행상 때의 일은 나도 유감으로 생각하오. 주상과 대신들에게만 맡겼더니 일을 그리 처리한 모양이요. 일을 처리한 뒤 정사에서 물러난 내가 다시 번복하는 것도 무리가 될 것 같아 그냥 묵인하고 말았소. 나중에 하사한 전답마저 고사했다는 얘기를 듣고 문 화랑의 심정을 헤아리니 내가 너무 소홀했다 싶기도 했지만 어쩔 수가 없었소. 많이 섭섭했을 게요."

태후는 장황하리만큼 변명을 했다. 진심이 없는 건 아니지만 어쩐지 어떤 청탁에 앞서 길을 닦아두려는 속셈이 있는 듯했다.

"아니옵니다. 소신은 화랑의 위상을 높여 마마의 은덕에 조금이라도 보답하고 국가의 안위를 지키는 데 일조를 했다는 것만으로도 만족합니다. 또한 전답을 고사한 것은 제가 자만에 빠져 화랑의 품위를 손상시킬까 염려되어서 그리했습니다."

문노는 태후의 지나친 변명에 당황하여 같이 변명을 하면서도 겉돌고 있다는 느낌을 지울 수 없었다. 미실에 대한 반감을 빼고 얘기하자니 속없는 만두 같아 면구스럽기 그지없었다. 하지만 태후의 변명 역시 비슷한 느낌을 주고 있으니 과히 나무라지는 못할 것이라는 배짱도 들었다.

"그래요. 더욱 정진하다보면 머지않아 기회는 또 있을 게요. 그리고 오늘 문 화랑을 보자고한 것은 청이 있어서요."

"청이라니요. 하명하소서. 뜻을 받자올 것입니다."

"역시 호쾌하여 든든하오. 태자책봉에 관한 일이요. 그대도 알겠지만 지금 신국의 태자궁이 비어 있오. 그래 금륜과 동륜 두 왕자 중에 태자를 삼으려 하는데 왕과 대신들의 의견이 분분하다오. 혹시 화랑들은 이 일에 대해 무슨 얘기들을 안 하오? 이를테면 두 왕자 중 누가 됐으면 좋겠다든가 하는."

태후는 일단 화랑들의 동태부터 살폈다. 자신이 창설한 조직이니 자신의 뜻을 따르리라는 생각은 들지만 만에 하나 섭정에서 물러난 자신보다 친정(親政)에 들어간 왕의 심중을 따르는 기색이 있다면 섣불리 의중을 드러낼 일은 아니란 조심성 때문이었다.

"화랑들이야 어느 분이든 빨리 책봉되어 왕실이 튼튼해지기만을 바랄 뿐입니다."

"그럴 줄 알았소. 화랑들이야 권력에 휘둘리지 않고 정의를 소중하게 여기는 동량들 아니겠소. 그래 청을 하는 것이오. 다름 아니라 문화랑이 화랑과 낭두 낭도들을 주도하여 하루속히 태자책봉을 하라는 상소문을 주상께 올려주었으면 하오."

"예? 단순히 태자책봉만 서둘러 달라는 상소를요?"

문노는 장황한 변명과 함께 청이라기에 금륜을 태자로 책봉하는데 어떤 역할을 해 달라고 할 줄 알았다. 그런데 단순히 책봉만 서둘러 달라는 상소를 올려 달라니 의외였다.

"그렇소. 의당 풍월주에게 부탁해야 하나, 풍월주는 미실과 황후의 간교로 이미 동륜을 지지하고 있으니 금륜을 책봉하려는 나로서는 문화랑에게 청할 수밖에 없었소. 내가 금륜을 태자로 삼으려 한다고 해서 화랑들도 나와 뜻을 같이 해달라는 것은 아니요. 그저 책봉만 재촉해달라는 것이요."

역시 노련한 태후다. 문노는 다시금 태후의 명민함에 절로 고개가 숙여졌다. 대놓고 금륜을 지지해 달라면 힘들었을 것이다. 그냥 책봉만 서둘러 달라니 힘들 건 없다. 그런데 그것이 무슨 효과가 있을까 싶었다. 그러나 생각해 보면 최적의 전술이다. 진흥제의 친정 후 태후의 위상은 약해질 수밖에 없다. 반면 황후의 위상은 상승하고 있다. 태후로서는 자신의 위상이 더 약해지기 전에 태자책봉을 매듭지어야 했다. 그만큼 시간적 여유가 없는 것이다. 그런데 만일 금륜을 지지해 달라면 아무리 화랑들이 따르는 문노라 하더라도 동륜을 지지하고 있는 풍월주 세종과 미실의 심복 설원랑이 있는 한 의견을 규합하는데 시일이 걸릴 것이다. 시일만 걸리는 게 아니라 낭두와 낭도들 전부를 태후 쪽으로 기울게 하는 데도 한계가 있을 게다. 하지만 그저 책봉만 서둘라는 상소문쯤이야 모든 화랑과 낭두 낭도들이 쉽게 동참할 것이다. 화랑들이 상소를 올리면 은연중에 화랑도를 만든 태후를 지지하는 것으로 비칠 것이고 왕과 대신들은 이를 무시하지 못할 것이다. 그렇게 세와 시일을 선점하려는 것이다. 또한 미실이 동륜편임을 내비친 것도 미실에게 반감을 가지고 있을 문노가 이 일에 적임자임을 드러낸 것이다.

"그렇지 않아도 빨리 세자 책봉이 끝나야 왕실이 안정되고, 왕실이 안정돼야 국정이 안정될 거 아니냐며 말들이 오가는 중입니다. 속히 의견을 모아 상소를 올리겠나이다."

문노는 망설임 없이 답했다. 태후는 이제야 마음이 놓인다며 우회적으로 충성을 강요했다. 문노는 태후의 지지도 얻고 미실도 견제할 수 있는 기회라 여겼다.

황후도 가만히 있을 수 없었다. 미실을 불러들였다.

"화랑도에 연판장이 돈다고?"

"예, 마마. 태자책봉을 서둘러 달라는 상소문이랍니다."

"그래 얼마나 진행되고 있는가?"

"처음엔 낭두들이 책봉을 서둘든가 말든가 우리가 무슨 상관이냐고 시큰둥했는데 문노가 설득했다합니다. 지금 왕실과 조정에서는 이 문제로 다른 일을 못하고 있다, 그러니 이 일을 빨리 매듭지어야 다른 민생을 살필 것 아니냐, 뭐 그런 식으로요. 우리의 상소가 무슨 효력이 있겠냐, 공연히 정권에 휩쓸리는 건 아니냐 등 의구심이 많았는데, 이 역시 문노가 민심을 대변하자는 뜻으로 설득했다 하옵니다. 설원랑 말로는 거의 마무리 될 것 같답니다."

"역시 태후는 간교한 늙은이야. 넌 어째 다른 사내들은 다 휘어잡으면서 문노는 못 잡니? 설원랑 열이면 뭐하고 화랑 백이면 뭐하니, 세종전군도 어쩌지 못하는 게 문노인데."

"면구스럽습니다. 하온데 태후가 왜 직접 금륜을 지지하는 상소를 올리라 하지 않고 그저 책봉만 서둘러 달라는 상소를 올리라 했을까요."

"그러게 간교하다는 것이지. 직접 금륜을 지지하라면 화랑들인들 쉽게 응하겠냐. 또한 응했다하더라도 조정에서는 한 파벌의 의견으로 의미를 축소할 것이다. 그러나 단순히 책봉만 서둘라면 민심을 전하는 것으로 받아들일 수 있지. 또 그것이 화랑도의 상소라면 암암리에 화랑도를 창설한 태후 측을 지지하는 것으로 비칠 테니 압박으로 받아들여질 수 있는 것이지."

"그렇군요. 노골적으로 금륜을 지지하는 것이라면 풍월주나 설원이 저지할 수도 있지만 단순히 서두르라는 것이니 막을 명분도 없고요."

"그렇지. 하지만 우리라고 가만히 있을 순 없지 않느냐. 너 당장 거칠부를 찾아가거라."

"고모부를요?"

"그래. 찾아가서 동륜이 태자가 되는데 앞장 서주면 윤궁을 태자비로 바꾸겠다고 전해라."

"아, 예에…."

미실은 천천히 고개를 끄덕였다. 태후도 노련하지만 황후도 만만치 않아보였다. 황후는 이사부를 만나보겠다고 했다. 지금 상황에서 거칠부와 이사부가 나서주면 만사는 끝나는 것이다. 거칠부로선 동륜의 후비인 딸 윤궁을 태자비로 간택해 준다면 거절할 수 없을 것이다. 외손자인 금륜을 버려야 하는 이사부가 쉽지는 않겠지만, 황후는 이사부도 박혁거세계인 만큼 대원신통으로 왕통을 잇고 싶은 욕망도 적지 않을 터 그 욕망을 자극하고 압박하면 불가능하지만은 않을 것이라 했다.

양측이 분주히 움직이는 가운데 해결의 실마리는 엉뚱하게 금륜의 생모 숙명으로부터 풀렸다. 진흥제의 계비이자 누이인 숙명이 사통으로 출산을 했다. 숙명의 외도는 예전에도 있어 그 일로 사도가 다시 황후에 오를 수 있는 빌미가 되기도 했다. 그런데 이번에는 사안이 더 컸다. 사통의 대상이 어머니인 지소태후의 연인 이 화랑이었기 때문이다. 게다가 쉬쉬해도 시원치 않을 마당에, 숙명은 당당하게 출산을 밝히고 골품을 버릴 테니 출궁을 허락해 달라고 청했다. 긴장했던 양 진영은 싱겁게 손을 놓을 수밖에 없었다. 화랑들의 상소문으로 힘을 받던 금륜 측은 말할 것도 없고, 거칠부와 이사부의 입김이 불기 시작한 동륜 측도 어이가 없었다.

가장 충격이 큰 사람은 숙명의 친정어머니이자 시어머니인 지소태후였다. 태후는 억장이 무너졌다. 숙명은 지엄한 어머니의 강권으로 동복 오라비 진흥제와 혼인을 하여 금륜을 낳기는 했지만 남남이 돼버린 지 오래다. 자신의 아들 금륜이 태자 책봉을 놓고 동륜과 대적하고, 어머니 지소태후가 사도황후와 힘겨운 싸움을 하고 있을 때도 연정에 사로잡혀 안중에도 없었다.

그렇더라도 하필 이 화랑이라니. 그 어떤 일로도 기가 죽어본 일이 없던 지소태후지만 숙명과 이 화랑의 사랑엔 말을 잃고 처소에 칩거하고 말았다. 누구도 들이지 않았다.

4세 풍월주로 상선으로 물러난 이 화랑, 그는 1세 풍월주 위 화랑의 아들로 태후가 첫 연인 이사부까지 멀리하며 마지막 열정을 불태운 연인이다. 그와의 소생 만호를 동륜왕자와 혼인까지 시켰다. 이 화랑의 아버지 위 화랑과 태후는 오래 전부터 각별히 지내온 사이다. 위 화랑은 태후의 아버지 법흥왕이 왕자시절부터 벗으로 지내온 사이이며 박영실의 아내인 옥진의 아버지이기도 하다.

법흥왕의 색신으로 있던 옥진은 법흥왕이 박영실을 후계로 삼으려 한다는 의중을 눈치 채고 박영실을 유혹하여 혼인을 했다. 색공에서 황후로 신분상승을 해보려는 야심에서 였다. 그러나 법흥왕은 딸 지소를 황후로 염두에 두고 있어 야심을 접을 수밖에 없었다. 대신 법흥왕을 모셔 아들 비대를 낳고는 태후에 대한 야망을 다시 품게 되었다. 박영실을 후계로 삼으려다 딸 지소의 완강한 반대로 마음을 접은 법흥왕은 비대를 후계로 삼으려 했다. 물론 옥진의 적극적인 주청이 있었다. 이를 알게 된 지소는 비대의 어머니인 옥진에게 골품이 없음을 이유로 자신의 아들 삼백종이 후계가 되어야 함을 주청했다. 하지만 왕으로선 동생의 아들인 삼백종보다는 자신의 아들인 비대를 태자로 삼으려 했다. 다급해진 지소는 옥진의 아버지 위 화랑에게 도움을 청했다. 당시 위 화랑은 지소태후가 원화제도와 선화제도를 합쳐 만든 풍월도에 초대 풍월주로 추대된 상태였다. 이후 풍월도라는 기존의 명칭도 아예 그의 이름을 따 화랑도라 고치게 되었다. 아무리 지소가 풍월주에 내정해 주었다 해도 왕의 뜻도 비대에게 있는 터에 웬만하면 외손자인 비대를 태자로 삼으려 했을 것이다. 하지만 위 화랑은 지소의 뜻에 동조해 법흥왕에게 비대는 태자로 불가함을 고했다. 골품이 없는 옥진의 소생으로 태자를 삼는 것은 골품을 중시하는 신국의 왕실에 있을 수 없는 일이라는 것이다. 위 화랑과 왕자시절부터 죽마고우로 지낸 법흥왕은 사심 없이 고하는 위 화랑의 말을 받아들였다. 이일로 옥진은 위 화랑과 부녀의 정을 끊어버렸다.

이 화랑은 아버지 위 화랑을 닮아 사심이 없고 호쾌한 사내였다. 연배는 아래지만 지소는 아름다운 이 화랑을 마음에 품었다. 섭정을 끝낸 후 마지막으로 의지하고 싶은 사람이었고, 자신이 가지고 있는 모든 걸 내주고서라도 지키고 싶은 사람이었다. 그 사람을 다른 사람도 아니고 자신의 딸인 숙명이 골품을 버리고 따라가겠다니, 태후는 망연자실할 뿐이었다. 자신도 숙부와 혼인은 했으나 이사부와 연정을 쌓아 자식을 넷이나 낳은 터라, 억지로 진흥제와 혼인하고 외면당한 딸 숙명의 마음을 누구보다 잘 알았다. 갖은 핑계로 사도를 후비로 앉히고 숙명을 정비로 삼았으나 끝내 진흥제에게 외면당해 다시 후비가 된 처지에 듬직한 이 화랑이 안식처가 돼주었을 것이다. 이 화랑 역시 대권을 행사하는 여걸 지소에게 인간적으로 매료되어 연을 맺긴 하였으나, 어린 숙명을 만나 비로소 진정한 이성으로서의 사랑을 느꼈으리라. 어쨌거나 지소태후로서는 두 사람 다 자신이 목숨처럼 아끼는 사람들이니 가슴은 미어져도 현실로 받아들일 수밖에 없었다. 숙명을 출궁시킨 후 태후는 만사에 손을 떼기라도 한 것처럼 처소에서 누구의 방문도 불허하고 칩거했다.

이런 호재를 황후 측은 놓치지 않았다. 숙명의 사통은 오래전부터 계속 되어왔고, 따라서 금륜도 진흥제의 아들이 아닐지도 모른다는 주장을 했다. 다분히 억지라는 걸 그들도 모르지는 않았다. 당연히 태후 측은 금륜의 나이와 숙명의 황후 즉위 시점을 들어 망발이라 반박했다. 황후 측은 어쨌거나 혈통이 미심쩍은 금륜보다는 확실한 동륜을 태자로 책봉해야 한다고 물러서지 않았다. 무엇보다 왕실 최고 어른인 지소태후가 입을 다물고 있어 뚜렷한 근거 없이 설왕설래하던 태자책봉은 황후 측으로 기울 수밖에 없었다. 처음부터 동륜을 마음에 두고 있던 진흥제도 마음을 굳혔다.

무사히 동륜이 태자에 책봉되었다. 대신들 사이에 벌어졌던 금도 시나브로 메워졌다. 메워져 단결된 힘은 사도황후 쪽으로 기울었다. 기울었다기보다 섭정을 하던 지소태후에 치우쳐 있던 힘이 평형을 이룬 셈이었다. 이제야 본격적으로 해볼 만해진 것이다. 딸과 연인을 잃고 시름에 잠긴 태후와 달리 아들을 태자에 앉힌 황후는 회심의 미소를 지었다. 그렇게 일단은 황후의 승리로 끝나는 듯했다.

미실과 황후의 기쁨은 말할 것도 없지만 거칠부 또한 내색도 못하고 기쁨을 속으로 삭혔다. 미실이 찾아와 윤궁을 태자비로 간택할 테니 동륜을 태자로 책봉하는데 앞장 서 달라는 황후의 제의를 전했을 때 거칠부는 무척 난감했다. 그만한 조건이라면 거절할 수가 없었다. 하지만 태후를 배반한다는 것은 작게는 인간적인 배신요 크게는 주군에 대한 배신이며 김알지계에 대한 가문의 배신이 되는 것이다. 그렇지 않아도 그 문제로 대신들 간의 모임도 기피하고 있던 참이라 더욱 곤란해져 아예 칩거하고 있었다. 그러면서도 찾아오는 대신들이 있으면 은근히 동륜을 지지해주었으면 하는 내색을 비치곤 했다. 그런 와중에 일이 저절로 풀리고 보니 여간 홀가분한 게 아니다.

지소태후가 일체 모든 문후를 거부한 것도 천만다행이었다. 칭병하고 들이앉은 지소를 문안해야 하는 게 당연한 도리이나 시소태후노 윤궁이 동륜의 후비라는 걸 알고 있어 섣부른 위문은 공연히 마음만 덧나게 할 것이다. 그렇다고 모른 체 하고 있자니 찜찜한 마당에 모든 방문을 불허한다니 고마울 따름이었다. 태자비는 없었던 것으로 되었지만, 이제 동륜의 정비 만호가 딸을 출산하고 윤궁이 아들을 출산하면 황후도 될 수 있고 태후도 될 수 있는 것이다. 그는 아내에게 절에 가서 정성을 다해 불공을 드리라 이르고 자신도 짬짬이 동행을 했다. 그래도 한때 승복을 입었던 적이 있어 차마 만호가 딸을 낳으라는 축수는 못하고 그저 윤궁이 아들을 생산하게 해달라고만 간절히 빌고 또 빌었다.

불공을 드린 보람도 없이 윤궁에게는 태기도 없는데 만호는 아들을 생산했다. 거칠부는 남몰래 한숨을 내쉬었다. 머릿속에서 팽팽하게 조율이 돼 있던 어떤 선이 끊어진 것처럼 현기증도 일었다. 한동안 아무 생각도 들지 않았다. 사도황후에게 경하 드린다는 치하도 어떻게 하고 왔는지 경황이 없다. 혜량법사를 만나고 온 아내의 말을 듣기 전까지는 정사도 제대로 볼 수 없었다.

아내는 종종 홍륜사를 찾아 기도를 올리고 법사를 만나고 오곤 했는데 그날은 정신이 번쩍 들만한 말을 전했다.

"스님이 우리 집에 곧 경사가 있을 거라네요."

"그래! 우리 윤궁이 태기라도 있을 거라던가?"

"그렇게 꼬집어서는 아니고 그저 경사가 있을 거고만 했어요. 열심히 다니니 그저 듣기 좋으라고 하신 말씀인 것 같아요."

"혜량법사는 그렇게 실없는 말을 할 분이 아니오. 경사가 있을 거라고 했으면 분명 경사가 있을 게요."

"실없는 말을 하시진 않지만 좀 낙천적으로 말씀하시는 경향은 있잖아요. 말하자면 아무 병 없이 사는 것도 경사요, 무변고한 것도 경사요, 배곯지 않는 것도 경사라고 하는 분이거든요."

아내의 말이 틀린 건 아닌데 아무래도 곧 경사가 있을 거란 말은 딸의 태기를 예견한 것이라 믿고 싶었다. 그만큼 간절했다. 안주할 수 있는 권력은 없다. 그나마 올라갈 수 있는 여분이 많으면 다행인데 여분도 없고 게다가 시간도 없으면 앉아 있는 권력도 궁지처럼 여겨진다. 이찬의 거칠부로서는 올라갈 직위도 한정돼 있고, 나이로 보아 시간도 많은 건 아니다.

간절함이 하늘에 닿았는지 얼마 안 있어 윤궁으로부터 태기가 있다는 소식이 왔다.

역시! 거칠부는 쾌재를 불렀다. 이제 아들만 생산하면 된다! 무릎도 쳤다. 동륜과 금륜을 보더라도 변수는 많다. 거칠부는 윤궁이 만인으로부터 칭송을 받을 것이란 혜량법사의 말을 떠올리며 사도황후처럼 회심의 미소를 지었다.

윤궁은 출산을 앞두고 사가에 나와 있었다. 어차피 동륜은 처소에 들지 않은 지 오래여서 혼자 지내느니 출산을 핑계로 나왔다. 동륜은 처음부터 윤궁을 탐탁지 않아 했다.

'정부인은 고모더니 후비는 고고한 재상의 따님이라, 이거야 원 어디 어려워서…. 하긴 두 사람 다 나를 보고 혼인한 것이겠는가, 왕자 그중에도 태자라는 허울을 보고 혼인한 것이겠지. 그것도 본인의 의사겠는가, 권력을 쥐고 싶은 윗분들의 뜻이겠지.'

초야에 동륜은 혼잣소리로 빈정거렸다. 그렇지 않아도 후비라는 게 꺼림칙했는데 아버지의 뜻을 거스를 수 없어 따랐던 윤궁은, 새벽안개처럼 수치심이 얼굴을 덮는 것 같았다. 자신을 만인이 우러러볼 것이라 예언한 혜량법사나 그 말에 흥분을 감추지 못했던 아버지의 기대와는 달리, 뭔가 많은 걸 감내하지 않으면 안 될 것 같은 불안감이 들었다.

동륜은 낭두들과 어울려 낭주나 궁주들과 색을 즐기며 만호나 윤궁의 처소에는 의식이라도 치르듯 잊지 않을 만큼 들르곤 했다. 그나마 만호가 출산을 하고 윤궁이 임신을 하자 의무를 다한 듯 발길을 끊었다.

사가로 나온 윤궁은 아버지의 성화로 어머니를 따라 절에 가서 불공을 드리곤 했다. 그러나 아버지처럼 아들을 간구하지는 않았다. 이미 들어선 아이가 빈다고 달라질 것은 아니질 않는가. 물론 들어선 아이가 아들이었으면 하는 생각이 없지는 않았지만, 그저 건강하게만 지켜 달라고 기도했다.

부처님은 아버지의 소원보다 당사자인 딸의 소원을 들어주었다. 건강한 딸이었다. 거칠부의 한숨소리는 아이의 울음소리보다 컸다. 순산이라 다행으로 여기는 아내의 밝은 표정도 물색없게 보였다. 동륜의 태자책봉을 위해 애를 태웠던 것도 물거품처럼 허탈했다.

아기는 백일이 되어서야 외할아버지의 얼굴을 대면했다. 그것도 윤궁이 입궁하기 위해 하직인사를 드릴 때였다. 무표정한 할아버지에게 아기는 방긋방긋 웃었다. 누구에게 떠밀린 것처럼 할아버지는 할머니 품에서 아이를 받아 안았다.

"그래, 잘 자라거라."

핏줄은 어쩔 수 없는지 할아버지는 생글거리는 손녀의 얼굴을 보며 축수해주었다. 그래도 못내 한 마디 보탰다.

"으이구, 이 녀석아. 하나 달고 나오지 어쩌자고 그냥 나와."

86

원화와 풍월주

동맹을 깬 신라에 절치부심하던 백제의 성왕이 도발을 해왔다. 고구려로부터 되찾은 백제의 성을 돌려주지 않고 있던 신라로서는 예상을 못한 건 아니었다. 다만 그간 성왕이 딸을 신라로 시집 보내오는 등 유화책을 쓰고 있어 당분간은 침범이 없을 줄 알았다. 성왕은 나름으로 신라의 그런 허를 찌른 셈이다.

신라는 대총관에 각간 우덕을 내정하고 부총관에 이찬 탐지를 변대해 관산성까지 나가 맞섰다. 풍월주 세종전군과 화랑 문노도 낭두들을 이끌고 참전했다. 그러나 한수 이북으로 밀려난 고구려군을 대비하기 위해 그쪽 국경에 병력을 배치해 두었고, 남쪽은 남쪽대로 가야 잔당이 왜국과 교류를 하면서 호시탐탐 노리고 있어 그쪽에도 병력을 배치해 둔 탓에 전투병력은 약할 수밖에 없었다. 백제의 도발을 예상해 중앙군을 키워야 한다고 생각은 해왔으나 시간적 여유가 없었던 것이다. 화랑들도 아직 정예군으로 참전할 수 있는 화랑의 숫자는 그리 많지 않다. 반면 배신감을 발판으로 정복에 나선 백제군의 사기는 그 어느 때보다 높았다. 백제의 수장은 와신상담으로 단련된 성왕의 태자 위덕이었다. 질풍노도로 공격해온 위덕에게 관산성 성주가 죽고 수비에 급급한 신라군은 관산성을 내주고 도살성으로 퇴각했다.

"총관님. 아무래도 이 병력으로는 백제를 당해낼 수 없습니다. 지원군을 요청해야 합니다. 도살성마저 내주면 걷잡을 수 없게 됩니다."

문노는 대총관 우덕과 부관 탐지에게 간했다.

"나도 그래야 하는 줄은 아오. 허나 어디서 병력을 빼온단 말이요. 고구려 국경을 포기할 수도 없고, 비록 잔당이라고는 하나 왜국의 지원을 받고 있는 가야 반란군 역시 간과할 수 없지 않소."

"중앙군을 더 보내와야지요."

"중앙군이래봤자 금성 수비군밖에 더 있오."

"그렇다고 이대로 당할 수만은 없습니다. 후일을 기약하고 우선은 가까운 고구려 국경에서 철수라도 시켜야 합니다."

세종도 발을 굴렀다.

"귀족들의 사병도 있습니다. 귀족들도 신라 백성입니다. 이런 국가 비상시에는 의당 사병들을 출정시켜야 합니다. 귀족들의 사병은 웬만한 병부의 군사보다 훈련이 잘 되어 있다고 들었습니다. 사병들과 금성 수비대 일부를 충당하고 고구려 국경에 나가 있는 일부 병력이 합세하면 능히 적을 물리칠 수 있으리라 봅니다."

문노는 격앙되어 재촉했다.

"그렇습니다. 귀족들은 왕실을 견제하기 위해 많은 사병을 키워왔습니다. 심지어 지방 호족들은 정부군을 우습게 알 정도로 규모와 실력이 막강하다고 합니다. 이런 난국에 귀족들도 힘을 보태야 합니다. 나라가 있고 나서 귀족도 있는 것입니다."

문노의 말을 듣고서야 생각난 듯 세종이 강력히 주장했다. 할 수 없이 우덕은 즉각 금성과 한성으로 파발을 보내 사태의 심각성을 알렸다.

관산성을 장악한 백제 위덕태자는 여세를 몰아 퇴각하는 신라군을 추격하며 도살성을 향해 진군해왔다. 속수무책으로 밀려 도살성까지 퇴각한 신라군은 성문을 굳게 닫고 죽기를 각오하고 대처하며 지원군을 기다렸다. 지원군이 당도했을 때의 전략과 지원군이 늦어질 때를 대비한 전략을 짜며, 한편으로 전의를 상실한 병사들의 사기 진작과 훈련에 힘을 쏟았다.

도살성 인근까지 와 진을 친 백제군도 무작정 성문이 열리기만을 기다릴 수는 없었다. 위덕은 전세가 유리할 때 속전속결을 보아야 한다는 생각에 조바심이 났다. 나름대로 적군이 성문을 열고 나와 대항해주길 바라며 소수의 병력을 성문 앞까지 진군시켜보기도 하고 갖은 악다구니로 자존심을 건드려보기도 했지만 굳게 닫친 성문은 미동도 하시 않았다. 할 수 없이 백세군은 군량미를 싣고 왔던 수레에 돌덩이와 포차를 싣고 성벽 가까이 가 성벽 밑을 향해 돌덩이를 쏘아댔다. 돌무더기가 쌓이면 몇 명의 병사만이라도 돌무더기를 타고 올라가 성벽을 넘어 성문을 열어주면 그대로 밀고 들어가리라. 위덕은 말고삐를 놓지 않았다. 백제군이 한 차례 돌무더기를 쏘아대고 돌아와 두 번째로 싣고 갈 때에야 신라군은 성벽 위에 올라 수레를 밀고 오는 백제군을 향해 화살을 쏘아댔다. 백제군은 이열횡대로 방패를 붙여 수레 앞에서 엄호했다. 때를 노리고 있던 후미의 백제군은 성벽 위를 향해 화살을 쏘아댔다. 신라군은 어쩔 수 없이 백제군 본진을 향해서도 활시위를 당길 수밖에 없었다. 공중에서 화살이 쌍방으로 나는 동안도 백제군은 방패부대의 엄호 뒤에서 수레로 계속 돌덩이를 날랐다. 돌무더기를 타고 올라가다 신라군의 화살에 맞은 백제군과 성곽에서 백제군의 화살에 맞아 떨어진 신라군이 한데 엉켜 성벽 아래는 양쪽 병사들의 부상자와 시신들이 아비규환을 이루었다.

피가 마르는 소모전이 지속되는 가운데 지축을 울리는 소리가 들려왔다. 말발굽 소리였다. 소리가 가까워진다 싶더니 수레 뒤쪽에서 비 오듯 화살이 날아와 수레를 밀고 가는 백제군 병사들의 등에 꽂혔다. 신라 성곽을 향해 화살을 쏘아대던 백제 군영에도 화살이 날아들었다. 고구려 국경을 지키고 있던 한성에서 차출된 지원군이 신라진영을 향해 돌진해오며 공격을 한 것이다. 선봉장은 무력장군이었다. 무력은 가야의 마지막 왕 해구의 셋째 아들로 무예와 무술은 삼국을 통해 모르는 이가 없었다. 무력을 앞세운 지원군이 오고 있다는 전령을 받은 백제 위덕은 양공을 피하기 위해 일단 성에서 물러나 길을 터주었다. 그토록 요지부동이던 신라 성문이 열리고 우레와 같은 말발굽 소리를 내며 휘몰아 들어가는 지원군을, 위덕은 먼 발치서 눈에 쌍심지를 켜고 지켜보아야만 했다. 위기에서 무력의 합세로 한숨을 돌리던 신라 군영에는 이어 금성에서도 지원군이 당도했다. 용기백배한 신라군은 곧 전열을 가다듬어 진군채비를 했다.

태자를 적지로 보내놓고 노심초사하고 있던 백제 성왕은 관산성을 장악했다는 소식을 들었을 땐 오랜 포한을 풀고 회심의 미소를 지었다. 신라왕실로 시집간 딸이 당할 핍박을 생각하면 가슴이 아프긴 했지만 애초 제물이었음을 익히 알고 간 터라 잘 견뎌내리라 믿을 수밖에 없었다. 그러나 그런 기쁨도 위안도 오래가지 못했다. 신라의 무력 장군이 지원군으로 당도하여 도살성까지 진군했던 태자가 후퇴를 한다는 급보가 날아들었다.

"안 되겠다. 내가 직접 지원군으로 나가리라."

성왕은 용상을 박차고 일어섰다.

"아니 되옵니다. 태자마마가 전장에 나가 적진과 대치하고 있는 터에 폐하마저 궁을 비워선 안 됩니다. 신라에게 빼앗긴 성을 찾는 것도 중요하지만 내정도 살피셔야 합니다. 또한 신라와 전쟁을 치르는 동안 혹시라도 고구려의 도발이 있을지 모르니 이도 대비하셔야 합니다."

"그러하옵니다. 우선은 태자마마를 믿고 기다리셔야 할 줄 아옵니다. 지원군을 보내더라도 폐하는 궁을 지키셔야 합니다. 소신들이 지원군을 소집하겠나이다."

대신들은 분기탱천한 성왕의 발아래 엎드려 읍소했다.

"물론 대신들의 뜻도 잘 아오. 그러나 신라의 배신을 생각하면 내 한시도 발 뻗고 잠들 수 없었소. 내 직접 출성해 잃었던 성들을 찾고야 말테니 내정은 여러 중신들이 맡아 주시오. 만에 하나 나와 태자가 위험에 빠지거든 태자를 구하시오."

중신들이 목소리를 높여 막아보았지만 성왕의 의지를 꺾을 수는 없었다. 만일을 대비해 남겨두었던 중앙군을 이끌고 성왕은 태자가 점령한 관산성으로 향했다.

이 소식은 곧바로 신라군에 전해졌다. 신라군은 성왕과 태자가 합세하기 전에 막아야 한다는 전략을 세웠다. 위덕의 눈을 속이고 성왕의 발길을 막아야 한다. 위덕에겐 위장공격을, 성왕에겐 기습공격을 하여 두 진영의 합세를 막기로 했다.

탐지가 대군을 이끌고 성문을 열고 나가 물러나 있는 백제군 진영을 향해 총공격을 했다. 백제군은 신라가 지원군의 합세로 기습을 하려는 줄 알고 총공세로 맞섰다. 탐지가 백제군의 시선을 막고 있는 틈에 무력은 별동대를 이끌고 도살성을 빠져나가 관산성을 향했다. 별동대가 무사히 성을 빠져나간 사실을 기별 받은 탐지는 백제군을 유인하기 위해 도살성으로 퇴각했다. 탐지의 작전을 눈치 채지 못한 태자 위덕은 승리감에 취해 퇴각하는 신라군을 쫓았다. 장수들은 크게 싸워보지도 않고 퇴각하는 신라군이 의심스럽다며 달리는 위덕의 말고삐를 잡으려 했다. 하지만 위덕은 장수들의 진언을 말발굽에 묻으며 진격해 갔다. 그 사이 무력은 안전하게 관산성으로 가는 지름길에 매복했다.

분기로 급하게 말을 몰아오던 성왕은 매복하고 있던 신라군의 화살 세례를 받고는 진퇴유곡에 빠졌다. 앞에 떡 버티고 선 무력을 상대하기엔 너무 허술한 병력이었다. 뒤로 물러나자 해도 신라의 별동대가 겹겹이 봉쇄해 버렸다. 죽기를 각오하고 대항했으나 몇 합 싸워보지도 못하고 성왕은 무력에게 목을 내주고 말았다.

아버지의 수급을 높이 쳐든 무력의 검을 목도한 위덕은 분노와 슬픔에 몸을 떨었다. 위덕은 울분에 젖은 목청을 높여 진군을 명했다. 그러나 사기가 떨어진 부장들은 후일을 도모해야 한다며 말고삐에 매달려 퇴각을 주청했다. 왕이 죽었으니 태자를 보호해야 하는 건 장수들이나 대신들 모두의 당연한 책무이기도 했다.

관산성을 버리고 도주하는 백제군을 사기가 오른 신라군은 비호같이 추격했다. 아무리 철저히 준비하고 아무리 절치부심으로 무장했다 해도 한 번 기세가 꺾이면 쉽게 회복되지 않는 게 전쟁이다. 백제는 배신감과 철저한 준비로 분명 전력은 신라에 우세했지만 성왕 부자의 성급한 판단으로 전력을 허비하고 말았다.

　백제는 당분간 감히 병력을 일으킬 엄두도 못 낼 만큼 수많은 군사를 신라의 땅에 묻고 물러났다. 고전을 하긴 했지만 대승을 거둔 신라군은 보부도 당당하게 금성을 향해 개선했다. 여러 번 전투에 임했지만 처음으로 고전을 한 문노는 다른 승전과 달리 감회가 서늘했다. 백제군을 묻은 땅에는 적지 않은 신라의 병사도 묻어야 했다. 그 중엔 아끼던 낭도들도 많았다. 승전의 기쁨보다는 그저 안도하고 미안했다. 문노는 연도에까지 나와 환호해주는 백성들을 보고서야 비로소 나라를 지켜냈다는 자부심이 들었다.

　진흥제는 궁궐 문까지 나와 맞아주었다. 장수들은 말에서 내려 왕에게 읍했다. 진흥제는 장수들의 손을 일일이 잡으며 승전을 치하했다. 특히 문노에게는 이번에는 공을 크게 상찬할 것임을 언급했다. 문노는 이제야 어머니의 한을 풀어드릴 수 있을 것 같아 한껏 기꺼워졌다. 그러나 왕의 손을 놓고 왕 뒤에서 보좌하고 있던 미실을 보는 순간 그 기꺼움은 싸늘하게 식었다.

　'생사를 넘나드는 전쟁을 치르는 동안 도대체 궁에서는 무슨 일이 있었단 말인가!'

　원화 정복을 입은 미실을 차마 볼 수 없어 문노는 눈을 감았다.

　관산성에서 한창 전투가 벌어지던 순간 신라궁에도 긴장감이 감돌았다. 한성 북한산까지 직접 진군하여 경계비를 세웠던 진흥제는 신라군이 밀리고 있다는 전령을 받고는 밤잠을 이루지 못했다. 만일 관산성을 잃고 더 밀리면 한성은 본토와 갈라지게 된다. 아무리 무예가 출중한 무력이라 하나 본토와 유리된 채 국경 수비대로만 전투를 벌인다면 패전할 것이 불을 보듯 뻔하다. 제대로 싸워보지도 못하고 한성을 그대로 백제에게 내주는 꼴이다. 진흥제는 편전을 떠나지 못하고 전장에서 오는 소식에 촉각을 곤두세웠다.

"폐하! 급히 지원군을 보내달라는 파발이옵니다. 지금 군은 관산성을 내주고 도살성까지 퇴각해 있다 합니다. 이대로는 도살성까지 내주어야 할 전황이니 속히 지원군을 보내달라 합니다."

아뢰는 거칠부의 목소리는 떨렸다.

"무엇이? 도살성까지! 지금 지원할 병력이 어디 있단 말인가. 왜국과 손잡은 가야 잔당을 대비한 지방 수비대와 금성 수비대가 전부 아니요. 그렇다고 고구려 국경에 나가 있는 병력을 보낼 수도 없는 것 아니오. 이를 어쩐단 말이오."

"대총관의 말은 귀족들의 사병과 금성수비대만이라도 보내달라 합니다. 그리고 가까운 고구려 국경수비대에서 최소한의 병력만 남기고 지원해 달라 합니다."

"그럼 속히 화백회의를 열어주시오."

진흥제는 더 생각해 볼 것도 없이 목소리를 높였다.

화백회의에 나온 귀족들도 걱정은 한 가지였다. 굳이 왕이 다급한 국경의 상황을 설명하지 않아도 왜 소집했는지 알고 있었다. 다만 누가 얼마의 사병을 내놓아야 하는지 눈치를 살폈다. 왕은 금성 수비대 중 왕의 친위대만 남기고 전부 보내겠다고 했다. 상대등도 삼백의 사병을 내놓았다. 귀족들도 차례로 많게는 삼백 작게는 백씩 흔쾌히 사병들을 내놓았다.

간신히 지원군을 규합해 전장으로 보내고 좌불안석으로 편전을 서성이는 진흥제 앞에 미실이 다가왔다. 상글거리던 평소 모습과 달리 굳은 표정이었다.

"그대가 여기까지 어인 일인가?"

"긴히 청할 일이 있어 왔사옵니다."

"무슨 일인지 모르나 지금은 전쟁 중이다. 내가 다른 일에는 마음 쓸 여력이 전무하다."

"그걸 어찌 소신이 모르겠사옵니까. 전쟁 중이라 더욱 여쭙고자 하옵니다."

"그게 무슨 말인가?"

"지원군을 보냈다 들었습니다. 지원군을 단순히 전투병력만 보내면 힘이 들 것입니다. 군량미를 비롯해 군수물자도 보급해 주어야 합니다."

진흥제는 요염하기만 하던 미실의 입에서 제법이다 싶은 말이 나오자 처음 청이 있어 왔다고 할 때의 시답지 않다는 표정을 바뀌어 귀를 기울였다.

"계속 얘기해 보라."

"지금 상황으로 보아 단기간에 전쟁을 끝낼 수는 없을 것 같습니다. 장기간 전쟁을 치르려면 전략도 중하지만 지탱할 수 있는 물자보급도 간과해서는 안 될 것입니다. 군량미는 말할 것도 없고 부식과 의복 약재까지 충원해주어야 합니다. 하여 지금 전장에 나가 있는 풍월주 세종전군을 대신해 소첩이 원화의 소임을 맡았으면 합니다. 그래서 남아 있는 낭도들을 규합해 보급대로 편성해 보낼까 합니다. 군수물품 또한 성내 귀족들의 부인과 궁주들의 도움을 받아 마련해보겠나이다. 그리하자면 색공의 신분으로는 소임을 다 할 수 없을 것입니다. 그렇다고 아녀자의 몸으로 병부에 속할 수도 없으니 원화라면 가하지 않을까 사료되옵니다."

미실은 딴사람이지 싶을 만큼 의연하게 고했다.

"화랑도의 원화가 되어 보급대를 편성하겠다고? 언제 그런 병법을 다 생각해두었는가. 방술만 능한 줄 알았더니 병술도 제법이다. 어차피 전장에 나가 비어 있는 풍월주 자리를 그대가 지키는 것이니 그리하라."

전쟁에 당면해 있는 진흥제로서는 망설일 이유가 없었다. 더군다나 패전에 몰려있는 터에 군마인지 종마인지 가릴 겨를이 없었다. 평소 열락의 기쁨을 안겨준 미실이 더없이 미더웠다.

편전을 나온 미실은 날개를 달은 듯 기뻤다. 언제부터 앉고 싶은 자리던가. 씩씩하고 아름다운 미소년들의 호연지기를 함께할 수 있는 원화. 생각할수록 가슴이 뛰었다. 그동안 입 속의 혀처럼 움직여 주는 세종과 제 몸처럼 총애해 주는 진흥제 덕에 실질적인 권세는 누릴 만큼 누렸다. 하지만 명분 있는 직책이 없어 늘 불만이었다. 욕심 같아서는 황후의 자리가 탐나지만 삼생을 같이 하기로 맹세한 이모요 동지인 사도를 황후에서 몰아낼 수는 없지 않은가. 풍월주 사다함이 죽은 후 그 자리에 앉고 싶었으나 태후의 눈총이 지엄한 데다 문노의 방해마저 있어 남편 세종이 앉는 걸 지켜보아야만 했다. 이제 그 자리에 직접 앉게 되었으니 반 소원은 이룬 셈이다. 화랑도는 남자가 우두머리이면 풍월주라 하고, 여자가 우두머리이면 원화라 한다. 미실은 서둘러 의

관에게 원화의 관복을 지으라 명했다. 풍월주가 바뀌면 공식적으로 인수인계를 하는 것이 원칙이지만 현 풍월주가 전장에 나가 있는 상태라 새로이 원화로 추대하기로 했다.

풍월주 세종이 전장에 나간 뒤 부제 설원랑은 남아있는 화랑들의 훈련을 맡고 있었다. 혹시 지원병으로라도 차출될지 몰라 진검으로 훈련하고 궁술도 밤늦도록 연마했다.

이른 아침 훈련에 임할 말을 살피고 있던 설원랑은 뜻밖의 전갈을 받았다. 미실이 원화로 내정되어 온다는 것이다. 감히 누구에게도 내색하지 못하고 흠모해오던 미실이 원화가 되어 화랑도에 온다니. 설원랑은 한동안 숨이 제대로 쉬어지지 않았다.

원래 화랑도는 지소태후가 만든 선화제도와 원화제도로부터 비롯되었다. 덕망 높은 귀족 남성들의 집단을 선화제도라 하고 우두머리를 선화라 했다. 그리고 왕의 후궁이나 공주들의 집단을 원화제도라 하며 우두머리를 원화라 했다. 두 단체의 성격은 달랐지만 인재를 천거하는 집단이라는 공통점이 있었다. 선화와 원화는 왕이 지명했다. 초대 원화는 준정이 지목되었다. 그러나 원화제도를 조직한 지소태후는 법흥왕과 보과공주 사이에서 태어난 남모공주를 원화로 삼고자 했다. 이를 안 준정은 미색과 뇌물을 동원해 이를 막아보려 애썼다. 하지만 미색은 남모를 따르지 못했고 뇌물은 지소태후의 권력을 당해내지 못했다. 방법이 없던 준정은 질투심에 남모에게 술을 먹인 후 강으로 유인하여 빠져 죽게 했다. 그러나 남모를 받들고 있는 낭도들에게 전모가 발각되어 준정은 사형을 당하고 원화제도는 폐지되었다. 원화에 속한 낭도들은 선화의 낭도에 편입되고, 이때부터 풍월도라 이르게 되었으며, 그 우두머리를 풍월주라 했다. 풍월도는 법흥왕과 지소태후의 총애를 입은 초대 풍월주 위 화랑의 이름을 따 화랑도라 바꿔 부르게 되었다.

미실은 그렇게 없어진 원화의 자리를 다시 찾은 것이다. 이미 원화 제도가 선화제도에 흡수된 상태라 원화든 풍월주든 우두머리는 한 사람이어야 했다. 미실이 원화가 되었으니 당연히 풍월주는 없어지는 것이다.

설원랑은 그녀를 어찌 대해야 할지 갈피가 서질 않았다. 풍월주 세종을 섬겨왔듯 의당 상관으로 섬겨야 할 줄은 알지만 아무래도 세종처럼 장수로서의 충성심만으로는 유지할 수 없을 듯했다. 벌떡거리는 가슴이 그랬고 어떤 일도 잡히지 않는 손이 그랬다. 훈련도장에 들어서서 어떤 병장기를 들어야 할지 몰라 우두망찰 서 있는 발도 예전의 날렵하던 발은 아니었다.

설원랑은 사다함의 이부동복 동생이다. 두 화랑의 어머니 금진은 색공 옥진의 동생으로 역시 음사에 능했다. 왕실과 연을 맺고 있으면서도 욕정을 못 이겨 천부 설성과 사통하여 설원을 낳은 것이다. 비록 아버지의 신분은 하늘과 땅 차이지만 사다함은 설원랑을 도탑게 대해주었다. 화랑에 들어올 수 있었던 것도 풍월주였던 사다함 덕분이었다. 그러나 설원랑은 형이 어려웠다. 나이 차이는 두 살 터울이지만 비교할 수 없는 환경과 신분으로 높게만 보였다. 게다가 사다함의 수려한 외모에 날렵한 무예 솜씨는 절로 고개를 숙이게 했다.

그 형의 연인이 미실이다. 두 사람의 연정은 서라벌 젊은이들의 질투와 부러움을 동시에 받았다. 설원랑은 차마 부러워도 못하고 천상의 사람들로 보았다. 이제 그 훌륭한 형은 정말 천상으로 가고 지상에 남은 미실은 제 곁으로 온다니 꿈만 같았다. 형이 죽었을 때부터 미실을 원화로 추대해 곁을 지키고 싶었다. 미실이 내놓은 자금을 풀어 일을 성사시켜보려 했으나 워낙 제 신분이 낮아 낭도들 특히 문노를 따르는 낭두들의 반발로 이룰 수 없었다. 그때 제 상심도 상심이지만 미실에게 면목이 없어 제대로 대면조차 못했다. 이제 미실이 스스로 원화가 되어 온다니 소원을 이루게 된 것이다. 성숙한 무사로서 손색없는 체구의 설원랑은 명절 앞둔 어린아이처럼 들뜬 마음으로 관복을 손보고 또 손보았다.

부제 설원랑과 화랑 미생은 낭도들을 정궁에 도열시키고 원화 미실을 맞았다. 미생은 미실의 동생으로 설원랑 못지않게 기쁨을 감추지 못했다. 원화를 추대하는 날인만큼 진흥제도 함께 했다. 미실의 관모는 화랑의 관모와 달리 춤이 낮고 화랑의 상징인 깃털과 함께 구슬이 장식되어 관모라기보다는 예복 같았다. 관복도 풍월주의 금색 띠 장식 대신 수를 놓아 화려하면서도 위엄이 있었다. 설원랑은 소리 나지 않게 숨을 몰아쉬며 미실을 맞아 예를 갖추었다. 미실은 헌거한 설원랑의 깍듯한 예를 받으며 자신의 위상을 만끽했다.

진흥제는 거대하게 의식을 행하고 싶었지만 전쟁 중이라 그럴 수 없음을 안타까워했다. 그래도 너무 위축되지 않도록 연회를 베풀어 모든 낭도와 유화들이 어울리게 했다. 아무리 전쟁 중이지만 백성들의 불안감을 잠시나마 해소해주자는 미실의 청이 있기도 했다. 진흥제 또한 낭도와 유화들이 어울리는 것을 보고 모처럼 전쟁의 압박감에서 벗어나 한껏 치장한 미실을 보듬어 안았다.

"저들도 각기 자웅이고 우리 또한 자웅이 아니더냐."

미실은 때와 장소를 가리지 않는 암컷이었다. 왕은 오랜만에 회포를 풀었다. 그날 정궁은 밤새도록 불이 꺼지지 않았고 노랫소리가 끊이지 않았다.

미실이 원화에 오르기 위해 보급대를 규합하여 지원군으로 출정시키겠다고 했으나 보급물자를 꾸리는 게 말처럼 쉽지는 않았다. 귀족들에게 사병까지 지원받은 터에 그 부인들에게 보급물품까지 요구하자니 입이 떨어지지 않았다. 하지만 진흥제에게 해놓은 말이 있어 회합을 빙자하여 부인들과 궁주들을 불러들여 취지를 설명하고 도움을 청했다. 예상대로 반응은 싸늘했다. 사내들이야 제 말이라면 먹던 떡도 내놓으려 하지만 여인네들은 버리려던 떡도 감추려 들었다. 어떤 사내든 제 치마폭에 감쌀 수 있다는 우월감이 모든 여인들에게 적으로 비쳐진다는 사실을 처음으로 느꼈다. 간신히 자신의 재물과 황후의 도움으로 군량미를 모아 보내긴 했으나 보급대라 칭하기엔 너무 미약했다. 의복과 약재를 마련하느라 전전반측하고 있던 터에 다행히 전쟁은 승전의 분위기로 돌아섰다는 기별이 왔다. 미실은 죽을 함정에서 빠져나오는 것만큼 반가웠다. 이미 모아놓은 물자는 참전한 화랑들의 하사품으로 쓸 생각이었다.

원화 복색의 미실을 본 순간 문노는 눈을 감고 한동안 뜨지 못했다. 누구를 위한 전쟁이요 승전인가. 눈을 떠 사실을 확인하기가 두려웠다. 곁에 서 있는 세종의 입에서 아니! 하고 작은 신음이 새어나왔다. 단숨에 승전병에서 패잔병으로 추락한 것만 같았다. 무슨 정신으로 입궐을 했는지 모른다. 다행히 전황 보고는 우덕과 탐지가 하여 자리만 지키고 있으면 되었다.

며칠 후, 논공행상에서 문노에게 육두품 급찬의 직위가 내려졌다. 문노의 성정을 알고 있는 미실이 진흥제에게 주청한 것이다. 풍월주를 원화로 바꿔치기한데 대한 무마용으로 계산된 자리이니만큼 비록 육두품 중에서는 말직이지만 그래도 육두품이면 최고위 귀족에 속한다. 문노는 풍월주가 없어진 마당에 자기 혼자만 직위를 받을 수는 없었다. 더군다나 처음 관직치고 이만한 자리면 감읍하리라 여겼을 미실의 농간을 받아들일 수 없었다. 문노는 정중히 고사했다. 행여 왕이 괘씸하게 여길까 납작 엎드려 그 같은 직을 수행하기엔 여러모로 부족할 뿐더러 병중에 있는 노모 곁에서 구완을 하고저 하오니 광영을 거두어 달라고 읍소했다. 처음에는 진의를 몰라 이런 저런 의심을 하던 진흥제는 거듭 어머니 곁을 비울 수 없다는 문노의 간함에 효심을 높이 사며 뜻을 철회했다. 실눈을 뜨고 노려보는 미실의 시선을 문노는 이를 악물고 쏘아보았다.

풍월주 자리가 없어진 화랑도 낭전은 폭풍전야 같았다. 전장에서 돌아온 화랑들은 삼삼오오 모여 분통을 터뜨렸고, 미실을 원화로 맞아 즐거운 나날을 보내고 있던 부제 설원랑은 속내를 감추느라 전전긍긍하며 사태를 주시했다.

원탁에 마주앉은 문노와 세종은 침통한 표정으로 천장만 바라보고 있었다. 세종이 먼저 입을 열었다.

"공의 섭섭한 심정은 충분히 짐작하고도 남소. 나도 처음엔 무척 당혹스러웠소. 하지만 이미 대왕의 윤허가 내려진 일이니 어찌 하겠소.

또한 내 안사람의 일이니 나를 보아서 양해를 해주면 안 되겠소."

문노는 어이가 없었다. 아무리 부부는 일심동체라 하나 제 자리를 뺏기고도 저토록 태연할 수 있다니. 아니 정말 일심동체라 그 자리에 제가 앉나 부인이 앉나 상관없다는 속셈인가. 저런 사람이 과연 화랑의 수장이라 할 수 있는가. 저런 위인을 그토록 성심을 다해서 모셨다니 제 자신부터 한심했다.

"전군마마, 어찌 그리 태평하십니까. 지금 저 밖에 동요하고 있는 화랑들의 분기가 느껴지지 않습니까. 솔직히 저는 백제군보다 두렵습니다. 미실궁주의 일이라면 그 어떤 일이라도 용납을 하시는 마마를 저는 도저히 이해할 수 없습니다."

"그걸 어찌 말로 설명하겠소. 공이 마음과 혼을 빼앗길 만큼 연모하는 여인을 만나면 그때는 저절로 알게 될 것이오. 이성으로는 어찌할 수가 없다오. 나는 지금도 진흥제에게 간 그녀가 영영 돌아오지 않을까봐 마음 졸이고 있다오."

도시 풍월주 같은 건 안중에도 없다는 말투다. 분통이 터질 것 같은 문노는 탁자를 내리치며 일어섰다. 그러나 상대는 죽음을 넘나들며 같이 지내온 전우요, 태후의 아들이요, 금왕의 동생이다. 결코 성질대로 할 수 없는 인물이다. 사실 미실에 넋을 빼앗긴 일만 제외하면 나무랄 데 없는 호인이다. 그만한 신분임에도 자신을 벗으로 대접하고 낭도들에게도 자상했다. 낭도 금천이 사사로운 일로 살인을 저질렀을 때도 조정에서는 큰 벌을 주려했으나 자신의 청을 받아 세종이 무마해주었다. 왕실 사람임에도 참전을 마다하지 않았고, 전장에 나가서는 용맹했다. 단순히 신분이 높아서가 아니라, 한 여인에게 순정을 바친다는 이유 하나만으로는 그를 미워할 수도 떠날 수도 없을 것 같았다. 그러나 당장 성난 낭도들을 어찌해야 하는가. 앞으로 원화로서의 미실을 어찌 대해야 하나. 문노는 통곡이라도 하고 싶었다. 그러나 자신의 언행에 따라 걷잡을 수 없는 분란이 일어날 수도 있는 상황이라 이를 악물고서라도 자중해야만 했다.

문노는 고개를 떨군 세종을 일별하고 낭전을 나와 낭도와 화랑들 앞에 섰다. 일단 분개한 화랑들에게 자신을 보아서 참아달라고 호소했다. 나를 믿고 기다리면 기필코 원화를 풍월주로 돌려놓겠다는 단서도 붙였다. 직위를 고사한 것도 꼭 그 일을 먼저 해내기 위해서라고 강조했다. 당장 무슨 일을 낼 것 같던 화랑들은 육두품의 직위까지 고사한 문노의 의지를 믿고 진정기미를 보였다.

노모가 병중에 있는 건 사실이었다. 출정하기 전부터 부쩍 쇠잔하여 자주 자리보존하곤 했다. 출정하던 날도 무사귀환하는 너를 볼 수 있을지 모르겠다며 힘없이 눈물을 흘렸다. 문노도 그런 어머니를 두고 출정하기가 불안했으나 다행히 고만고만한 상태로 귀환을 맞아주었다. 그런데 막상 아들이 돌아오니 긴장이 풀려서 그런가 기력이 점점 더 없어졌다. 이래저래 마음이 상한 문노는 문밖 출입을 금하고 노모 곁만 지켰다. 종종 화랑들이 들러 화랑도의 소식을 전해 주었다. 원화의 수족이 된 설원랑과 그를 따르는 무리들은 향가를 짓고 유오를 나가는 등 풍류를 즐기는 편이었고, 자신을 따르던 무리들은 무예를 닦는데 소일하고 있다고 했다. 그러면서 속히 나와 주길 간곡히 청하곤 했다.

그러나 화랑도에 나가 미실을 대하는 일은 상상만 해도 끔찍했다.

하물며 그녀를 받든다는 건 생각조차 할 수 없었다. 명이 얼마 남지 않아 보이는 어머니가 조금만 더 버텨주었으면 싶었다. 그 명분이라도 있어 이리 칩거하고 있지만 어머니마저 돌아가시면 그때의 공허함은 감당하기 어려울 것 같았다. 그렇지 않더라도 늘 그늘에서만 살아오신 어머니에 대한 애틋함에 문노는 성심을 다해 구완했다.

무서리가 내린 초겨울 아침 문노의 어머니는 눈을 감았다. 가야의 공주였으나 신라 사신의 첩으로 와 소외된 채 외로움을 달래며 지내던 중 무관의 퇴락한 귀족 비조부와 사통하여 문노를 낳고는 평생 그 아들을 의지하고 살아온 비운의 여인이다. 무예와 덕망은 어느 집 도령 못지않게 출중하지만 자신의 신분 때문에 출세하지 못하는 아들이 한이 되고 못이 되어 가슴에 박고 갔다.

수차례 전장을 누비며 추풍낙엽처럼 스러진 죽음을 보았던 장수 문노지만 어머니의 죽음은 형언할 수 없이 비통했다. 전장에서 적의 죽음은 자신의 죽음을 막기 위한 당위성으로 안도와 기쁨이었다. 하지만 어머니의 죽음은 어머니 일생의 마감이요, 자신의 삶 일부의 종말이었다. 어머니 죽음에 묻어간 자신의 삶과 생활 일부는 헤어날 수 없을 만큼 커다란 허탈과 상실이었다. 어머니의 삶이랄 수밖에 없는 자신의 유아시절도, 자신보다 어머니가 더 많이 기억하는 자신의 유년시절도, 힘을 내고 격분하며 삶의 의지를 불태웠던 원동력도 어머니 죽음에 묻혀갔다. 앞으로 살아갈 명분도 존재감도 희미하게 느껴졌다. 문노는 슬픔을 못 이겨 장례를 치른 후에도 한동안 일체 방문객을 받지 않고 애련한 마음에 젖어 지냈다. 그래도 죽음을 따라가지 못한 육신이 굳건히 정신을 부추겼다. 식음을 찾고 삭정이에서 일어난 불씨처럼 삶의 욕구가 서서히 피어났다. 그건 분노로부터 시작했다. 미실! 낭전을 전횡하고 있는 미실에 대한 분노다. 화랑도가 어떤 곳인가. 풍월주가 어떤 자리인가. 1세 위화랑, 2세 미진부, 3세 모랑, 4세 이화랑, 5세 사다함, 6세 세종전군까지 나라의 동량이요, 남아의 기개가 충천한 도량이요, 위풍당당한 수장들이다. 그런데 그런 숭고한 도장을 색의 화신 미실이 장악하고 있다니! 일부 화랑들이 그녀의 치마폭에 휩싸여 향가를 짓고 유오를 즐기며, 낭전을 연회가 난무하는 유희장으로 만들고 있다는 생각이 미치자 어금니에 힘이 들어가기 시작했다. 물론 향가를 짓고 교제를 하는 것이야 전에도 있어 왔다. 또 필요했다. 그러나 그건 교양을 쌓고 정신 수양을 위한 과제에 하나일 뿐, 어디까지나 화랑은 육신을 단련하고 무술을 연마하며 국가의 역군을 길러내는 데 목적이 있는 것이다. 문노는 화랑도를 바로잡아야 한다는 명분을 붙들고 삶의 의지를 회복해 갔다.

사십구재를 치르고서야 문노는 낭전에 나갔다. 원화 미실이 딴에는 근엄한 얼굴을 하고 애도를 표했다. 문노도 굳은 몸짓으로 예를 올려 답했다. 그간 위축되었던 문도(文徒-문노를 따르는 화랑들)들은 활기를 찾았고, 설친다 싶게 활기 있던 설도(薛徒-설원을 따르는 화랑들)들은 자중하는 눈치였다. 원래가 한쪽은 무(武)를 즐기고 한쪽은 문(文)을 즐기는 편이라 분위기가 다르기도 했다. 그렇게 확연히 다른 분위기를 일러 문도를 호국선(護國仙)으로, 설도를 운상인(雲上人)으로 불렀다. 문노를 비롯해 호국선들은 원화를 풍월주로 돌려놓는 걸 절치부심하며 나날을 보냈다.

아무도 모르는 운명

왕통은 성골의 아들이 잇지만 모계로 이어지는 인통이 뒷받침해 주지 않으면 그 세력을 유지하기가 힘들다. 대원신통의 사도황후는 진골정통의 지소태후가 건재한 현재로서는 동륜이 태자로 책봉된 것만으로는 안심할 수 없었다. 동륜은 자신이 낳았으니 대원신통이지만, 손자 백정은 진골정통인 만호가 낳아 진골정통이다. 같은 손자임에도 지소태후는 사도의 소생인 동륜과 숙명의 소생인 금륜을 차별했다. 사도황후로서는 손자 백정이 대원신통이 아니라 진골정통인 게 늘 불안했다. 동륜에게 후비 윤궁이 있긴 하나 딸을 낳은 데다 그녀 역시 진골정통이라 마음을 놓을 수가 없었다. 혹독한 시집살이를 한 며느리일수록 시어머니의 전처를 밟는다고 했던가. 사도는 자신을 내치고 숙명을 황후에 앉힌 시어머니를 그대로 따르려 독기를 품었다. 복수일 수도 있고 대원신통을 위한 대의일 수도 있다.

지소태후의 딸인 며느리 만호를 내치고 미실을 태자비로 앉히기로 마음먹었다. 자신의 조카를 남편의 후궁으로 만들고 이제는 며느리로 삼으려는 것이다. 미실에게 온 마음을 빼앗긴 세종에게는 미안한 일이다. 그러나 미실의 직위를 왕실의 색신에서 태자비로 올리는 것으로 하면 그만이다. 미실이라면 어금니부터 무는 지소태후가 어찌 나올지 그것이 두렵긴 하다. 그나마 다행인 건 숙명이 이 화랑을 따라 출궁한 후, 부쩍 흥륜사 출입이 잦으며 정계에는 관심을 두지 않는 듯했다. 마음 같아서는 대원신통의 다른 여인으로 태자비를 삼고 싶지만 동륜 태자의 마음을 빼앗을 수 있는 대원신통의 여자는 미실밖에 없다. 일단 미실이 사통으로나마 동륜의 아들을 낳으면 길은 여러 가지로 열릴 것이다. 미실이 아들만 낳으면 무슨 명분을 만들어서라도 태자비를 바꾸든지 그게 여의치 않으면 동륜이 왕위를 이어받은 후 황후를 미실로 앉히고 만호를 후비로 삼으면 된다. 그러면 대원신통인 미실의 소생으로 왕통을 이을 수 있는 것이다. 진흥제의 어린 친구이자 연인이었던 사도에게 지고지순한 옛 모습은 이제 흔적조차 남아있지 않았다. 황후는 원화가 되어 삶을 만끽하고 있는 미실을 은밀히 불렀다.

"그래, 화랑도에는 별고 없고?"

"예, 마마. 늘 화기애애하고 활기가 넘칩니다. 요즘은 안 먹어도 기운이 넘치는 것 같습니다."

"아주 물 만난 물고기 같구나. 하긴 패기 넘치는 화랑들을 거느리고 있으니 그럴 만도 하지. 네가 괜히 색공지신이겠니."

황후는 평소와 달리 근엄하면서도 새초롬하게 말했다. 말투도 네가 그러면 그렇지 별수 있겠니 하는 빈정거림이 묻어났다. 그제야 심상치 않은 황후의 눈치를 챈 미실은 표정을 바꾸어 황후의 안색을 걱정했다.

"마마, 안색이 침울해 보이십니다. 무슨 언짢은 일이라도…."

"언짢다기보다 걱정거리가 있어서 너와 상의를 좀 하려고 불렀다."

"무슨 걱정이기에 이리 심각한 안색을 하시는지요?"

"새삼스러운 건 아니고. 동륜이 만호한테서 백정을 얻었지 않느냐. 너도 알다시피 동륜은 대원신통이지만 백정은 만호를 따라 진골정통이 아니더냐. 동륜이 태자가 되면서 우리 대원신통의 운신이 넓어지고 있는 터에, 백정이 진골정통인 걸 발판으로 태후가 다시 세를 일으키지 않을까 마음을 놓을 수가 없구나."

"그럴 수도 있겠군요. 권력을 위해서라면 자신의 딸들을 돌떡 돌리듯 하는 위인이니."

황후는 미실을 한참 동안 빤히 바라보다 명령조로 말했다.

"그래서 말인데 네가 쐐기를 박아라."

"예? 무슨 말씀이신지."

"네가 동륜의 정비가 되어 아들을 낳아 아예 세손까지 대원신통으로 후계를 잇자."

"마마, 제가 어찌 태자의 정비를…."

"내 알기로 너는 원화로 만족할 성품은 아닌 걸로 아는데. 너의 미색과 지략이면 충분히 황후도 되고 태후도 될 수 있을 게다. 내가 황후와 태후 자리를 네게 이어주면 우리 대원신통의 앞날은 탄탄대로가 되지 않겠느냐. 너에게도 가문에도 이보다 더한 광영이 어디 있겠느냐."

사도는 미실의 가슴속에 발아하지 못한 씨앗처럼 담겨 있던 야망에 빛과 물을 쏟아 부었다. 빛과 물을 먹은 미실의 야망은 단박에 숨을 쉬기 시작했다.

"그야 그렇지만 태후마마가 가만히 있겠습니까."

"당연히 지금 당장 태자비를 바꾸려 들면 펄펄 뛰겠지. 또 바꿀 명분도 없고. 그러니 네가 태자의 아들을 생산하고 나서 차차 기회를 엿

보아야지. 천하의 지소태후라 해도 세월을 이기겠느냐. 더욱이 이 화랑과 딸을 잃은 후에는 불심이 깊어져 정사에는 등한시하는 눈치더라. 태자가 보위에 오르면 그때 너를 황후로 간택하면 된다."

"아, 예. 저어… 만호 태자비가 태후마마의 딸이라 마음에 걸리신다면 혹시 후비인 윤궁을 태자비로 삼으심은 어떨는지요?"

미실은 속내를 너무 금방 드러내면 경거망동이 될 것 같아 에둘러보았다.

"뭐? 윤궁!"

"예. 덕망도 있고 조신하며 기품도 만호나 저보다는 나은 줄로 압니다."

"그렇기는 하지. 하지만 윤궁은 동륜과 궁합이 잘 맞지 않는 것 같다. 게다가 김알지 가문으로 진골정통인 데다 아비 거칠부는 태후의 충신 아니더냐. 설사 딸을 위해 우리 편에 서 준다 해도 무리가 있을 것이다. 지난번 태자책봉 때만 해도 차마 우리 편을 들지 못하고 관망만 하다가 겨우 윤궁을 태자비로 삼겠다니 마지못해 입김이나 보태지 않더냐. 윤궁이 사촌이라 마음에 걸리는 모양인데 그럴 것 없다. 네 인생과 가문을 먼저 생각해야 한다. 알겠느냐."

사도는 회유가 아니라 령으로 들릴 만큼 단호하게 못 박았다. 미실도 그 뜻을 잘 새기겠다는 굳은 표정으로 고개를 주억거렸다.

황후! 미실의 마음은 들뜨기 시작했다. 사실 황후가 이모 사도만 아니면 진작 탐내 볼만도 했다. 자신을 향한 진흥제의 마음과 언행이라면 불가능한 일도 아니다. 하지만 삼생을 같이 하기로 맹세한 이모를 두고 그럴 수는 없었다. 그런데 동륜이라면 그것도 이모 사도 황후의 뜻이라면 못할 것도 없다. 이제 사내의 마음을 얻는 건 일도 아니다. 그렇지 않아도 동륜태자가 자신을 바라보는 눈빛이 예사롭지 않았다. 다만 아버지의 후궁이요 숙부의 아내라는 점이 그의 마음을 붙들어 두었을 것이다. 그러나 막상 자신이 나서면 그깟 마음 허무는 것쯤 잠깐일 게다. 그런데 그것으로 정말 태자비가 될 수 있을까. 미실은 들뜬 마음을 진정시키지 못했다. 황후의 말대로 태자비만 되면 당연히 황후가 되고 태후는 늙으면 저절로 되는 것이다. 더 무엇을 바라랴. 더 무엇을 망설이랴. 미실은 중대한 결심을 할 때의 버릇대로 눈을 새초롬히 뜨고 입술을 앙다물었다.

세종의 아들 하종과 진흥제의 아들 수종을 낳은 미실의 몸은 옛날의 청순하고 가녀린 몸매는 아니다. 대신 바다에서 막 건져낸 미역의 매끄럽고 촉촉한 점액질 같은 관능이 온몸에 흘렀다. 미실은 변하는 제 몸을 잘 이해했고 어떻게 써야 할지도 잘 알았다. 동륜은 그저 자애로운 미소만으로도 끌려왔다. 농염한 방술에 동륜은 금방 혈기가 녹았다. 하루도 미실을 찾지 않으면 견디지 못했다. 미실은 낮에는 태자궁에 있다시피 했고, 밤에는 세종이나 진흥제 처소로 돌아갔다. 태자에게 미실이 없는 밤은 하루보다 길었다. 황후에 대한 욕심으로 시작한 일이지만 생각보다 동륜이 너무 쉽게 그리고 깊이 빠져드는 바람에 미실은 오히려 당혹스러웠다. 일편단심인 세종도 마음에 걸리고, 때때로 진흥제를 모셔야 하는 것도 벅찼다. 무엇보다 자신의 중매로 동륜에게 시집온 동생 윤궁도 마음에 쓰였다. 그러나 생각해 보면 다 제 탓이다. 남편의 마음을 얻지 못하는 것은 제 능력이 그것밖에 안 되는 것이고, 아들을 얻지 못한 것은 제 운명이 그것밖에 안 되기 때문이다. 미실은 모든 잡생각을 털어버리고 오로지 태자비를 향한 야망만 키웠다. 그렇더라도 동륜의 마음은 잡아두되 몸은 멀리 하고 싶었다. 마침 동생 미생이 놀러와 고달픈 사정을 털어놓았다.

"요즘 내 몸이 말이 아니다. 이러다 무슨 일 당하는 것 아닌지 모르겠다."

"새삼스레 왜 그래. 폐하와 전군이 더 자주 찾아?"

"아니, 그 분들이야 종종 찾으시니 크게 힘들 건 없지. 태자가 문제야."

"태자라면 동륜?"

"태자가 동륜 말고 또 있니."

"이제 태자까지 모셔? 형제도 모자라 아들까지. 너무 했다."

"그러니 내 몸이 성하겠냐구."

"태자는 못 모시겠다고 해. 폐하를 모시고 있으니 거절할 명분도 좋잖아."

"그게… 에이, 그만 두자."

미실은 사도황후의 뜻이 너무 엄청난 일이라 차마 발설할 수가 없었다. 진중하지 못한 미생이 일도 성사되기 전에 사달을 낼지도 모르기 때문이다.

"뭐야. 왜 말을 하려다 말아."

"그냥 그런 게 있다. 그나저나 너 너무 사치하고 문란하다는 소문이 있던데 어떻게 된 거냐?"

"왜 이래. 무슨 말 못할 사연이 있나본데…, 그래서 공연히 말꼬리를 돌리는 거지. 뭐야. 뭔데 안색까지 수척해지면서 끙끙 앓느냐고?"

"네 소문의 진상부터 말해봐."

"누나도 알잖아. 내가 워낙 교제가 넓다보니 씀씀이가 좀 많은 거. 그리고 인물이 출중해 여자들이 따르다보니 공연히 질투 많은 여자들이 보태서 소문을 낸 거야. 정말이야 걱정하지 마. 자 이제 내 소문의 실체는 밝혀졌고, 이제 누나 고민 얘기해봐. 그래도 나만큼 누나하고 잘 통하는 사람도 없을 텐데. 누가 알아, 내가 도울 수 있는 일인지."

"너 맹세코 누구에게도 발설하지 않겠다고 약속할 수 있어?"

"맹세까지? 이거 아주 심각한 일인가 본데. 알았어. 목숨 걸고 약속 지킬게."

미실은 거듭 비밀유지를 약속받고 사도황후와의 계책을 털어놓았다. 그러기에 몸도 마음도 너무 힘들다고 하소연했다. 예상대로 미생은 몹시 놀랐다. 그러면서도 누나가 황후가 된다는 사실에 흥분을 감추지 못하고 돕겠다고 나섰다.

"그러니까 태자를 적당히 다른 데로 돌리면 되겠네. 누나를 두 번 찾을 걸 한 번으로 줄이게. 아니지 그보다 더 줄이면 안달이 나 절대 마음이 떠날 수 없지. 달궈진 몸이야 다른 여인이 풀어주면 되는 것이고."

미생은 자기에게 맡기라며 희떠운 미소를 지었다. 미생도 누나 못지않게 미색이 뛰어난 화랑이다. 그가 손을 내밀면 잡지 않는 여인이 없었다. 화랑과 낭두들 사이에서는 빈축도 사지만 누나가 원화이자 실세인 미실이라 직접 대놓고 질책하는 사람은 없다.

누나의 고충을 안 미생은 동년배의 동륜을 동반하여 어색(漁色)에 나서게 했다. 술청이고 여염집 규수고 미색이 한다하는 여인은 두 사람의 노리개가 되었다. 그러나 그 어떤 여자도 미실만 못했다. 목마를 때 어설프게 목을 축이면 더 갈증을 느끼듯 동륜은 미실의 몸을 파고들었다. 아무리 색공이라 하나 미실도 마음에 없는 성교는 괴로움일 뿐이었다. 더군다나 연로한 진흥제나 배려 깊은 세종과 달리 동륜은 거칠기까지 했다.

다행히 일찌감치 태기가 있었다. 일단 목표는 이룬 셈이다. 이제 아들이기만 하면 된다. 목적을 이룬 마당이라 태자가 가까이 오는 것조차 싫어 태아를 빌미로 거리를 두었다. 그럴수록 동륜은 안달을 내었다. 미실은 보채는 동륜을 달래며 아들 낳기만 고대했다. 세종에게서도 아들을 낳았고, 진흥제에게서도 아들을 낳았으니 마음으로는 또 아들일 것만 같았다. 아들이기만 하면 사도황후는 수단과 방법을 가리지 않고 만호를 후비로 삼고 자신을 태자비로 삼을 것이다. 그게 여의치 않으면 태자비까지는 만호가 하더라도 동륜이 보위에 오르고 나면 황후는 자신의 자리가 될 것이다. 그 생각만 하면 동륜의 성화도 견딜만 했다. 태자를 열심히 밖으로 돌리는 미생의 도움도 큰 힘이 되었다.

간절한 마음으로 열 달을 기다려 낳은 아이는 딸이었다. 사도와 미실은 하늘을 원망했다. 자신들의 야망이 지나친 욕심이었나 자책도 해 보았다. 그러나 한번 먹은 야심은 그렇게 쉽게 무너지지 않았다. 아이는 또 낳을 수 있는 것이다. 속을 모르는 동륜은 다음에 낳으면 아들일 것이라고 위로했지만 몸도 마음도 상한 미실은 만사가 귀찮았다. 그럴수록 삼생을 같이 하기로 한 황후와의 약조와 자신의 황후자리를 떠올리며 기운을 낸 동륜을 맞곤 했다. 그러자니 심신이 남의 것처럼 무거웠다.

부대끼다 못한 미실은 가까이 지내는 후궁들을 불러들여 연회를 열고 동륜과 어울리게 했다. 미실의 바람대로 동륜은 그 중 진흥제의 후궁 보명궁주에게 마음을 빼앗겼다. 그러나 보명은 미실과 달랐다. 대왕을 모시는 후궁의 몸으로 대왕의 아들을 받아들일 수는 없다고 거절했다. 미실에게도 보명에게도 마음대로 다가갈 수 없는 동륜의 몸은 주체할 수 없는 불덩이로 변해갔다.

칠흑같이 어두운 밤 도도하게 닫힌 보명궁주의 처소 대문 앞에 한 사내가 주위를 살피며 서성거렸다. 한참을 망설이던 사내는 담을 타넘었다. 몸이 담장 안쪽 땅에 떨어지는 순간 큰 개 한 마리가 비호처럼 달려들었다. 채 몸을 일으킬 사이도 없이 개는 사내의 몸을 물어 옷가지 흔들어 대듯 흔들었다. 비명을 듣고 시종들이 달려 나왔을 땐 이미 사내의 몸은 만신창이가 되어 있었다. 숨을 거둔 사내는 태자 동륜이었다.

태자가 개에 물려 죽은 사실은 서라벌 바닥을 발칵 뒤집어 놓았다. 아들을 잃은 진흥제의 비통함은 극에 달했다. 장소가 자신의 후궁인 보명궁주의 처소라니 도저히 묵과할 수 없었다. 분기탱천한 진흥제는 사태를 소상하게 밝히라 명했다. 동륜태자의 망측한 죽음에 조금이라도 연류된 사람은 누구든 물고를 낼 태세였다. 미실 미생 남매는 두려움에 서라벌을 빠져 나와 몸을 숨길 수밖에 없었다.

월성 밖으로 원화 미실이 피신하자 화랑도는 또 한 번 술렁였다. 좀 싱겁게 되긴 했지만 문도들은 인과응보라 환호했다. 반면 미실을 따랐던 설도들은 풀죽은 채 부제 설원랑의 눈치만 살폈다. 설원랑은 아예 실의에 빠져 일손을 잡지 못했다. 원화가 없어졌으면 당연히 예전의 풍월주 세종이 다시 맡아야 했다. 하지만 세종 역시 미실을 따라 나가 부제인 설원랑이 화랑을 이끌어야 하는 상황이었다. 그러나 부제조차 정신을 놓고 있으니 소요가 일어날 수밖에 없었다. 문도들은 이 기회에 문 화랑이 풍월주를 맡아야 하는 것 아니냐고 중론을 모았다. 문노는 단호하게 일축했다. 마치 분란이 생긴 집에 들어가 도둑질을 하는 것 같아 내키지 않았다. 문노는 미실의 일을 다른 화랑들처럼 좋아하지 않았다. 적에게 승리감을 느끼려면, 적이 가장 강할 때 맞붙어 싸워 이기거나, 담판으로 항복을 받아 내거나, 계략을 써 아예 전의를 상실하게 만들 때다. 그런데 지금 미실은 자초한 일이기는 하나 궁지에 몰려있다. 그런 적에게는 싸울 수도, 담판을 지을 수도, 계략을 쓸 수도 없다. 자신은 한 게 아무 것도 없는데 적이 자멸한 것이다. 오히려 씁쓸하고 싱거웠다. 제 세상이라도 만난 듯 흥분한 문도들은 노골적으로 문노를 풍월주에 추대하려 했다. 하지만 문노는 이들을 자제시켰다.

"여러분들이 나를 따라주는 건 고마운 일입니다. 그러나 제가 풍월주가 되는 건 문제가 있습니다. 여러분도 알다시피 원화는 애초부터 무리였습니다. 그래서 우리 대부분은 인정하지 않았던 것입니다. 그러니 원화는 없었던 걸로 하고 원래대로 세종전군이 풍월주가 되어야 합니다. 당장은 사정이 있어 낭전을 비우셨지만 곧 돌아오시리라 믿습니다. 그때까지 부제 설 화랑이 낭정을 이끌어야 할 것이오. 여러분들도 합심하여 부제를 도와 어수선한 낭전의 분위기를 바로 잡아야 할 것입니다."

"하지만 부제도 지금 미실의 일로 제 정신이 아닌 듯합니다. 세종전군 또한 언제 돌아올지 기약도 없고, 또 돌아온대도 다시 풍월주 자리를 맡아줄지도 의문이니 차제에 문공께서 풍월주에 올라 낭정을 튼튼히 하는 것이 옳을 줄 압니다."

비보를 비롯해 화랑들은 문노에게 강력히 주청했다.

"아닙니다. 화랑도의 기강을 바로 세우기 위해서도 원칙을 지켜야 합니다. 엄연히 부제가 있는데 정당한 사유 없이 제가 풍월주에 오르는 것은 모의에 의한 찬탈로 보일 수 있습니다. 그것은 우리 숭고한 화랑도 정신에도 어긋날뿐더러 저 자신 떳떳하지 못해 응할 수 없습니다. 이런 때일수록 원칙을 지켜 세종전군이 오실 때까지 부제가 그 소임을 대행해야할 줄 압니다. 그리고 우리 모두는 부제가 그 소임을 다할 수 있도록 성심을 다해 보필해야 할 것입니다."

문노는 단호했다. 분분했던 화랑과 낭두들도 더는 권할 수 없었다. 한편으로 문노에 대한 신의와 충성심을 더욱 키웠다.

문노는 설 화랑을 이전보다 깍듯이 대하여 본보기를 보였다. 망연자실하고 있던 설원은 문노의 도움으로 간신히 낭정을 꾸려나갔다. 설원은 마음 같아서는 미실을 따라가고 싶었다. 하지만 곁을 지키는 세종도 걸리고, 따라 나가면 화랑에서 제명시키겠다는 문노의 제지도 있어 그냥 머물러 애써 마음을 추슬렀다. 나이도 손위요 모든 낭도들이 추앙하는 문노에게 낭정을 일임하다시피 했고 의지했다.

동륜태자의 망측한 죽음으로 통한에 젖은 것은 진흥제뿐만 아니라 거칠부도 그에 못지않았다.

승복 차림으로 산천을 유람할 때는 세상의 흥망성쇠가 부질없게 여겨지고 만사에 근심도 없고 갈등도 없었다. 이차돈의 죽음을 보고 절집을 찾아다니며 부처와 부처의 가르침을 알아보겠다고 세상을 떠돌던 그때가 사무치게 그리웠다. 객기에 불과했지만 용기는 가상했다. 어찌 생각하면 그만큼 현실과 환경에 부족함이 없는 철부지의 성장통 같은 것이었는지도 모른다. 애지중지한 딸이 청상이 된 지금이야말로 속세를 떠나고 싶다. 그러나 이미 사바세계에 깊숙이 담긴 발을 빼낼 용기가 없다. 나이 스물에 청상이 된 딸을 바라보는 거칠부의 마음은 고해라는 생각만 가득했다. 눈에 넣어도 아프지 않은 딸이 후비로 들어가 변변히 남편의 사랑도 받아보지 못하고 청상이 되었으니 그 모두가 아비인 자신의 욕심에서 비롯된 일인 것만 같다. 그러나 그런 자책을 한들 이미 벌어진 일 괴롭기만 했다.

거칠부는 혜량을 만난 것부터 잘못된 일이라 여겨졌다. 그때 고구려 땅에서 혜량을 만나지 않았더라면, 그가 자신을 신라인이라고 알아보지만 않았다면, 거기다 자신이 신라의 장수로 고구려를 정벌하러 오리라고 내다보지만 않았다면 법사의 말을 그리 신봉하지 않았을 것이다. 그 신봉으로 딸 윤궁이 만인의 우러름을 받을 거라는 예언인지 답례인지 모를 말을 믿고 일을 추진한 것이다. 법사의 말을 그저 축원으로만 들었다면 이런 괴로움은 당하지 않았을 것 같았다. 엄청난 불행을 당했을 때 그 원인이 자신이라는 자책이 들수록 원망할 누군가를 찾게 된다. 그 누군가를 밟고 자책의 구덩이에서 벗어나고 싶은 게다. 원망을 해본댔자 달라지는 건 아무것도 없지만 쓰러질 듯 무거운 마음을 주체할 수 없어 에멜무지로 흥륜사 혜량을 찾았다. 흥륜사에서 국가적 행사가 있을 때 관료들과 참석했지만 개인적으로 찾아온 건 오랜만이다. 자주 드나드는 부인을 통해 소식은 듣고 있어 낯설지는 않았다.

혜량은 지소태후와 진흥제로부터 깊은 도를 인정받아 승통이 되었다. 처음으로 백좌강회를 열어 중생을 계도하고 어려운 불도의 법을 쉽게 풀어 전파하는 등 자신의 말처럼 활발히 법사를 펼치고 있었다.

"얼마나 상심이 크십니까."

혜량은 오랜만에 만난 거칠부를 자신의 처소로 안내해 차를 따라주며 위로했다.

"일러 무엇하겠습니까. 차마 딸아이를 볼 수가 없습니다."

"왜 아니 그러시겠습니까. 불심이 깊은 이찬 댁의 불행을 부처님께서 보고만 계시지는 않을 겁니다."

"다 제 욕심에서 비롯된 것이라 자책이 듭니다. 한편으로는 자꾸만 법사가 원망스러워지기도 하고요. 제가 신라 사람임을 알아보시고 장수가 되어 고구려를 정벌하러 온다는 것까지 내다보신 법사가 제 딸을 보시고 장차 만인의 칭송을 받을 것이라 하셨으니…."

"아, 얼마 전에도 모녀분이 다녀가셨는데 다시 보아도 따님의 인상은 그러했습니다."

"청상이 된 걸 보시고도 그런 말씀을 하십니까. 만인으로부터 칭송을 받을 것이라기에 황후나 태자비라도 되려나 했지요."

"아, 저는 인상을 말씀드렸는데 이찬께서는 운명으로 받아들이셨군요."

"아니 그럼 제가 처음부터 법사의 말씀을 곡해했다는 말씀입니까? 그때 분명 법사께서 딸아이의 앞날을 내다본다고 하시지 않았습니까?"

거칠부는 그저 신세타령삼아 한 말인데 혜량이 지레 발뺌이라도 하는 듯해 섭섭했다.

"제 말이 언짢으신 모양입니다. 물론 인상이 운명을 결정하는 수도 많지요. 또 운명이 인상을 바꿔놓기도 하고요. 그때 처자의 모습은 어린 나이임에도 자애스럽고 인자한 모습이 많은 사람을 품고 있는 듯했습니다."

"그러니까 그저 인상이 좋은 것뿐이지 팔자가 그런 건 아니라는 말씀 아닙니까."

"정말 제게 원망이 많은가 봅니다. 굳이 팔자라 하시니 드리는 말씀인데 이제 처자 나이 이십입니다. 지금까지는 부모의 팔자에 얹혀 살아온 인생이라면 이제부터는 자신의 팔자대로 사는 게 아닐까요. 너무 그렇게 절망하지 마십시오. 부처님께서 그런 인상을 주신 것도 다 이유가 있으시겠지요."

"그럼 아직도 뭔가 기대할 게 있다는 말씀이십니까."

"당연하지요. 앞날이 창창한 처자 아닙니까."

"이거 그저 하소연이나 하려고 왔는데 너무 지나친 위로를 받는 것 같습니다. 뭐 좋은 게 좋다는 말씀이겠지요."

"글쎄, 제가 실없는 소리는 할 줄 모르는데 아마 그렇게 들리시나보네요. 아무려나 부처님의 깊고 깊은 심중을 믿으십시오. 사람의 운명은 아무도 모르는 것입니다."

"제가 아무래도 너무 속물인가 봅니다. 다 끝났다 싶었는데 막상 법사의 말씀을 들으니 또 혹시나 하는 미련이 듭니다."

"속세에 살면 모두 속물이지 속물이 따로 있나요. 그래서 부처님의 가르침이 필요한 것이고요. 속물이라는 걸 아시면 열심히 불도를 닦아 보시지요. 부처님이 열어놓으신 길이 보일 것입니다."

"그래 보지요."

암담한 마음에 하소연이나 하러 갔다가 생각지도 못한 위로를 받으니 거칠부는 다 포기했던 어떤 기대가 꿈틀꿈틀 살아났다. 보통 사람이 다 할 수 있는 얘기라도 장삼을 걸친 혜량이 하면 단순한 얘기도 예언처럼 들린다.

그래, 사람의 운명은 아무도 모르는 거야. 신국의 태자가 개에게 물려 죽을 줄 누가 짐작이나 했겠나. 윤궁이 아직 이십인 걸.

잔뜩 고무되어 돌아온 거칠부는 생기를 찾아 골똘히 생각에 잠겼다. 동륜이 죽었으니 금륜이 태자가 될 것은 자명한 일. 그리고 금륜은 아직 미혼. 처음부터 미실의 말을 들을 게 아니라 미혼인 금륜과 혼인을 시켰어야 했어. 가슴이 쓰릴 만큼 후회스럽지만 지금도 늦은 건 아니다. 하지만 애까지 낳은 청상을 어찌 태자비로….

혜량의 위로로 고무되었다고는 하나 거칠부의 생각은 거기까지였다. 욕심이 난다해도 차마 태자비까지 바란다면 욕이 될 것 같았다. 그러나 후비라면 얼마든지 가능하다. 동륜 때와 마찬가지로 금륜의 후비로 들어가서 아들을 낳으면 또 운명은 어떻게 달라질지 아무도 모르는 것 아닌가. 거칠부는 윤궁이 원래 갈 길을 조금 돌아서 가는 것뿐이라며 마음을 다잡았다.

하지만 정작 윤궁은 딸의 재롱을 보는 재미에 자신이 스무 살의 꽃다운 청춘이라는 것도 청상이라는 것도 잊고 지냈다. 아버지와 달리 권력도 명예도 관심이 없었다. 태자가 살아있을 때에도 살뜰한 정을 나누지 못한 터라 별다른 외로움도 들지 않았다. 오히려 갈등이 없어 편한 면도 있었다. 그러나 본인은 의식하지 못해도 청춘의 향기는 은은히 풍겨 나왔다. 은은한 꽃향기에 멀리서도 벌나비가 날아오듯이 꽃다운 윤궁의 향기에 한 사람의 그윽한 시선이 멈추곤 했다. 세파를 곱게 넘어온 노년의 진종이었다.

진종은 법흥대왕의 아우로 왕의 계승이 내정되어 있던 형 입종이 죽자 은근히 그 자리를 꿈꾸기도 했었다. 입종의 아내인 지소와 가까이 지낸 것도 그런 내심에서다. 하지만 지소는 자신과 사통으로 딸 융명을 낳고 막상 왕위는 입종의 아들인 삼백종을 생각하고 있었다. 게다가 법흥대왕마저 조카 박영실을 마음에 두고 있으니 뜻을 접을 수밖에 없었다. 딸 융명은 지소 밑에서 자라다 세종에게 시집을 갔지만 미실에게 빠져있는 세종에게 소박을 맞고 출궁하여 따로 산다. 적적하게 지내는 진종은 가끔씩 입궁해 지소를 만나기도 하고 원로들과 담소를 나누기도 하지만 정사에는 관여하지 않는다. 처음 단아한 윤궁을 발견한 진종은 한동안 그녀에게서 눈을 떼지 못했다. 화려한 궁녀들에 비하면 마치 흙탕물 위에 청아하게 피어난 연꽃 같았다. 어쩐지 이제껏 맡아보지 못한 향기도 나는 듯했다. 동륜태자의 후비로 청상이란 걸 알고부터는 측은한 생각도 들었다. 진종은 화려하고 요염한 궁주와 후궁들 속에 유독 수수하면서도 음전한 윤궁이 자꾸 눈에 밟혔다.

"아이가 무척 귀엽구나."

입궁했다가 퇴궁하던 진종이 딸과 후원에서 장난을 치는 윤궁에게 다가가 말을 건넸다. 화들짝 놀란 윤궁은 옷매무새를 수습하며 다소

곳이 인사를 올렸다.

"내 몇 번 보아도 늘 아이하고만 지내더구나. 가까이 지내는 궁주는 없느냐?"

"예, 미실궁주가 언니이긴 한데 언니가 워낙 공사로 바쁘다보니 아이하고만 지내게 됩니다. 저 또한 그것이 더 편하기도 하고요."

"그래, 다른 궁주나 후궁들보다 조신하고 소탈해 보이는구나. 내 가끔 들러 모녀와 어울려도 되겠느냐."

진종은 어미의 치맛자락을 붙들고 있는 윤실을 보듬어 안아주었다. 낯선 사람이라 겁을 낼 만도 한데 윤실은 해맑게 웃었다.

"마마께서 그리 마음 써 주시니 황공할 따름이옵니다."

윤궁은 공손히 답했다. 왕실 사람임에도 권위가 몸에 밴 다른 왕실 사람들과 달리 진종에게서는 푸근함이 느껴졌다. 권력이나 위세에도 초연해 보여 긴장도 되지 않았다.

그날 이후 진종은 종종 들렀다. 태후궁이나 조정에 들렀다가 오는 것이 아니라 일부러 윤궁 모녀를 찾아왔다. 윤궁은 진종을 아버지를 대하듯 스스럼없이 맞곤 했다. 딱히 외롭다고 생각한 적은 없는데 진종이 이런저런 얘기를 해주면 마치 허전하고 힘들기라도 했던 것처럼 말이 많아졌다. 그 말을 진종은 때론 측은하게 때론 재미있게 들어주었다. 제 얘기를 그렇게 관심 있게 들어준 사람도 진종이 처음이었다. 말이 많아지니 웃음도 많아졌다. 말은 할수록 늘고 웃음은 웃을수록 밝아졌다. 윤궁은 이제야 조율이 잘 맞은 가야금처럼 육감이 맞아 제대로 소리를 낼 수 있었다.

진종은 윤궁을 아예 곁에 두고 싶었다. 연로해 색을 즐길 수는 없지만, 그저 은은한 향기를 풍기는 난초를 곁에 두고 완상하는 것처럼 기품 있는 윤궁을 곁에 두고 말벗이나 하면서 지내고 싶었다. 성골인 지위로 청상 하나쯤 령으로 거두려면 거둘 수도 있었다. 하지만 윤궁에게는 그런 우격다짐은 하고 싶지 않았다.

늙은이의 망령이라 비웃지나 않을까 망설이던 진종은 자신의 사가로 나와 말벗이나 하면서 지내지 않겠느냐고 조심스레 물었다. 윤궁은 좀 뜨악했지만 혼인은 아니라는 말에 마음이 동했다. 궁궐 내의 보이지 않는 암투와 질시, 왕실법도의 번거로움 등을 숙명으로 받아들이며 지내야 하는 궁 생활에 진력이 나기도 했다. 령으로 취할 수도 있는데 조심스레 의향을 물어주고, 그것도 내키지 않으면 그만 두어도 좋다는 진종의 배려에 윤궁은 편히 의지하고 싶었다.

윤궁은 아버지에게 진종을 모시겠다고 했다. 의논이 아니라 통보였다. 아버지는 놀라 머리를 흔들었다. 금륜태자의 정비나 후비로 마음먹고 있던 터에 아무리 성골이라 하나 노년에 든 진종이라니. 거칠부는 궁생활이 정 힘들면 친정에 나와 살더라도 진종의 집으로 간다는 건 말도 안 된다며 윤궁을 설득했다. 윤궁은 또다시 왕실의 실세와 연을 맺으려는 아버지의 야심에 멀미를 느꼈다. 아버지의 뜻에 따라 아무 생각 없이 동륜왕자에게 시집을 간 열여섯의 윤궁이 아니었다. 윤궁은 아버지의 야망을 피해서라도 순순히 진종의 사가로 나왔다.

진종의 사가는 문노의 집과 그리 멀지 않은 곳에 있었다. 윤궁이 미실의 반의 반 만큼이라도 사내들에게 관심이 있으면 가끔 늠름한 한 화랑이 낭두들의 호위를 받으며 오가는 것을 눈여겨볼 수도 있었을 것이다. 또한 문노가 미생의 반의 반 만큼이라도 여인들에게 관심이 있으면 인근에서 유일한 성골 진종 사가를 계집종 하나와 드나드는 참한 여인 하나를 기억에 남길 수도 있었을 것이다. 그러나 운명은 아직 그들의 눈과 마음을 열어주지 않았다. 그렇게 운명은 아무도 모르게 다가오는 것이다.

메마른 가지에 물오르듯 윤궁의 감각을 여물게 해준 진종은 일 년도 못 되어 세상을 떠났다. 윤궁은 입궁하지 않고 그 집에 눌러 살았다.

함정에서 치른 즉위식

동륜태자가 비명횡사한 후 서둘러 금륜이 태자로 책봉되었다. 시어머니 지소태후와 팽팽히 맞서 동륜을 태자로 책봉하는데 성공한 황후는 동륜의 어처구니없는 죽음에 말문이 막혔다. 딸 숙명이 이 화랑의 아이를 낳고 출궁을 선언했을 때 지소태후가 그랬던 것처럼, 이번에는 아들을 잃은 사도황후가 처소에 칩거하고 모든 문안을 사절했다. 모두들 동륜의 죽음에 미실이 관여했다고 요망한 계집으로 내몰았지만 황후만큼은 미워할 수도 없었다. 동륜에게 미실을 떠민 건 바로 자신이었기에 누굴 원망할 수도 없었다. 그 미실마저 성 밖으로 피신한 마당에 마음 둘 곳이 없었다. 오로지 손자 백정만이 위안이고 기둥이었다. 한때는 진골정통인 만호의 소생인 것이 석연치 않아 미실로 하여금 대원신통의 손자를 얻고자 했으나 이제는 일점 혈육으로 삶의 전부가 되다시피 했다. 공연히 일도 성사시키지 못하고 아들만 죽음으로 내몰았다는 죄의식에 아비 잃은 손자 백정이 애틋하기도 했다.

지소태후도 태자책봉만큼은 사필귀정이라 생각했지만 기쁠 수만은 없었다. 동륜 역시 친손자이고보니 비통한 죽음에 마음이 아팠다. 게다가 부왕의 애첩을 겁탈하려고 담을 넘다 개에게 물려 죽은 터라 드러내놓고 슬퍼할 수도 없는 노릇이었다. 금륜의 책봉식은 성대했던 동륜 때와 달리 왕실의 수치를 봉합하기 위한 위로식처럼 소소하게 치러졌다.

월성을 벗어나 해궁에 머물고 있는 미실은 모처럼 망중한으로 지냈다. 처음에는 황후가 되고 태후가 되는 꿈을 품었던 게 죄가 되어 유배라도 당한 듯싶었다. 굳이 아들딸 구별이 필요 없을 때는 아들만 주시다가 정작 아들이 필요한 때에는 딸을 주시는 하늘도 원망스럽고 하필 개에 물려 죽은 동륜태자도 빙충맞아 속이 쓰렸다. 일편단심으로 보살펴준 세종이 없었다면 제 성질에 볶여 많이 힘들었을 것이다.

세종은 오히려 즐거웠다. 오롯이 미실을 독차지 할 수 있고 조용한 전원생활이 평화롭게 여겨졌다. 이렇게 계속해서 필부로 살고 싶었다. 세종의 헌신에 미실의 마음도 차츰 평온을 찾았다. 그 배려에 고맙고 미안하여 다른 건 생각하지 않으려 애썼다. 이대로 범부로 사는 것도 괜찮을 듯싶었다. 세종과 미실은 동륜에게서 낳은 딸 애송을 기르며 평민 속에 묻혀갔다.

불길처럼 치솟던 진흥제의 분노와 애통함도 세월의 담금질로 시나브로 가라앉았다. 동륜의 죽음에 대해 진상을 소상히 밝히라고 추상같은 명을 내렸지만 스스로 궁주의 담을 넘다가 개에게 물려 죽은 걸 누굴 탓하겠는가. 후궁 보명은 자신의 처소 담을 넘다가 변을 당한 터라 죽을 죄인을 자처했으나, 아버지의 후궁으로 아들에게 몸을 줄 수 없다는 그녀의 정절이 무슨 죄가 되겠는가. 그런 점으로 본다면 보명을 만나게 해주었다는 이유만으로 미실 또한 죄인으로 다스릴 일이 아니란 생각이 들었다. 솔직히 그녀의 미색과 교태가 그리운 나머지 무의식중에 그녀를 용서하고 싶었는지도 모른다. 사람은 믿고 싶은 대로 명분을 찾기 마련이다.

진흥제는 직접 궁 밖 미실을 찾아갔다.

"너를 안지 않고는 잠도 이룰 수 없더구나."

진흥제는 버선발로 마중 나온 미실의 손을 잡았다. 미실은 감개무량하여 진흥제의 손에 눈물을 떨어뜨렸다. 미실은 중죄인으로 처벌받기를 청했다. 천만다행으로 자신이 태자비나 황후가 되기 위해 태자에게 접근했다는 건 밝혀지지 않았다. 모름지기 태자가 미실의 미색에 빠져 지나치게 탐해 미실이 견디다 못해 보명을 소개해서 그 지경을 당한 걸로 결론이 났다. 어찌 생각하면 공연히 제 발이 저려 피궁을 했지만 그렇더라도 동륜의 아이까지 낳았으니 죄를 청할 수밖에 없었다. 잘못을 인정해서가 아니라 사랑을 되찾기 위한 수단이었다. 그녀에게 사다함 이외의 사랑은 권력이었다.

"암. 벌을 받아야지. 너를 그리다 이렇게 쫓아오게 한 죄 두고두고 벌을 받아야지. 어서 입궁을 서둘라."

진흥제는 미실을 끌어안은 채 동행한 대신들에게 명했다. 세종과 미실의 유유자적했던 평민적 삶은 그렇게 일 년도 못 되어 끝이 났다.

미실과 세종은 진흥제를 모시고 환궁했다. 사도황후는 눈물로 반겨주었다. 미실 역시 손을 잡아준 황후의 손등을 눈물로 적시며 반가워했다. 다들 해후의 기쁨으로 넘친 궁궐이지만, 잠시나마 궁 밖에서 양민들처럼 미실을 독차지하고 오붓하게 지내던 세종에겐 더없이 황량한 벌판이었다. 허전함에 발길조차 헤매는데 듬직한 문노가 앞을 막아섰다.

"아, 문노공!"

"전군마마. 이제 모든 게 제 자리로 돌아왔습니다."

"그렇군. 모두 제 자리를 찾은 게야. 나만 빼놓고 모두."

세종은 한숨과 함께 허탈하게 미소 지었다.

"마마만 빼놓다니요. 마마야말로 그 어느 때보다 다시 자리를 굳건히 지키셔야지요."

"자리라니?"

"다시 화랑도를 이끄셔야지요."

"그럼 다시 풍월주를 맡으란 말이요? 아직 그 자리가 비어있었소? 나는 당연히 부제가 순차적으로 올라 있을 줄 알았는데."

"그럴 순 없지요. 부제가 잇더라도 원화를 원상태로 돌려놓고 정식으로 인수인계를 하셔야지요. 그리고 설 화랑 역시 미실궁주의 일로 상심이 커 풍월주를 맡기에는 무리가 있는 것 같습니다. 지금 화랑들이 마마를 기다리고 있습니다."

세종은 의연한 문노를 지그시 바라보았다. 누구보다 미실을 고소해하고 그녀를 따른 자신을 비난하고 있을 줄 알았는데 모든 걸 원상태로 돌리겠다니 무슨 뜻일까. 의구심이 들었지만 지금으로서는 화랑도밖에 마음 붙일 곳이 없어 세종은 흔쾌히 문노를 따랐다. 낭전에는 모든 화랑과 낭두와 낭도들이 도열해 있었다. 모두 정복을 입고 도열해 풍월주로 맞아주는 낭도들을 보니 입궁하면서 들었던 소외감이 일순 풀어졌다. 그 모두를 진두지휘했을 문노에게 의구심을 가졌던 자신이 부끄러웠다. 세종은 모든 화랑과 낭두와 낭도들 특히 문노에게 진심으로 감사를 표했다.

허전한 마음을 붙잡아 준 것이 고마워 우선 풍월주에 앉기는 했지만 이미 떠났던 세종의 신심은 다시 정박하지 못했다. 문노에게 심경을 토로하고 풍월주 자리도 그에게 내주려 했다. 그것이 낭도들의 뜻이고 당연히 문노도 바랄 것이라 생각했다. 하지만 문노는 세종이 물러나는 것을 몹시 안타까워하며, 물려준다 해도 풍월주는 부제인 설원랑이 되어야 마땅하다고 했다. 부제에게 특별한 문제가 있지 않고는 관례대로 대를 잇게 하는 것이 화랑도의 위계를 세우는 것이라는 게다. 세종은 다시 한번 문노의 대범함에 감탄했다. 앞으로도 끝까지 곁에 두리라 다짐도 했다. 결국 문노의 뜻대로 설원랑에게 풍월주를 넘기고 상선으로 물러났다.

세종은 대범하게 보았지만 당사자인 문노의 속은 씁쓸했다. 그래도 세종은 전군으로 위상도 있고 권력도 있어 풍월주로 모실만 했지만 설원이 풍월주가 되면 어쩐지 기강이 설 것 같지가 않았다. 설원이 부제가 될 때도 낭도들은 잘 따르려 하지 않았다. 귀족출신인 사다함의 보호로 그럭저럭 수습이 되긴 했지만 근본적인 불안요인은 사라지지 않았다. 문노 역시 사다함이 다 좋은데 제 이부동복 동생 설원랑을 부제로 삼은 것 하나는 마음에 걸렸다. 세종도 그런 분위기를 알고 있어 문노에게 자리를 넘기려 한 것이다. 하지만 문노는 시기적으로 모양새가 좋지 않아 관례를 따랐다. 자신의 신분도 내세울 게 없는 터라 설원랑의 신분을 새삼스레 문제 삼고 싶지는 않았다. 다만 세종보다 더 미실에게 빠져있는 게 불안했다. 만에 하나 미실이 원화로 돌아오겠다면 뒤도 안 돌아보고 내줄 위인이다. 두 번 다시 그런 일이 있어서는 안 된다. 문노는 풍월주가 된 설원랑보다 더 긴장했다.

아들의 횡사로 애를 끓였던 진흥제는 몸이 부쩍 쇠약해지기 시작했다. 미실을 품어볼 때마다 쇠약해진 몸을 의식하며 갖은 탕약에 의지했다. 임시 회복하면 미실과의 운우지정을 위해 소진했다. 그런 악순환으로 진흥제 몸은 점점 식고 그럴수록 불같은 울화로 머리는 뜨거워졌다. 미실은 어린아이 어르듯 진흥제를 어루만져주었고, 진흥제는 온몸과 마음을 미실에게 내맡겼다. 정무는 사도황후가 대리청정 하다시피 하고 급한 문서는 미실이 처리했다.

진흥제에게 권좌를 넘겨준 후 불심에만 의지하여 지내오던 지소태후는 진흥제의 흐려진 총기가 불안했다. 점점 문안도 들어오지 못할 만큼 옥체도 허약해졌다니 왕실의 안위마저 위태롭게 느껴졌다. 아무래도 요부 미실이 독이 되고 있고, 사도황후가 방치한 탓인 것만 같았다. 노골적으로 황후가 정무를 보다시피 하고 미실이 문서까지 결제한다는 얘기를 전해 듣고는 눈에 쌍심지를 켰다. 지소태후는 은밀히 이사부와 거칠부를 불렀다.

"지금 진흥제의 건강이 많이 악화된 듯싶소. 아무래도 요부 미실과 사도황후가 진흥제의 명을 재촉하고 있는 것 같아 내 마음이 좌불안석입니다. 두 분은 누구보다 진심으로 이 나라 안위를 걱정해 주실 분이기에 도움을 청할까하고 듭시라 했습니다."

"그렇지 않아도 요즘 폐하께서 편전회의에 나오시지 않는 날이 부쩍 늘어 걱정하고 있었습니다. 옥체에 무슨 환후라도 있는 것입니까."

"그간 영토 확장을 위해 직접 정벌에 나서며 혈기를 쏟은 데다, 동륜의 횡사로 분기와 애통함을 다스리지 못해 화병이 돋지 않았나 싶소. 거기다 요부의 색사를 몸이 이기지 못해 기운을 잃은 게지요. 내 안타까운 마음 이루 다 말할 수 없지만 주상은 다시 정무를 볼 수 없을 듯하니 후사를 단단히 해두어야겠소. 공들은 어찌 생각하오."

"아직 폐하께서 건재하셔서 아뢰옵기 송구하오나 금륜태자가 계시니 순을 밟으면 되지 않겠는지요."

동륜과 금륜이 왕자로 있을 때, 지소태후가 금륜을 태자로 책봉하려던 걸 알고 있기에 거칠부는 망설임 없이 말했다.

"의당 그렇지요. 그런데 황후의 동태가 심상치 않으니 걱정입니다. 제 오라비 노리부를 이찬에 앉히고 조카 미실과 함께 모종의 음모를 꾀하고 있는 듯합니다. 부끄럽게도 내가 낳은 세종도 요부 미실에 빠져 그 쪽에 힘을 보태고 있는 눈치요."

"음모라면…."

"세손 백정이 있지 않소, 동륜의 소생."

"하지만 세손께서 보위에 오르기엔 너무 어린 나이입니다."

"사도가 섭정을 노리는 거지요. 사도 뒤에는 오라비 노리부가 있고."

설마! 거칠부는 지소태후의 노파심이 너무 심하다 싶었다. 이사부도 같은 생각으로 얼굴을 마주보며 눈빛을 주고받았다.

"내가 공연한 트집을 잡고 있는 듯 보이시오? 나 몸은 늙었어도 총기는 아직 쓸만하답니다. 지금 황후가 정무를 대신 보다시피 한답니다. 게다가 주상의 환후를 핑계 삼아 아무도 접견을 못하게 한다니, 우리 신국의 왕실에서 있을 수 없는 일이요. 두 분께서 이 나라의 안위를 지켜주시오. 금륜을 꼭 보위에 올려야 하오."

태후는 간곡히 부탁했다. 세월의 탓인지 불심이 깊은 탓인지 예전의 강인함은 사라지고 애절함만이 눈에 가득했다.

"염려마시옵소서. 소신들이 있는 한 태자마마의 보위는 꼭 지켜내겠사옵니다."

이사부가 애틋한 마음으로 태후를 안심시켜주었다. 신분은 신하이지만 몸은 부부가 아니던가. 마음 같아서는 피차 늙은 몸이나마 안고 다독여주고 싶었다. 또 한편 금륜은 외손자다. 동륜과 태자책봉을 놓고 갈등할 때는 적극적으로 지지할 수 없었지만 이제는 혼신을 다해 보위를 지켜주리라 다짐했다. 거칠부 역시 동륜의 책봉 때는 황후로부터 딸의 태자비 제의를 받고 흔들렸지만, 이제 동륜이 죽고 없는 터라 거칠 것 없이 금륜을 지킬 수 있게 되었다. 두 대신은 의기투합하여 태후에게 보필을 약조하고 물러나왔다. 처음에는 지소태후가 아직도 권력에 미련을 못 버렸나 의심이 들기도 했다. 그러나 진작부터 정계에 마음을 접고 불심에 의지해 지내오던 터이기도 하고, 간곡히 당부하는 모습이 진심으로 나라의 안위를 걱정하는 것이란 확신이 들었다. 게다가 황후의 정무개입이 심하다 싶어 언짢게 생각하던 참이기도 했다. 대신들이 결정한 사안들이긴 하지만 왕이 아닌 미실이 문서를 결제하는 것도 마뜩찮았다. 태후의 의심과 걱정은 지당했다.

두 대신은 황후궁을 주시하기 시작했다. 태후의 말대로 사도황후의 오라비인 노리부가 부쩍 궁 출입이 잦았다. 뿐만 아니라 몇몇 대신들과 자주 사사로이 만난다는 소문도 들려왔다. 금륜태자가 진흥제의 아들이 아니라 이 화랑의 아들일지도 모른다는 소문이 다시 나돈 것도 그 즈음이다. 금륜의 어머니인 숙명이 이화랑과 사통하여 아이를 출산하고 출궁한 것을 빗대 금륜도 이화랑의 아들일 거라는 추측인 게다. 사실이라면 금륜은 왕손이 아니기에 왕위를 이을 수가 없게 된다. 거칠부와 이사부는 중신회의를 열어 해괴한 소문을 낸 무리들을 발본색원하여 참형에 처해야 한다고 으름장을 놓았다. 괴소문을 퍼트리는 것은 신국의 왕실을 어지럽히는 소행으로 역모죄로 다스려야 한다는 것이다. 몇몇 대신들이 목소리를 보태 조사의 강도를 높이자 소문은 시나브로 꼬리를 감추었다.

미실이 진흥제 처소에서 꼼짝 않자 세종이 노리부와 자주 만나는 눈치를 거칠부는 놓치지 않았다. 언젠가 문노 화랑이 절친한 세종에 대해 납득이 안 된다며 고개를 저은 적이 있었다. 의리로나 기개로나 다 좋은데 단 한 가지 미실에 대한 헌신은 이해가 안 된다는 것이다. 거칠부 자신이 보기에도 세종의 태도는 불가사의한 일이다. 전장에서 보면 분명 장수다운 면모를 보이는데 어찌 미실이라면 그리도 오금을 못 펴는지 아무리 남자의 입장에서 이해해 보려고 해도 정도가 지나쳐 보였다. 어머니인 지소태후보다 어머니의 정적인 사도황후의 편에 서는 것도 사도황후의 조카인 미실 때문이다. 지소태후도 고개를 흔드는 일이다.

거칠부는 진흥제가 이대로 계속 정사를 돌보지 못한다면 양위를 생각할 수밖에 없다는 심중이 들었다. 정황으로 보아 그 시기가 가까워진 것 같았다. 태후의 근심처럼 행여라도 열 살도 안 된 백정이 보위에 앉는 일이 있어서는 안 된다. 노리부는 오히려 어린 조카를 대신해 섭정할 궁리로 황후궁을 제집 드나들 듯하는 모양인데, 그런 일이 일어나지 못하도록 미리 못을 박아야 했다.

우선 이사부 탐지 서력부 등 중신들이 금륜태자를 자주 배알하게 하고, 국사를 논의할 때는 금륜태자를 꼭 배석하게 했다. 다음 왕임을 확실하게 주지시키려는 의도와 예의였다. 아예 그 누구도 다른 생각을 할 수 없도록 시위를 해두자는 것이다. 조정에 거칠부와 이사부의 힘을 견제할 세력은 아직 없다.

지소태후의 간곡한 부탁으로 금륜을 보필하면서 거칠부의 마음엔 또 한 번 바람이 일었다. 이제는 자신의 야망이 아니라 청상인 딸을 생각하는 아비의 마음이다. 처음에는 제 자신의 야망도 조금은 있었지만 윤궁이 그것에 반발하여 진종 사가로 나가고 난 후 차츰 야심을 접고 딸이 당당하게 살아갈 수 있는 길을 생각했다. 금륜은 아직도 정식으로는 혼인을 하지 않았다. 혜량의 말대로 윤궁이 이제부터 제 팔자대로 사는 것이라면 그 팔자를 한번 시험해보고 싶었다. 금륜의 정비가 된다면 바로 황후가 되는 것이다. 동륜을 사위로 선택한 건 자신의 팔자지만, 윤궁의 팔자는 금륜을 택할 수도 있는 게 아닌가. 거칠부는 사도황후가 왕위를 위한 어떤 모의도 할 수 없도록 눈에 불을 켜고 지켜보았다.

병부의 수장이 된 세종전군과 풍월주 설원랑을 손에 쥔 미실은 왕의 권력까지 대행하며 꿀맛 같은 세월을 만끽하고 있었다. 명색뿐인 왕을 대신해 내정을 장악한 사도황후 역시 권력의 달콤함에 젖어 지냈다. 그러나 그 맛을 오래 향유하기는 힘들다는 걸 잘 알고 있었다. 권력을 잃지 않기 위해서는 금륜태자 대신 손자 백정을 보위에 올려야 하나 거칠부를 중심으로 이사부 탐지 등 진흥제가 가장 신임하는 중신들이 태자를 호위하고 있는 이상 방법이 없었다. 금륜이 이화랑의 아들일지도 모른다는 비방도 더 이상 먹히지 않았다. 이빨 빠진 호랑이라 하나 지소태후가 총기를 돋우고 지켜보고 있는 것도 무시할 수 없었다. 오라비 노리부도 상당한 세력을 규합하고는 있으나 이제 아홉 살인 손자 백정으로는 명분이 안 섰다. 하지만 어쩔 수 없이 보위는 태자에게 넘긴다 해도 실권은 놓치고 싶지 않았다. 사도황후는 중신인 오라비 노리부보다 색공인 조카 미실을 더 믿었다.

모처럼 짬을 내어 황후는 미실과 다과상을 마주하고 앉았다.

"이 떡, 꿀에 찍어 먹으니 무척 맛이 있구나."

"예, 마마."

"미실아, 이렇게 꿀에 찍어 먹다가 꿀이 떨어지면 어떻게 할까?"

"그냥 먹지요 뭐."

"그렇겠지. 그때 떡 맛은 어떨까?"

"그야 밋밋하겠지요."

"그래. 밋밋하긴 해도 구수한 맛이 있어 그런대로 먹을 수는 있겠지. 그런데 말이다. 권력의 맛은 어떨 것 같니?"

"예? 무슨 말씀이신지…."

"지금 우리가 누리고 있는 세력 말이다. 꿀보다 달지 않더냐. 그런데 이 세를 잃으면 떡 맛처럼 밋밋하나마 그냥저냥 지낼 수 있을 것 같니?"

"글쎄요."

"권력의 단맛은 꿀 바른 떡 맛과 달리 잃으면 밋밋해지는 게 아니라 쓰디쓴 맛이 될 게다. 얼마나 쓴지 차라리 단맛을 보지 않았던 것만 못하게 되지."

"아, 예."

"너는 우리의 세력이 얼마나 갈 것이라 보느냐?"

"그야, 폐하가 생존에 계실 때까지겠지요."

"그렇지. 그만큼 얼마 남지 않았다는 얘기고."

"하오면…."

"대비를 해야지. 단맛을 보았으니 그 맛을 잃으면 쓴맛을 보아야 하는 건 자명한데 얼마나 쓸지는 상상도 못할 것이다. 그러니 가만히 당할 수는 없지 않겠니."

미실은 긴장하고 굳은 표정을 짓는 황후의 얼굴을 응시했다. 분명 의미심장한 의중이 있는 것 같기는 한데 그게 무언지 종잡을 수 없어 경청하겠다는 표정만 지어 보였다.

"백정을 보위에 올리면 만사형통이지만 너무 어린 데다 태후와 중신들이 금륜을 호위하고 있으니 그는 어려울 것이다."

말을 끊고 물을 마시는 황후를 따라 미실도 침을 삼켰다.

"어쩔 수 없이 보위는 태자에게 물려주지만 지금 진흥제처럼 금륜을 우리의 손에 넣으면 세는 유지할 수 있다. 무슨 뜻인지 알겠느냐."

황후는 내리깔았던 눈까풀을 들어 올려 미실을 똑바로 바라보았다. 미실은 그제야 황후의 야심을 깨달아 천천히 고개를 끄덕였다.

"하오면 제가 금륜을…."

"그렇지. 할 수 있겠느냐?"

예기치 못한 질문이라 당황했지만 황후의 논리를 헤아리며 미실은 단호하게 대답했다.

"예, 마마."

두 여인의 예리한 눈빛이 상대방의 눈동자에 반사되어 더욱 빛을 내었다.

금륜을 손에 넣으라는 황후의 말은 장차 황후 자리를 꿰차라는 것인데 대답은 했지만 과연 해낼 수 있을지 미실은 마음이 조였다. 다행히 태자비가 있었던 동륜과 달리 금륜은 아직 미혼이라 그때보다는 수월할 수도 있다. 그러나 설원랑에서 얻은 보종까지 네 번이나 출산을 한 몸인데, 궁 밖까지 나가 색을 즐긴다는 금륜을 만족시킬 수 있을지 걱정이 되었다. 하지만 잡았다 놓친 물고기는 실제보다 훨씬 크게 느껴지기 마련이다. 게다가 놓쳐 다시 잡을 수 없는 물고기라면 그 물고기는 용이 된다. 미실로서는 용이 되어버린 황후자리를 다시 잡을 수 있는 마지막 기회가 온 것이다. 결코 이번만큼은 놓칠 수 없다. 설사 일이 잘못되어 죽는다 해도 황후 외에 이룰 수 있는 건 다 이룬 터라 회한은 없을 것이다. 미실은 전투를 앞두고 창검을 닦고 벼르는 장수처럼, 갖은 요초와 향유로 몸을 다듬고 또 다듬었다.

진흥제의 총기와 기력은 날로 쇠락하여갔다. 미실이 곁을 지키고 황후가 처소를 지키며 왕의 침전을 통제했다. 중신들은 양위를 위해 분주히 움직였고, 미실과 황후는 자신들의 내밀한 계략을 위해 은밀히 움직였다. 계략은 음모에 가까울수록 겉으로는 더 평온했다.

궐 밖 야행에서 돌아오던 금륜태자는 뜻밖의 미실을 만나 깜짝 놀랐다. 일부러 태자궁 길목을 지키고 기다린 눈치다. 진흥제 처소에서 꼼짝 않던 미실이 호젓한 밤에 은밀히 찾아와 태자는 순간 긴장했다.

"미실궁주 아니시오?"

"예, 태자마마. 한참을 기다렸습니다."

"나를?"

"예, 마마. 야행을 나가신 것 같아 예서 기다렸는데 행여 안 들어오시면 어쩌나 마음 졸이고 있었습니다."

"왜 아바마마께 무슨 일이라도 있소?"

태자는 가슴이 덜컹 내려앉았다. 그렇지 않아도 밖으로 돌면서 늘 아버지에게 무슨 일이 있으면 어쩌나, 이러다 임종도 못하는 것 아닌가, 조마조마 하면서 시간을 보냈다.

"그런 건 아닙니다만, 예서 이럴 게 아니라 소신의 처소로 모시고 싶사옵니다. 잠시 발걸음을 돌려주시옵소서."

미실은 상글거리며 다소곳이 허리를 굽혔다. 상글거리는 걸로 보아 당장 아버지에게 무슨 일이 있는 건 아닌 것 같다. 그래도 '그런 건 아닙니다만' 이라는 것으로 보아 아버지에 대한 이야기가 있는 건가 싶어 태자는 미실을 따라 말로만 듣던 미실궁으로 갔다. 내실에 들어선 순간 은은한 향이 몸을 감싸 정신이 아득해졌다. 궐 밖까지 나가 황음을 즐겨보았지만 이런 향은 처음이었다. 과연 아버지 진흥제, 숙부 세종, 형 동륜까지 아니 내로라하는 화랑들까지 녹아들만한 이유가 있어보였다.

"많이 당황하셨지요. 좌정하시지요. 야심한 밤이라 소찬을 준비했습니다."

미실은 금륜을 다담상으로 이끌어 앉혔다. 태자는 나긋나긋 움직이는 미실의 몸짓에서 홀린 듯 눈을 떼지 못했다.

"아바마마의 환후는 차도가 있소?"

"그만그만하십니다. 자나 깨나 왕실과 나라만 걱정하십니다."

"왜 안 그러시겠소. 그런데 야심한 시각에 어인 일로 나를 보자 했소? 혹여 아바마마께 무슨 일이라도 있는 게요?"

"폐하께서 늘 나라의 안위를 걱정하시는 중에도 태자마마에 대한 당부를 잊지 않으시곤 했지요. 황송하옵게도 폐하께서는 미천한 소신과 정사를 논하시곤 하는데 태자마마께도 헌신할 것을 신신당부하셨습니다."

술을 따라 올리며 짓는 듯 마는 듯 미소를 머금은 미실의 입매에 태자의 마음은 서서히 뜨거워갔다. 헌신하라는 뜻이 무엇인가. 정사를 의논하라는 건가 아니면 색공으로서의 소임을 말하는 것인가 태자는 아리송했다. 기왕이면 색공으로서의 소임이길 은근히 기대했다.

"미천하다니. 그대의 명민함은 금성이 다 아는 바 아니오."

"색신으로 여러 윗전을 모시다보니 이런저런 눈치가 늘고 어깨너머로 익힌 견문이 그런대로 쓸만했던가 봅니다. 요즘 마마께서 자주 궁 밖 야행을 즐기신다는 말을 들었사옵니다."

"아 뭐 그저 궁은 어수선해서 가끔 미행을 나갔소."

금륜은 뜨끔했다. 아바마마가 자신의 비행을 알고 무슨 질책이라도 전하려나 싶어 변명처럼 더듬더듬 말했다.

"그래, 마음 줄만한 데라도 찾으셨는지요?"

"글쎄….."

태자는 교태를 부리며 생글거리는 미실의 사근사근한 음색에 점점 호흡이 가빠져 대꾸할 말을 찾지 못했다. 따라 놓은 술잔을 들어 한입에 털어 넣었다. 미실이 다시 술잔을 채웠다.

"환후 중에 계신 폐하를 모시면서 불충하온 줄은 알지만, 그래도 보위에 오르실 태자마마께옵서 밖으로 도시는 걸 색공인 제가 보고만 있을 수는 없사와 마마를 모셨습니다."

미실은 눈꺼풀을 내리며 천천히 고개를 숙였다. 길고 흰 목덜미에서 빛이 났다. 태자는 눈이 부셔 바로 보지 못하고 곁눈질로 보았다.

"아니 뭐 그럴 것 없소. 폐하의 옥체나 지극정성으로 보필해 주시오."

"당연히 그래야겠지요. 어서 쾌차하시어 정사에 임하시길 축수합니다. 폐하의 옥체도 태자마마의 옥체도 제겐 모두 왕실의 옥체로 지극정성으로 모셔야 할 소임이 있지요. 부디 그 소임을 다할 수 있게 윤허하여 주옵소서."

미실은 채운 술잔을 들어 공손히 올렸다. 태자가 술잔을 받아 천천히 마시는 동안 미실은 저고리를 벗었다. 치맛단에 눌린 젖무덤이 봉긋하게 드러났다. 궁 밖까지 나가서도 몸의 변죽만 울리고 성욕을 채우지 못하고 돌아오던 태자는 술과 침을 함께 삼켰다. 미실이 다가와 사분사분 태자의 옷을 벗겼다. 따뜻한 입김이 귓불을 스치며 은은한 체취를 품어냈다. 침이 채 넘어가기도 전에 신음이 터졌다. 미실이 제 치맛단을 풀어내고 태자의 목을 감아 안았다. 태자는 으스러지게 미실을 끌어안았다. 이가 꼭 맞는 합과 뚜껑처럼 어쩌면 품에 그리 꼭 맞는지 태자는 이가 으드득 갈렸다.

이랬구나. 아버지가, 작은아버지가, 형이. 금륜은 매끄럽고 폭신한 미실의 몸을 희롱하며 감탄했다. 미실은 태자의 품속에서 고물고물 움직여주었다. 가녀린 손가락으로 태자의 머릿결을 쓰다듬고 등을 쓸어주었다. 참숯이 이글거리는 대장간 화덕에 담금질 되는 쇠붙이처럼, 몽실한 미실의 젖꼭지는 태자의 달궈진 입속을 드나들며 제 몸을 담금질해 무기로 만들었다. 꼿꼿해진 태자의 음경을 허벅지로 끼고는 아녀자의 힘이라고는 믿을 수 없을 만큼 조여 주었다. 조여서는 빠질 듯

당기고 당겼다가는 풀어 태자의 힘을 고스란히 한 곳으로만 모이게 했다. 다른 여인과 잠자리에서는 제 힘으로 욕망을 채우려 했지만 미실은 아무 힘도 쓰지 못하게 했다. 아니 쓰되 저절로 쓰이게 유도했다. 그냥 미실에게 몸을 맡기면 되었다. 설사 그녀가 죽이면 죽을 수도 있을 만큼 온몸을 내줄 수밖에 없었다.

그날 밤으로 미실은 태자를 완전히 제 사람으로 만들었다. 중신들 눈에 안 띄게 제 처소를 찾아달라는 미실의 청을 태자는 피차 바라는 터라 굳게 지켰다. 중신들이 미실을 못마땅해 하기도 하지만 자신 역시 아버지가 환후 중이라 미실궁을 은밀히 찾을 수밖에 없었다.

가야를 복속시키고 북으로는 함북의 마운령까지 장악해 크게 영토를 확장하고 불교를 부흥시키는 등 많은 업적을 남긴 진흥제는 마흔세 살의 나이로 어머니보다 먼저 승하했다. 임종은 사도황후 혼자 했다. 이때 미실은 사도황후의 밀명을 받아 미실궁에서 태자를 모시고 있었다. 열락지경에 빠져있는 태자에게 미실은 애절하게 청했다.

"마마. 제 아무리 많은 분을 모셨지만 마마만한 짝은 없었사옵니다. 앞으로는 마마 한 분만을 모시면 죽어도 원이 없겠나이다."

태자 역시 바라던 바이다. 이런 여인을 늘 품에 안고 있으면 그게 곧 천국이 아니겠는가. 그러나 아버지의 후궁이요, 숙부의 아내이며, 색공인지라 혼자 차지할 수는 없었다.

"나 또한 그대를 그 누구에게 내주고 싶겠소. 허나 폐하의 색공이요 작은아버지의 아내를 내 어찌 혼자 차지하겠소."

"이미 폐하의 옥체는 쇠잔하시어 제 몸이 필요 없게 되었습니다. 아마도 곧 승하하실 것입니다. 당연히 마마가 보위에 오르시겠지요. 그러면 저를 황후로 맞아주옵소서. 황후라면 오로지 폐하만을 모실 수 있지 않겠습니까. 마마 제 소원을 물리치지 마옵소서.”

미실은 교태어린 목소리로 태자의 품속을 파고들었다. 권좌를 내놓으라는 것도 아니고 아내로 맞아 달라는 것쯤이야 못 들어 줄 게 없었다. 그러면 황후에게 그 누가 색공을 들라 하겠는가. 태자는 속으로 쾌재를 불렀다.

“황후라, 그렇군, 내가 보위에만 오르면 내 아내야 내가 택하면 그만 아니겠소. 신국의 국모에게 색공은 있을 수 없는 일이지. 내 약조하리다.”

“참말이옵니까. 신국의 왕께서 허언을 하시진 않겠지요.”

“어허, 신국의 왕이라니 엄연히 폐하가 계시온데 그 무슨 망발인가.”

“물론 폐하가 계시긴 하지만 곧 마마가 보위를 이으실 테니 조금 앞당겨 말씀 드린 것입니다. 분명 약조하셨습니다.”

“알겠소. 그날이 언제일지 그대의 마음이나 변하지 마시오.”

태자가 미실의 몸을 마음껏 탐하고 막 자리를 터는데 사도황후가 들이닥쳤다. 태자는 허둥지둥 옷매무새를 가다듬고 정중히 맞았다. 태자가 고개를 숙인 순간 황후는 미실에게 은밀한 눈빛을 보냈고 미실은 고개를 까딱하여 응수했다.

“황후마마! 드디어 제가 소망을 이루게 되었사옵니다. 마마 정녕 꿈은 아닌지 태자마마께 확인해 주옵소서!”

미실은 너무도 감격한 나머지 눈물을 글썽이며 황후에게 응석을 부렸다.

“천하에 못할 게 없는 미실궁주가 무슨 일이기에 이처럼 감격하는 것인가?"

"마마, 여기 계신 태자께서 장차 보위에 오르시면 소신을 황후로 삼겠다 하셨사옵니다."

"궁주, 지금 황후라 했는가. 그 자리가 어떤 자리인 줄 알 텐데, 더구나 자신의 신분이 어떤지 잘 알면서 그 같은 망언을 하는 겐가?"

황후는 짐짓 언성을 높여 나무랐다.

"황후마마께 어찌 제 임의로 황후자리를 입에 올리겠는지요. 태자마마께서 방금 금과옥조 같은 약조를 해주셨사옵니다."

"참말이요 태자? 태자도 아시다시피 미실은 색공이긴 하나 폐하께옵서 모든 정사를 논의하는 가장 신임하는 신하요, 대신들도 함부로 할 수 없는 공신입니다. 설마 색정에 홀려 실언이라도 하신 건 아니시겠지요?"

황후는 매서운 눈매로 태자를 압박했다. 실언도 아니지만 만일 실언이라 했다간 왕실의 체면이 들춰지고 아버지의 후궁이요, 숙부의 아내를 범한 폐륜을 들먹이며 다그칠 것이 분명했다. 동륜도 허망하게 죽었지만 그 이유 때문에 동정조차 받지 못했다.

"실언이라니요. 다만 먼 후일을 약조한 것입니다."

"먼 후일이라니요?"

"입에 담기 망측하오나 폐하께옵서 승하하신 후…."

태자는 스스로도 불충한 말인지라 말끝을 잇지 못했다.

"그러면 미실궁주의 말이 진정이라는 말씀이군요. 미실은 사사로이는 제 조카입니다. 황후이자 이모인 제게도 확실하게 약조해주시겠소?"

태자는 빨리 이 자리를 벗어나고 싶었다. 당장 그러겠다는 것도 아니고 후일 그러겠다는 것인데 약조를 못할 것도 없었다.

"예, 마마."

"그럼 곧 시행하시오. 조금 전 폐하께서 붕어하셨소."

"예? 아바마마께서…."

태자는 눈앞이 아득했다. 풀썩 무릎이 꺾였다. 함정에 빠졌다는 걸 깨달았지만 어서 하라는 대로 하고 아버지께 달려가고 싶었다.

"태자가 임종을 못 하시어 아직 붕어를 공표하지 않았소. 속히 침전으로 가시어 폐하의 마지막 용안을 뵙고 붕어를 공표하시오. 다시 한번 못을 박는데 이제부터 미실은 새 왕의 황후라는 사실을 잊지 마시오."

얼음장처럼 싸늘한 사도황후와 교태어린 미실이 앞장 서 태자를 황후궁으로 안내했다. 진흥제는 이미 숨을 거둔 뒤였다. 금륜은 그제야 아버지 시신을 붙들고 통곡했다. 사도황후와 미실의 곡도 이어졌다. 때론 곡이 노래로 들릴 때가 있다. 황후와 미실은 행여 그런 속내가 비칠까 마음을 다잡고 성심을 다해 곡을 했다. 비로소 국상이 선포되었다.

아들로서 태자로서 국왕의 임종을 못했다는 비난을 면하기 위해 금륜은 사도황후와 미실의 지시에 따라야 했다. 그 덕에 외부에는 충실히 임종을 지킨 것으로 보였다. 두 여인은 정성껏 국장을 준비했고 금륜을 극진히 섬겼다.

금륜의 즉위식도 순조롭게 이루어졌다. 만일을 위해 철저히 준비하고 있던 지소태후와 거칠부 등 중신들은 황후의 헌신적인 태도에 의아해했다. 미심쩍긴 했지만 그녀의 속내는 짐작도 못하고 다행으로만 여겼다. 진지왕으로 등극한 금륜은 그렇게 함정에서 정무를 시작했다.

간택

    금륜태자 즉 진지왕의 즉위는 순조롭게 이루어졌으나 황후 간택 문제로 조정은 분분했다. 미리 태자비를 간택해야 했으나 진흥제의 와병으로 미루어오던 일이 본격적으로 논의가 시작된 것이다. 중신들은 황후의 재목을 찾아 왕실과 귀족들의 가문을 들춰내며 부산을 떨었다. 그런 와중에도 태후로 물러난 사도는 느긋했다. 느긋한 정도가 아니라 왕실 사람이라고 보기 민망할 만큼 남의 일 보듯 했다. 금륜이 자기 소생이 아니라 그런 거려니 하면서도 그래도 왕실의 일인데 그것도 태후의 가장 큰 일인 황후 간택인데 너무 무심한 것 아니냐고 궁인들마저 수군거릴 정도였다.

    그 원인을 알고 있는 진지왕 금륜은 좌불안석이었다. 열락지경을 생각하면 약조대로 미실을 황후로 맞고 싶기도 했다. 그러나 두 여인의 계책에 말린 생각을 하면 무섭고 두려웠다. 진골 정통인 자신을 허수아비로 만들고 대원신통인 사도태후와 미실이 정권을 휘두를 생각만 하면, 아무리 미실의 음사가 탐나고 태후의 협박이 무서워도 섣불리 결정할 수 없는 노릇이었다. 엉겁결에 앉은 자리지만 그래도 신국의 왕 아니겠는가. 왕만 아니라면 자청할 일이다. 하긴 자신이 왕이 아니라면 그녀는 자신에게 눈길도 안 주었을 것이다. 오로지 황후자리가 탐나는 것뿐이니 공적으로나 사적으로나 피할 수만 있으면 피해야 할 일이다. 그러나 대안이 없다. 이화랑과 눈이 맞아 출궁한 어머니 대신 어려서부터 키워준 할머니 지소 태상태후에 문후를 드는 왕의 발걸음은 무겁기만 했다.

"언제까지 이리 혼자 문후들 것이요. 내 어서 다정한 내외의 문후를 받고 홍륜사로 들어가고 싶소. 국모자리를 너무 오래 비워두면 사특한 무리들의 술수가 끼어들기 쉽다오. 예를 들어 호시탐탐 황후자리를 노려오던 요부 미실 같은 무리 말이요."

태상태후는 굽은 허리를 펴며 당부했다. 왕은 섬뜩했다. 역시 노련한 태후다. 뭘 알고 그러는지 단순한 노파심인지 행여라도 황후로 미실은 절대 안 된다는 말을 저토록 유연하면서도 강하게 하실 수 있다니. 꼭 제 속을 들여다보고 하는 말 같았다.

"중신들이 골품을 따져 품신하겠다고 했으니 곧 첩지를 내리시게 될 것이옵니다. 너무 근심치 마시옵소서."

"모쪼록 그래야지요. 신국의 왕실 아닙니까. 모름지기 왕실이 튼튼해야 나라의 기강이 바로 서는 법입니다. 내 기력이 남아있을 때 안정된 왕실을 보고 싶습니다. 중신들에게 서둘라 이르세요."

부쩍 쇠잔해진 태상태후는 타이르듯 얘기했다. 왕은 말이나마 곧 국모를 간택해 나란히 문후 올리겠다고 아뢰고 태후궁을 나왔다. 왕은 외로웠다. 어머니는 어릴 때 궁을 나갔고, 아버지와 형은 유명을 달리했고, 자애로우면서도 무서운 할머니는 이제 늙어 뒷방으로 물러나 앉았다. 어쩌면 황후 간택에 미실과 사도가 개입하지 못하도록 감시하는 데 마지막 기운을 쏟고 있는지도 모른다.

태자로 있을 때보다 자유마저 없어져 왕은 종종 후원으로 나와 거니는 것으로 답답한 마음을 달래곤 했다. 문득문득 미실의 교태가 그립기도 하지만 애써 찾지 않았다. 그녀의 속셈을 알고 난 후로는 무서웠다. 육신의 모든 기운을 한곳으로만 쏠리게 하여 꼼짝 못하게 하는 그녀의 색사는 순간적으로는 환희를 주지만 그녀가 마음먹기 따라서는 죽인다 해도 당할 수밖에 없을 것 같았다. 그나저나 태후와 미실이 마냥 기다리고만 있지는 않을 테니 그게 더 문제다. 진퇴양난에 빠진 진지왕은 옥좌가 바늘방석만 같았다. 철통같은 보안 속의 이 진지왕 사정은 엉뚱한 곳에서 감지되고 있었다.

미실에게 늘 긴장하고 있던 문노가 심상치 않은 낌새를 알아챘다. 세종이 병부의 수장으로 바쁜 와중에 술이나 한잔 하자며 찾아온 날이었다. 딱히 볼일이 있어서 온 것은 아닌 듯 객쩍은 얘기를 하다가 미실이 차라리 원화였을 때가 좋았다며 한숨을 쉬었다. 무슨 일이냐고 물었지만 부디 혼인하지 말라는 넋두리로 입막음했다. 잔뜩 흐려 금방이라도 비를 쏟아낼 듯하면서도 끝내 쏟지 못한 먹구름처럼 세종은 침통한 모습으로 술잔만 기울이다 갔다. 몹시 침통한 모습으로 혼인하지 말라는 말로 미루어 보아 미실 때문인 것 같으나 짐작이 안 가 내내 께름했다. 그런 그의 진의를 안 건 진지왕의 즉위식이 끝난 후였다. 미실 때문이라는 심증은 갔지만 그토록 어마어마한 일일 줄은 상상도 못했다. 똑같이 미실을 좋아하면서도 먹구름 같던 세종과 달리 설원랑은 솜털처럼 가볍고 밝았다. 문노가 다가가는 것도 모르고 미생랑과 얘기를 나누던 그는 원화보다 황후가 밀어주면 화랑도는 더욱 막강해질 거라고 기꺼워했다. 미생 역시 흥분을 감추지 못하고 화랑도가 문제겠냐며 음흉한 웃음을 흘렸다.

'무엇이! 원화보다 황후라니!'

문노는 발걸음을 멈추고 굳은 듯 꼼짝하지 못했다. 늦게 문노를 발견한 설원과 미생은 오셨냐며 허둥지둥 예를 차렸다. 아무것도 못 들은 척 태연하게 그들과 인사를 나누고 낭정으로 향하는 문노의 발걸음은 짐짓 그들만큼 허둥거려졌다.

원화라면 미실밖에 없다. 그런데 원화보다 황후라니! 그러면 미실이 황후가 되려 한다는 말 아닌가. 세종전군의 시름도 그와 연관된 것이리라. 문노는 먹구름도 치지 못한 번개를 솜털구름에게 맞은 것 같았다. 그래서 즉위식 때 그렇게 여유가 있었던 게야. 문노는 천천히 고개를 끄덕였다. 그런데 어떻게 그런 일이 있을 수 있단 말인가. 아직 지소태상태후가 건재한데 있을 수 없는 일이다.

도대체 사도태후와 미실이 무슨 계략을 꾸몄단 말인가. 그 계략이 무엇이든 도저히 묵과할 수 없는 일이다. 원한 때문만은 아니다. 조정과 화랑을 오가며 전횡을 일삼는 그녀가 애국충정이 가상하거나 덕망과 학식이 높아 그런다면 따를 수도 있다. 오로지 미색과 음사로 권력 있는 사내들을 농락해온 그녀가 황후가 된다면 진지왕의 성정으로 보아 국정은 사도태후와 더불어 치마폭에 휩싸이고 말 것이다. 그렇지 않아도 발톱을 세우고 쳐들어올 기회만 엿보고 있는 백제나, 눈을 부릅뜨고 노리고 있는 고구려 나아가 군침을 흘리고 있는 왜까지 그 치마폭으로 어찌 막아낸단 말인가. 신국의 앞날이 풍전등화에 놓일 것은 뻔하다.

어떡하든 막아야 한다. 하지만 무슨 계략이 있는 모르니 어떻게 손

148

을 써야 할지 막막하기만 했다. 어딘가 여유작작해 보이는 미실을 볼 때면 속이 타들어갔다. 하지만 자신의 힘으로는 길도 방법도 없다. 문노는 진지왕 못지않게 전전반측 잠을 이루지 못했다.

지소태상태후도 묵인한 일인가? 정말 진지왕이 미실을 황후로 맞을 생각인가? 작정을 했다면 왜 이리 끌고 있는가. 아무래도 아직은 미실의 계략이 진행 중인 것만 같았다. 그렇다면 왕의 마음을 바꿀 수 있는 여지는 남아있는 게 아닐까. 고심에 고심을 하고 있던 문노는 동륜 태자의 후궁으로 들어간 조카딸 지도를 떠올렸다. 언젠가 사촌인 기오 공이 딸 지도가 태자의 후궁으로 들어갔는데 정작 정분은 왕자와 난 눈치라며 걱정을 했다. 왕자라면 금륜밖에 더 있는가. 문노는 지도가 금륜과 정분이 났다는 사실에 고무되어 황후재목으로 생각해보았다. 형인 동륜태자의 후궁이 동생인 금왕의 황후가 된다는 게 어찌 있을 수 있는 일인가. 그렇긴 하지만 방법이 없는 마당에 할 수 있는 건 다 해보아야 했다. 작은아버지와 조카(입종과 지소), 고모와 조카(만호와 동 륜), 그리고 이부동모 남매(진흥제와 숙명, 세종과 융명)가 혼인하는 등 별 별 혼사가 다 벌어지는 게 궁궐 아니던가. 더군다나 왕의 숙모인 미실 이 왕의 아내가 되겠다고 음모를 벌이고 있는 판에 혼자된 형수를 아 내로 못 삼을 게 무언가. 우선 지도부터 찾아가 사정을 알아봐야 할 것 같아 서둘러 발걸음을 놓았다. 서자인 문노는 가까이 지내는 인척 이 별로 없었는데 그래도 유일하게 사촌 기오공과 연락이나마 하고 지 내온 게 새삼 다행스럽고 어떤 운명처럼 여겨졌다.

어려서부터 꽃을 좋아하던 지도는 여전히 꽃을 가꾸는데 여념이 없 었다.

"향이 아주 좋구나."

겨우 시종 하나만 들락거리는 처소에 문노가 다가가자 지도는 깜짝 놀랐다.

"당숙이 어쩐 일이요?"

"여전하구나. 꽃을 가꾸어 그런지 독수공방하는 얼굴 같지 않게 밝구나."

"당숙은. 독수공방하는 사람 얼굴은 달라요? 그리고 내가 왜 독수공방이에요. 이렇게 많은 꽃과 새와 나비 벌 등 얼마나 많은 식구들이 사는데."

지도는 앳된 미소를 지으며 손바닥으로 후원을 가리켰다.

"그래 오죽 외로우면 그것들과 식구로 지내겠느냐. 그런데 이제 진짜 식구를 만나 광영을 찾게 해주마."

문노는 뜬금없는 줄은 알지만 미실의 의중을 안 이상 미적거릴 여유가 없어 단도직입으로 말을 꺼냈다.

"그게 무슨 말이에요. 식구를 만나는 건 뭐고 또 광영을 찾다니?"

"폐하 말이다. 한때나마 너와 정분이 있었다고 들었다."

"폐하라니요?"

"폐하가 폐하지, 뭘 그리 놀래."

"아니 그러니까요. 폐하가 저와 정분이 있다니요?"

"예전에 말이다. 폐하가 태자시절이던가 왕자시절이던가 아무튼 예전에."

"아니, 그냥 말벗이나 해드린 건데. 어떻게 그걸 아시고…"

너무도 생급스런 말이라 지도는 큰 죄가 발각이라도 된 것처럼 안색이 어두워졌다.

"그렇게 숨길 것 없다. 아마도 첫정일 테니 지금도 가슴에 담고 있겠지. 그래서 이리 외로움을 달래려 꽃을 가꾸는 게 아니냐. 그런데 내 방금 말한 대로 네 첫정을 찾아주마."

지도는 영문을 몰라 당숙의 얼굴만 바라보았다. 가슴에 묻어둔 채 꽃과 벌나비들에게만 얘기하며 애틋한 마음을 달래 오던 일이 갑자기 찾아온 당숙의 입으로 들춰지는 것도 생계망계한데 그 일을 찾아주겠다니 지도는 꿈을 꾸는 것만 같았다.

"조만간 폐하가 찾아올 것이다. 내가 그리 만들 테니 단단히 마음먹고 맞을 준비를 해라. 너 하기 따라 첫정만 찾는 게 아니라 국모도 될 수 있느니라."

"국모라니요? 어떻게 그런 엄청난 말을…."

너무 놀란 지도는 벌어진 눈과 입을 다물지 못했다.

"왜, 미실 같은 요부도 국모가 되겠다고 갖은 술수를 쓰는 눈치던데 네가 미실보다 못한 게 무어냐. 잘 들어라. 세종전군이 전전긍긍하고 있는데 아무래도 미실이 황후가 될 궁리를 하고 있어서 그런 것 같다. 진흥제처럼 미실이 색공으로 있으면 폐하 침전에 들기는 해도 자신의 아내라는 건 변함이 없지 않으냐. 그러나 황후가 되면 세종은 그저 신하일 뿐이야. 그러니 애가 타는 것이겠지. 실제로 그녀의 동생 미생과 정부 설원랑이 주고받는 얘기를 들어보니 이미 모종의 계책이 진행되고 있는 것 같다. 미실이 황후가 되려는 것은 오로지 권력을 손에 넣겠다는 야망이다. 지금도 정권을 쥐락펴락하는데 황후까지 되면 그 전횡을 어찌 본단 말이냐. 다행히 폐하가 아직은 태상태후마마의 눈치를 보고 있는 듯하니 네가 한번 전하의 마음을 움직여 봐라."

"제가 어찌 그런 큰일을. 두렵습니다. 못 합니다."

지도는 눈을 크게 뜨고 고개를 절래절래 흔들었다. 미실과 상대해 싸워보라는 게 아닌가. 미실이 누군가. 등에는 진흥제 부처를 업고, 손에는 세종전군을 쥔 무소불위의 여걸 아닌가. 아무리 구중궁궐에 갇혀 세상일에 등한시 하고 살아도 그 정도는 지도도 알고 있었다. 그런데 그 미실과 대적을 해보라니 지도는 지레 겁이 났다.

"그래, 쉬운 일은 아니다. 아무튼 네가 폐하를 사모하는 마음은 진실 아니더냐. 그 진실만 폐하가 믿게 해라. 공연히 네가 어떤 사심으로 폐하의 마음을 어지럽힌다고 오해를 받으면 오히려 곤욕을 치르게 될지도 모르지. 운명에 맡기자. 모쪼록 내가 이렇게 하대하는 것이 오늘이 마지막이었으면 좋겠구나."

"하지만 동륜태자의 후궁이었던 제가 어찌 국모를. 게다가 당숙 말마따나 정권을 쥐락펴락한다는 미실을 어찌 제가…."

"너보고 무슨 계략을 꾸미라는 게 아니다. 어차피 계략을 꾸며보았자 사도태후를 따르지 못할 것이고 음사도 색공 미실을 따를 수 없을 것이다. 그냥 성심을 다해 폐하를 섬기기만 해. 이곳까지 오시게 하는 일은 내가 맡으마. 지금 폐하는 태상태후마마에게는 황후 간택을 독촉 받고 사도태후에게는 모종의 압박을 받는 눈치더라. 그러니 네가 폐하의 마음에만 들면 크게 어려울 일도 아니라고 본다. 아닌 말로 옛정에 이끌려 잠시 정을 나누다 말면 그뿐 아니겠느냐. 그러니 국모니 뭐니 하는 생각은 아예 말고 그냥 옛정만 살려내 보란 말이다."

당혹해하는 지도에게 문노는 말 못하는 꽃과 나비들하고도 정답게 지내왔는데 마음에 두고 있던 정인을 겁낼 게 무어냐며 다독여 주었다. 미실을 의식하지 말고 오로지 연모하는 사람만 생각하라고 거듭거듭 당부하고 나왔다.

기오공의 딸 지도는 동륜의 후궁으로 궁에 들어왔다. 동륜에게는 이미 정비 만호와 후비 윤궁이 있었다. 그나마 정작 동륜의 마음은 온통 미실에게 가 있었다. 이래저래 동륜의 눈길조차 받을 수 없었던 지도는 그저 궁 한쪽에 서 있는 석물과 같은 신세였다. 누구와도 어울릴 줄 몰랐던 지도는 후원의 나무와 꽃과 새들을 벗 삼아 세월을 밟았다. 활짝 꽃을 피운 화초들을 상대로 아무 데도 갈 수 없고 아무도 봐주지 않는 신세가 꼭 나와 같다며 넋두리를 하고 있던 날이었다.

"내가 봐주면 안 되겠소."

은근한 목소리가 다가왔다. 지도는 화들짝 놀라 뒤돌아보았다. 금륜 왕자였다. 왕실의 모든 관심은 동륜태자에게 쏟아지고 자신은 관심 밖에 있어 적적한 마음을 달래며 지내던 때였다. 의지할 곳 없어 외롭게 지내던 왕자는 궁궐 후원을 휘적이곤 했다. 호젓한 곳에서 아리따운 소녀를 만난 것만으로도 마음이 새로운데 꽃을 매만지며 나누는 얘기도 꼭 제가 하고 싶은 얘기라 반가웠다.

"꽃이야 벌나비가 찾아오면 됐지 누가 봐주길 기다리겠소. 그대도 나만큼이나 사람이 그리운 모양이요. 옷차림을 보니 시종은 아닌 것 같고, 어느 윗전의 후궁이요?"

"태자마마의 후궁이옵니다."

지도는 황망히 허리를 굽혔다.

"저런, 지금 형님의 마음이나 발길이 예까지 오기는 쉽지 않을 텐데. 아, 그래서 화초들에게 그런 말을 했나 보오."

"왕자님이 보고 계신 줄도 모르고 함부로 입을 놀려 송구스럽사옵
니다."

"틀린 말도 아닌 것 같소. 어쩐지 우리 외로운 사람끼리 잘 통할 것
같지 않소."

"어찌 왕자님이 외롭다 하십니까. 태후마마와 대왕폐하 또 황후마마
의 사랑과 보살핌은 어쩌시구요."

"태후마마는 정치에 여념이 없으시고, 폐하와 태자는 미실에 정신이
나가 있고, 계모 황후는 내가 눈엣가시 같을 것이요. 왕실과 중신들도
태자인 형님에게만 관심이 있다오. 그러니 벌써 정비에 후비까지 두지
않았겠소. 어쩌면 그대보다 내가 더 처량한 신세일지도 모르오."

"아, 어쩌면…."

지도는 안쓰러운 눈으로 왕자를 바라보았다.

"그렇다고 그렇게 너무 불쌍하게 보진 마시오. 하하하."

"불쌍하게 보다니요, 감히 소인이 어찌."

지도는 고개를 숙이고 쩔쩔매었다. 그렇게 동병상련으로 시작된 두
사람의 연분은 정분으로 바뀌어갔다. 그러나 엄연한 형수와 시동생
사이로 가까워지면 가까워질수록 부담도 자랐다. 연모하면서도 한 몸
이 될 수 없는 연정은 고통일 뿐이었다. 금륜은 궁 밖으로 나돌며 고
통을 잊으려 했다. 그나마 동륜이 비명횡사하고 난 뒤 태자로 책봉되
자 주시하는 눈이 많아 거리는 점점 더 멀어져만 갔다. 보위에 올라서
는 아예 까맣게 잊고 있었다.

크게 보고할 낭정은 없지만 문노는 지소 태상태후에게 낭정보고를

구실삼아 자주 입궁하여 기회를 엿보았다. 의당 풍월주인 설원랑이 입궁해야 하나 문노가 자청했다. 태상태후도 문노가 오는 것을 더 반겼다. 태상태후는 얼핏 황후 간택이 늦어지는 것에 대해서만 걱정을 비칠 뿐 미실이 황후로 간택된다는 기색은 전혀 보이지 않았다. 문노는 안심을 하면서 마음을 다졌다.

기회는 그리 오래 걸리지 않아서 왔다. 지소태상태후에게 낭정을 보고하러 왔을 때, 문후 드리고 나오는 진지왕을 목격했다. 문노는 같이 온 낭도에게 왕이 어디로 가는지 알아두라 이르고 태후전에 들었다. 보고를 마치고 서둘러 나온 그는 낭도가 가르쳐준 대로 왕실 가장 깊은 후원을 찾아갔다. 왕은 하늘과 땅을 번갈아 올려다보고 내려다보며 수심을 달래는 듯했다.

"폐하! 용안에 수심이 가득하십니다."

나직하면서도 굵은 음성이 왕의 귓전을 울렸다.

"오, 문 화랑 아니오. 예까지 어인 일인가."

"태상태후마마께 낭정을 의논드릴 게 있어 태후전에 들었사옵니다. 일을 마치고 궁에 온 김에 지도궁주나 만나보고 갈까 하여 발길을 돌렸는데 멀리서 뵙기에도 폐하께서 수심에 차 계신 것 같아 한참을 지켜보았사옵니다."

"아, 그래보였는가, 내 좀 그럴 일이 있구려. 그런데 방금 지도궁주라 했는가?"

왕은 깜짝 놀라 물었다.

"예, 폐하!"

"형님의 후궁인 지도궁주를 어찌 아는가?"

"예, 지도궁주와는 숙질간이옵니다. 지도의 아버지 기오공과 소신이 종형제간이죠. 궁주는 동륜태자께옵서 비명에 가신 후 전각의 그림자처럼 지내고 있지요. 자주 찾지는 못하고 이런 행보에나마 잠시 들러 안부라도 묻곤 합니다."

"형님이 너무 일찍 비명에 가셨으니 그리 되었을 게요."

왕은 전각의 그림자처럼 지낸다는 말에 안쓰러운 듯 해명했다.

"예, 아직 꽃다운 청춘인데 그대로 늙어가야 할 생각을 하면 측은하기 그지없사옵니다."

"그렇군. 참 애석한 일이오. 지내는 데 뭐 부족한 것은 없는 것 같소?"

"예. 궁색한 건 없는데 꽃 가꾸는 걸 유일한 낙으로 지내는 모습이 안쓰러울 뿐입니다."

"그래도 공과 같은 인척이 있으니 다행이요. 어서 가 보시오. 나도 편전에 들어야겠소."

왕은 뭔가 숨기듯 표정을 갈무리하고 자리도 일부러 피하는 듯했다. 허리를 숙여 뒷걸음으로 물러나다 돌아서며 문노는 회심의 미소를 지었다. 지도궁주란 말에 분명 왕의 눈빛은 놀람을 감추지 못했다.

문노는 왕이 지도를 기억하고 있는지 궁금했고, 잊었으면 떠올려 보게 하려 했다. 떠올리면 건성으로 생각하는지 반색을 하는지 눈여겨볼 참이었다. 그런데 분명 반색이라 믿어도 좋을 만큼 놀라는 눈치였다. 문노의 발걸음은 나는 듯했다.

한편 문노가 지나는 말로 내뱉은 지도궁주란 이름에 진지왕은 오뉴월 무더위에 한 줄기 바람을 맞은 것 같았다. 누구에게도 관심을 받지 못하던 왕자시절 의지가 돼주었던 꽃 같은 궁녀. 단아하고 눈매가 고운 그녀는 아직도 꽃을 가꾸며 지내고 있다고 했다. 아직도 나에 대한 마음에 변함이 없을까. 당장에라도 찾아가 만나고 싶었다. 그러나 사정은 예전과 많이 달랐다. 신분이 왕자에서 태자를 거쳐 왕으로 변했고, 처리해야 할 국정도 많고, 보는 눈도 많다. 게다가 찾아갈 명분도 마땅치 않았다. 또 막상 찾아간들 형의 미망인을 어쩌겠는가. 그러나 한편으로는 어쩌자는 게 아니라 그냥 만나보는 거야 괜찮지 않을까 싶었다. 이래저래 아주 잊지도 못하고 차일피일하고만 있었다.

눈치만 보고 있는 문노의 속은 타들어갔다. 미실에게 선수를 빼앗기면 만사를 그르치게 된다. 문노는 미실을 연모하는 화랑을 시켜 미실의 동태를 주시하면서 때를 기다렸다. 다행히 하늘이 돕는지 왕이 사냥을 나가는데 화랑이 호위를 맡으라는 전갈이 왔다. 당연히 가장 무예가 출중한 화랑 문노가 최측근에서 왕을 호위하게 되었다. 왕의 사냥 솜씨는 형편없었다. 그저 답답한 마음에 바깥바람이나 쐬고 싶었던 듯, 사냥보다는 만발하고 있는 들꽃이나 무성해지기 시작하는 숲에 마음을 빼앗겼다. 문노는 지도에 대해 어찌 말을 꺼내야할지 입이 바짝바짝 말랐다.

"산바람이 참 좋구려. 지천인 꽃도 장관이고."

"예. 그렇사옵니다. 산과 들의 꽃도 아름답지만 청상의 아픔과 미지의 그리움으로 키운 꽃도 그 못지않은 듯합니다. 어찌 보면 애잔한 게 더 아름답게 느껴지기도 하지요."

왕의 안중에 지도가 있다면 알아들을 것이고 없다면 무슨 객쩍은 소린가 할 것이다. 문노의 심장은 말을 탈 때보다 더 뛰었다.

"청상의 아픔과 미지의 그리움으로 키운 꽃이라… 화랑의 풍류인지 무사의 암호인지 애매하군. 참, 지도궁주는 잘 있소. 일전에 꽃을 가꾸며 지낸다고 했던 것 같은데."

"예, 여전합니다. 혹여 잠시잠깐 바람을 쏘이고 싶으시면 그쪽으로 행보를 놓아보심도 좋을 듯합니다. 어느 후원보다 아름다울 것입니다. 그리고 혼자된 형의 후궁을 돌보시는 것도 선덕이 될 것이옵니다."

문노는 풍류인지 암호인지 애매하다는 왕의 말에 제 의중이 통했다 싶어, 왕만 알아들을 수 있게 낮은 목소리로 아뢰었다. 왕이 지도에게 마음이 전혀 없다면 불충으로 다스려질 진언이라 등에는 진땀이 흘렀다. 다행히 왕은 알아들었다는 듯 고개를 천천히 주억거렸다. 사냥은 꿩 몇 마리와 토끼 두 마리 잡는 걸로 끝을 내고 환궁했다.

지도궁주를 찾아가는 왕의 발걸음은 진흙땅을 걷다가 마른 땅을 걷는 것처럼 가뿐했다. 의심할 것도 잴 것도 없었다. 문노의 언행으로 보아 그냥 가기만 하면 반겨줄 것 같았다. 구체적인 언질을 주고받은 건 아니지만 어쩐지 문노가 자신의 심중을 알고 계책을 꾸며준 것만 같았다. 이리 간단한 일을 왜 그리 고민했나 싶었다. 왕은 모처럼 해방감을 느끼며 발걸음을 재촉했다.

지도궁주의 후원은 왕자시절 드나들 때보다 더 많은 꽃들이 심어져 있었다. 궁 안에서 제일 아름답고 화사해 보였다. 왜 진작 이곳을 생각하지 못했을까 미욱스러웠다. 생각할수록 이곳을 일깨워준 문노가 고마웠다. 지도는 꽃밭 속에서 시든 꽃송이를 솎아내고 있었다.

"무릉도원이 따로 없구려."

굵지만 나직한 음성에 지도는 흠칫 놀라 고개를 돌렸다. 자상했던 금륜왕자 아니 진지왕이 미소를 머금고 바라보고 있었다. 지도는 쫓아나와 고개를 숙여 맞이했다.

"그간 잘 있었소. 너무 격조하여 원망이 컷겠소."

"마마, 어찌 그런 민망한 말씀을 하시옵니까. 국정으로 여념이 없으실 대왕께서 어찌 불초한 소인의 처소까지…"

문노의 지시가 있어 마음의 준비는 하고 있었지만, 막상 대왕이 되어 오랜만에 찾아온 연인을 보니 어찌 대해야 좋을지 몰라 지도는 말을 제대로 이을 수가 없었다.

"보고 싶었소. 태자에 오르고는 마음 놓고 외로워하지도 못하겠더니 보위에 오르니 외로울 자격조차 없어지는가 보오. 외로울 땐 몰랐는데 지내놓고 보니 마음 놓고 외로워할 수 있는 처지도 나쁘지는 않더이다. 외롭지 않았다면 내 어찌 그대를 만날 수 있었겠소. 그대와 함께 꽃밭 속에서 새소리 듣고 나비의 춤을 보면서 서로의 마음을 보듬어 주던 그때가 그리워 찾아왔소. 그때보다 꽃밭이 훨씬 넓어졌소그려. 그만큼 외로움이 컸다는 게지요."

"외로움이 커지긴 했지만 그 전처럼 아프진 않습니다. 폐하를 만나기 전에야 가슴이 텅 빈 외로움이었지만 폐하를 은애한 후로는 그리움으로 꽉 찬 외로움이었습니다. 꽃밭을 넓힐수록 그리움과 외로움은 같이 커지고 살아가는 힘이 되었습니다."

"궁주, 진작 찾지 못해 미안하오."

왕은 무엇에 떠밀리기라도 한 것처럼 지도를 와락 끌어안았다. 지도는 왕의 품에서 어깨를 달싹이며 소리 없이 눈물을 찍어냈다. 어린 나이에 궁에 들어와 십 년 가까이 독수공방으로 지낸 회한이 아무리 이를 악물어도 쏟아졌다. 왕은 지도의 등을 가만가만 어루만져주었다. 두 사람을 빤히 지켜보고 있던 꽃들이 마침 불어온 바람을 타고 향을 피워 올렸다. 두 사람은 그 향을 타고 사분사분 옛정을 되살려 냈다.

그날 왕은 꽃구경만 하고 돌아갔다. 한번 발길을 트자 사흘을 거르지 못하고 찾아왔다. 이미 미실의 음사를 겪은 진지왕은 몹시 갈증을 느끼고 있었다. 미실을 택해야 할지 말아야 할지에 대한 갈등도 팽팽했다. 그 갈증과 갈등에서 벗어나고 싶었다. 지도를 찾아와 정분을 나눠보았지만 해갈도 해결도 되지 않은 채 감질만 났다. 그래도 격정적이지만 이제는 정사(情事)가 아닌 정사(政事)로 여겨져 섬뜩해지는 미실과 달리 지도는 단아하면서도 고분고분해 마음은 편했다. 이렇게 지내다 보면 시나브로 만사가 편해지지 않을까 애써 기대하며 발걸음을 늦추지 않았다. 반면 오랫동안 독수공방의 냉기를 견뎌온 지도의 몸과 마음은 음양의 조화에 취해 서서히 온기가 돌고 가꾸는 꽃 못지않게 농염해져갔다. 그 온기를 타고 몸속 깊숙이 새 생명이 둥지를 틀었다.

"궁주, 내가 오는 것이 부담스럽소?"

"아니, 무슨 그런 황망한 말씀을… 폐하의 발걸음 소리만 들어도 천국을 걸어오시는 것처럼 환해지는데 어찌 그런 받들기 민망한 말씀을 하시는지요."

"그래요, 그런데 안색이 수척해 보이고 합궁도 주저하는 것 같아서."

"저어 실은… 폐하…."

"왜 그러시오. 무슨 걱정거리라도 있소. 말해보시오."

"저어… 제 몸에 태기가…."

"뭐요? 태기라 했오?"

"아무래도 그런 것 같사옵니다."

"그래요? 이런 경사가."

용안에 꽃보다 더 밝은 미소가 번졌다. 그토록 암중모색이던 일에 실마리가 보이는 듯했다. 황후 간택에 누구도 시비를 걸지 못할 명분이 생긴 것이다. 왕손의 태기라, 생각할수록 후련했다.

"아무래도 내 처소로 옮겨야겠소."

"예? 폐하의 처소로요?"

"그렇소, 황후궁이 비었으니 그리로 옮겨야지요."

"황후궁이라 하심은…."

지도의 목소리는 떨렸다.

"그렇게 합시다. 국모자리가 비어 있어 태상태후마마의 걱정도 이만 저만이 아닌데 이제 왕손까지 수태하였으니 대례를 올리고 나란히 문후둡시다."

"마마, 어찌 그런 황감한 분부를 내리시는지요. 받들기 두렵사옵니다."

지도는 바닥에 엎드려 한동안 일어날 줄 몰랐다. 왕은 지도의 손을 붙들어 일어나 앉는 걸 도와주었다.

"물론 국모의 자리가 꽃을 기르는 것처럼 만만하지는 않을 게요. 하지만 내관들이 잘 보필해 줄 것이니 너무 어려워 마시오."

왕은 싱글벙글 웃으며 지도를 덥석 안았다.

동륜이 이 세상 사람이 아닌 마당에 형의 후궁이었다는 부담은 이미 털어냈다. 다만 지도에게 골품이 없는 게 마음에 걸렸다. 할머니 태상태후가 과연 윤허를 할지 걱정이다. 당연히 사도태후야 칼을 들고 막으려 하겠지만 태상태후만 윤허하면 별 수 없을 것이다.

진지왕은 태상태후전에 들어 지도에 관한 얘기를 아뢰고 황후의 첩지를 내려주십사 간곡히 청했다.

"주상. 어찌 골품도 없는 후궁을 국모로 삼습니까. 안 됩니다."

"마마. 지도궁주는 소자가 왕자시절부터 정을 쌓아왔습니다. 게다가 지금 수태중이옵니다."

"그래요. 그거 왕실의 경사로군요. 하지만 후비나 후궁의 신분으로도 생산할 수 있습니다. 그러니 황후는 좀 더 시일을 두고 찾아보십시다."

예상대로 태상태후는 수태한 것만 반가워할 뿐 지도의 황후 간택은 씨도 안 먹혔다. 생각다 못한 왕은 마지막 수단으로 자신이 압박 받고 있는 사실을 털어놓았다.

"하오나 마마, 소자 태후마마와 미실궁주의 압박을 받고 있어 시일을 끌기 어렵사옵니다."

"뭐라? 사도와 미실의 압박이라니요?"

태상태후는 놀라 굽은 허리를 곧추세우며 물었다. 사도와 미실이라면 치아 사이에 낀 찌꺼기 같은 존재가 아니던가. 놀람과 분노에 찬 태상태후는 주저하는 왕에게 자초지종을 추궁했다. 그 서슬에 왕은 진흥제의 임종을 못한 사연을 토설하고 용서를 빌었다. 진노한 태상태후는 부들부들 떨리는 손으로 들고 있던 염주를 빠르게 돌리며 진정하려 애썼다. 더군다나 지금 그녀들이 왕을 압박하고 있다니 말문조차 잃고 기진할 지경이었다. 진흥제의 임종을 못하게 한 건 이미 지나간 일이라 어쩔 수 없다지만 미실이 황후자리에 앉으려 한다니 그것만큼은 목숨을 걸고 막아야 했다. 태상태후는 지도의 황후 간택을 묵인했다.

진지왕은 황후 간택을 위한 어전회의를 열었다. 보위에 오른 후, 여러 대신들의 직위가 바뀌었다. 이찬 노리부는 이벌찬에, 이벌찬 거칠부는 상대등에 제수되었다. 왕은 지도궁주를 황후로 간택하겠다고 천명했다. 너무도 의외의 인물이라 편전은 술렁이기만 할 뿐 누구도 선뜻 왕에게 경위를 묻지 못했다. 사도태후의 오라비인 이벌찬 노리부가 가장 먼저 사태수습에 나섰다.

"지도궁주는 무관의 기오공 여식으로 골품이 없습니다. 게다가 승하하신 태자의 후궁을 어찌 신국의 국모로 간택하려하시옵니까. 가납할 수 없는 분부이옵니다. 통촉하여주소서."

"혼자된 형수를 거두는 것은 덕이 되면 되었지 흉은 아니지 않습니까. 지도궁주는 내 오래 전부터 보아온 사람이오. 성품이 온화하고 슬기로워 황후로 모자람이 없다고 생각되오. 하니 중신들도 내 뜻을 받아주기 바라오."

"하오나 너무 성급한 결정인 듯 사료되옵니다. 형수를 돌보심은 가상하나 황후는 단순히 아내가 아니라 신국의 국모인 만큼 그리 간단히 취하실 일이 아니라 생각되옵니다. 지금 중신들이 골품을 따져 찾아보고 있는 중이니 조금만 미루어 주심이 마땅한 줄 아옵니다."

다른 중신들도 거들었다. 하지만 왕은 이미 각오를 한 듯 밀리지 않았다.

"국모의 자리를 마냥 비워둘 수는 없소. 태상태후마마의 걱정도 이만저만이 아닙니다. 궁주가 비록 골품은 없지만 국모의 자리를 수행하는 데는 부족함이 없을 줄 믿소. 경들도 믿어주시오."

왕의 의지가 확고해 보이자 노리부는 마지막 승부수를 던졌다.

"소신이 듣자옵기로 폐하께서는 이미 미실궁주를 황후로 맞이하신다고 태후마마와 약조하신 줄로 압니다. 군주의 약조는 가벼이 하실 수 없는 것이옵니다. 특히 어머니를 기만하는 것은 불효 중에 불효입니다. 통촉해주소서."

노리부는 사도태후를 일부러 어머니라 칭하며 불효를 강조했다.

편전은 술렁였다. 왕의 선언이나 노리부의 항변이나 너무도 은밀한 사안들이라 다른 대신들은 뭐라 할 말을 잃었다. 서로 얼굴을 바라보며 알고 있었냐는 눈빛과 전혀 모르고 있었다는 눈빛만 오고갔다. 노리부도 처음부터 그렇게 노골적으로 얘기하고 싶지는 않았다. 하지만 누구를 간택하면 좋겠냐거나 하다못해 지도궁주가 어떻겠냐고 의논조로 하문하면 에둘러 미실을 천거하려 했다. 미실도 골품이 없기는 마찬가지지만 이미 진흥제부터 정사에 관여해온 터이기도 하고 사도황후가 뒷배가 되고 있으니 지도와는 비교가 되지 않았다. 그런데 직권으로 지도를 황후로 간택하겠다니 급한 마음에 내뱉은 것이다.

"그것을 어찌 군주의 약조라 할 수 있겠소. 붕어하신 아바마마의 임종조차 가로막고 태후마마와 미실이 짠 계략 아니었소. 그 계략으로 아바마마의 임종을 못한 걸 생각하면 눈물이 앞을 가리오. 그건 아들이 아버지의 임종을 못했으니 불효요, 태자가 대왕의 임종을 못했으니 불충이외다. 그리 만든 미실을 죄로 다스릴지언정 어찌 황후로 삼을 수 있단 말이오."

평소 유약하던 금륜에게 어디서 그런 의지가 생겼는지 옥음은 높고 단호했다. 대신들은 놀라 어찌할 바를 몰랐다. 임종을 못하게 했다니, 서로 마주보고 쑥덕공론을 하는 바람에 편전은 어수선했다. 상대등 거칠부는 가장 높은 직위에 있는 만큼 무어라 중재를 해야겠지만 너무 생급스런 사안이라 딱히 대안이 없었다. 다만 미실이 황후가 되기 위해 사도태후와 모종의 계략을 짰다는 말에는 분노가 치솟았다.

"계략이라니요. 존엄한 왕실에 어찌 그런 불충한 일이 있을 수 있단 말이요. 아무리 이벌찬께서 태후마마의 오라비라 하나 그런 불충한 일을 어찌 폐하께 추궁할 수 있소. 이벌찬께서는 아예 그 같은 망발을 철회하시오."

사뭇 역정을 내는 듯한 거칠부의 일침이 있자 그제야 정신을 차린 듯 대신들도 하나 둘 노리부의 말에 부당함을 고했다. 그러나 모두 노리부의 말이 가당찮다는 뜻이지 지도궁주가 황후로 적합하다는 말은 아니었다. 워낙 노리부의 말이 황당해 비난을 하다 보니 저절로 지도 쪽으로 기우는 분위기가 되었다. 이를 수습하기 위해 이번에는 번갈아 지도궁주의 간택 또한 너무 서두르는 것임을 고했다. 이번에는 왕이 승부수를 띄웠다.

"대신들의 염려를 모르는 바 아니오. 그러나 국모자리를 오래 비워두면 공연한 분란을 야기할 뿐이오. 무엇보다 지금 지도궁주는 수태중이오. 장차 태자가 될지도 모를 아이요. 중신들은 대례를 서둘러 주기 바라오."

미처 대안을 준비해두지 못한 대신들은 태자가 될지도 모를 아이를 수태중이라는 말에 더 이상 반대할 명분을 찾지 못했다. 몰매와 다름없는 질타를 받은 노리부는 앙앙한 속내를 다스리지 못해 얼굴이 화끈거렸다. 딱히 갈피를 못 잡아 우왕좌왕하는 분위기에 왕은 속히 대례를 준비해달라고 명하고 옥좌에서 일어났다. 대신들은 서리 맞은 풀잎처럼 힘없이 편전을 물러나왔다. 따지고 보면 이 어처구니없는 일이 노리부 때문만은 아니지만 그렇다고 자신들의 무능을 인정하기 싫은 대신들은 태후와의 약조를 들먹인 노리부를 원망했다. 하마터면 미실이 황후가 될 뻔한 생각을 하면 차라리 잘 됐다 싶게 생각한 대신들도 적지 않았다. 사도태후와 노리부가 주장한 미실 또한 골품이 없기는 마찬가지라 지도에게 골품이 없어 안 된다는 명분도 힘을 잃었다.

순식간에 적으로 몰린 노리부는 이를 북북 갈았다. 하지만 노리부가 아무리 분기탱천한다 해도 사도태후와 미실의 그것에 비하면 민망한 일에 불과했다. 내색할 수 없는 분노를 삭이느라 두 여인은 식음조차 제대로 할 수 없었다.

지도가 황후로 간택된 데에 문노가 모종의 역할을 했다는 건 아무도 몰랐다. 다만 눈치 빠른 미실만이 문노와 지도가 숙질간임을 들어 수상쩍게 여겼을 뿐이다. 사냥을 나가서도 유독 문노가 주상을 가까이 하며 모종의 얘기를 나누더라는 말을 들었을 때만 해도 그저 화랑으로서 잘 모시려는 충심쯤으로만 여겼다. 그렇게 방심을 하다니. 미실은 이를 악물고 제 가슴을 쳤다. 문노야 늘 견제하고 있었지만 지도궁주의 존재를 까맣게 잊고 있었던 게 화근이었다. 동륜이 태자 시절 후궁 중의 하나로 들어왔다가 동륜이 비명횡사하는 바람에 얼굴도 모르는 채 구석진 궁에 갇혀 지내는 어린 후궁을 어찌 기억이나 했겠는가. 주상이 왕위에 오른 즉시 황후 간택을 미루고 있을 때 의심을 했어야 했다. 그래서 주상의 동태를 주의 깊게 살폈더라면 지도와 접촉하는 걸 알았을 텐데 너무 방심한 것이 천추의 한이다.

지도궁주가 황후로 대례를 올리던 날, 두 여인은 오뉴월에도 꽁꽁 얼 서리를 가슴에 켜켜이 쌓았다.

화랑무(花郞舞)

미실에게서 연회에 꼭 참석하라는 기별이 왔다. 윤궁은 어쩐지 이번 연회에도 안 가면 미실의 노여움을 살 것 같은 느낌이 들었다. 여느 연회와 달리 가야 반란군 토벌에 나가 승전하고 돌아온 화랑들을 위로하고 치하하기 위한 연회라고 했다. 반란군이라고는 하나 왜국의 지원군이 합세해 어느 전투 못지않게 치열한 전쟁이었다고 한다. 그렇더라도 윤궁은 여전히 마음이 내키지 않았다. 자신이 진골이라고는 하나 이미 사가에 나와 정치와는 담을 쌓고 지내는데 무슨 상관이랴 싶었다.

미실은 전에도 종종 모임이나 연회에 윤궁을 불렀다. 딴에는 자기 때문에 청상이 된 것 같아 미안해 그러는지 모르지만 윤궁은 오히려 부담스러워 가지 않았다. 딱히 동륜 때문이 아니라 미실의 행적이 늘 탐탁지 않았다. 그동안은 안 간다면 그러니라 했는데 이번에는 두 번이나 사람을 보내 꼭 참석하라고 했다. 안 오면 인연을 끊겠다는 다짐도 보탰다. 그게 무서운 건 아니지만 상대등인 아버지와 미실이 척질 일이 생기기라도 할까봐 안절부절못하고 뜰을 서성였다. 화단에는 성하를 앞두고 갖가지 꽃들이 만개하기 시작했다.

나비 한 마리가 눈앞을 어지르더니 화단으로 날아갔다. 참석하지 않아도 될 핑계를 찾느라 건성으로 나비의 뒤를 쫓던 윤궁의 시선이 문득 한 곳에 멈췄다. 나비가 탐스럽게 핀 작약꽃에 앉더니 얼굴을 꽃술에 묻고 날개를 파르르 떨다가 나붓이 접었다.

'아무리 기화요초가 아름답다 하나 화랑만은 못해. 난 말야, 화랑들하고 있으면 내가 나비가 된 것 같고 저절로 색정이 돌아.'

윤궁은 미실의 말이 떠올라 골몰하던 생각도 접고 나비의 행동을 유심히 보았다. 미실의 말 때문일까, 꽃술 속에 몸을 묻은 나비는 색을 즐기고 있는 듯 보였다. 날개를 접고 잠시 앉았던 나비는 이내 날개를 펴고 다른 꽃송이로 날아갔다. 나비가 떠난 꽃잎은 나비에게 이별의 인사라도 하듯 잠시 흔들리다 멈추었다. 나비는 시든 꽃송이에는 앉지 않았다. 갓 피어 싱싱한 꽃송이만 옮겨 다녔다. 아니 꽃송이가 활짝 몸을 열어 나비를 불러들였다. 색은 나비만 즐기는 게 아니라 꽃도 즐기는 게다. 시든 꽃은 색을 즐길 힘도 기회도 없는 겐가.

'나도 이미 시든 꽃일까. 그래서 언니가 그런 말을 했나.'

미실은 두 번째 사람을 보내 아까운 청춘을 그대로 시들게 할 수는 없지 않느냐고 했다. 사람도 바람을 쐬어주어야 한다며, 특히 열기 넘치는 화랑들과 어울려보면 비를 맞고 다시 피어나는 시든 꽃처럼 생기를 얻을 것이라고 했다.

정말 순수하게 청상이 안쓰러워 그런 건 아닐까. 미실의 호출에 대해 풀 먹인 옥양목처럼 빳빳하던 윤궁의 마음에 물이 스몄다. 너무 몸을 사리는 것도 예의는 아닌 것 같았다. 아닌 게 아니라 나비와 같은 미물도 시든 꽃에는 앉지 않는데 더 늙기 전에 그런 연회에 한번쯤 가보는 것도 나쁠 건 없다는 생각도 들었다. 이미 나비야 앉지 않겠지만 스스로 즐길 수 있는 것도 때가 있을 것만 같았다. 안 가도 될 핑계를 찾던 윤궁은 나비로 인해 오히려 가야 할 명분만 찾고 말았다. 잠깐 인사만이라도 하고 오는 게 도리일 것 같아 채비를 서둘렀다. 동륜태자를 여의고 딸 윤실이 여섯 살이 되도록 두문불출해오던 터라 몸단장이 무척 어설펐다. 각별히 몸단장에 신경 쓰고 오라는 미실의 주문을 이행하기는 아무래도 어려울 것 같았다.

미실궁에는 많은 사람들로 분주했다. 윤궁은 벅적대는 연회장을 피해 안채로 들어갔다.

"어이구, 오는구나. 그렇게 여러 번 불러도 꿈쩍 않더니 오늘은 큰맘 먹었네. 이번에도 안 오면 다시는 안 보려했는데. 잘 왔다."

"미안해, 사람 많은 곳 좋아하지 않는 내 성격 잘 알잖아."

"뭐 좋은 성격이라고. 그렇게 집안에만 틀어박혀 지내면 청춘이 너무 아깝잖아."

일부러 웃지 않아도 눈에 웃음기가 흐르는 미실의 얼굴은 같은 여자가 보기에도 요염하다. 저 빼어난 미모와 색공의 신분으로 남편인 세종은 말할 것도 없고, 선대인 진흥제부터 동륜태자 현왕인 진지왕까지 권력층을 치마폭에 넣고 정국을 좌지우지하는 것이리라. 사다함과 설원랑 같은 절세의 화랑들도 다투어 연모와 충성을 바치는 걸 보면 여걸이 따로 없다. 윤궁은 거북한 마음을 애써 달래며 미소로 화답했다.

"에이그, 이왕 나온 거 좀 꾸미고 나오지. 이런 모습으로는 화랑들보다 빠지겠는 걸."

미실은 시종에게 보석함을 가지고 오라고 했다. 분단장도 해주고 목걸이와 귀고리를 골라주며 하라는 걸 싫다커니 하라커니 실랑이를 하다가 목걸이만 했다. 딴에는 언니로서 호의를 베푸는데 막무가내로 밀어낼 수는 없었다. 윤궁은 미실의 호의를 자신을 청상으로 만든 데 대한 죄책감일 수도 있다고 생각했다. 물론 어디까지나 사람이면 당연히 그래야 하고 자신이라면 그럴 것이라는 가정에서 하는 생각이다. 그러나 상대는 권력의 화신 미실이다. 왜 그토록 연회에 꼭 참석하라고 했는지 왜 화랑보다 예쁘길 바라는지 미실의 그 흑심을, 야심이라곤 꿈에도 가져본 적 없는 윤궁으로서는 상상으로도 짐작할 수 없었다.

왁자지껄하던 문밖이 조용해지더니 사도태후가 들어왔다. 윤궁은 다소곳이 허리 굽혀 인사를 올렸다.

"오랜만이구나. 바깥출입을 안 한다더니 많이 수척해졌구나. 윤실이는 잘 크고?"

"네. 어마마마. 그간 강녕하셨는지요."

윤궁은 다시 한번 고개를 숙여 대답했다.

"태후마마께서 오셨으니 연회장으로 가시죠."

미실이 사도태후를 앞세우고 길을 잡자 윤궁도 뒤를 따랐다. 널따란 연회장에는 단상 아래 좌우로 정복을 한 화랑들이 길게 앉아 있고, 그 앞에는 잘 차려진 음식상이 각각 놓여져 있었다. 마주보고 앉은 화랑들 사이는 공연을 할 수 있을 만큼 넓었다. 윤궁은 화랑들을 보는 순간 어찔했다. 양쪽에 노란색 깃털을 꽂은 자주색 관모, 마치 꽃이 흐드러지게 피어난 꽃밭에 온 듯했다. 단상에 앉아 있던 세종이 일어나 사도태후 일행을 맞이하자 화랑들도 모두 일어나 고개를 숙였다. 사도태후와 미실은 세종과 함께 단상 상좌에 앉고, 윤궁은 그 뒤에 궁주들과 함께 자리했다.

승전을 치하하는 자리라면 국왕과 황후가 참석해야 옳을 것 같은데 보이지 않은 게 윤궁은 의아했다. 실세인 사도태후와 미실궁주가 진지왕의 숙부 세종을 앞세워 마련한 자리라고는 해도, 진지왕이 함께 하면 외형적으로나마 국권이 안정돼 보일 것이다. 국왕이 배제된 축하연은 어쩐지 세력 싸움의 단면을 보는 듯했다. 뭐 세종이 화랑의 상선이요 조정의 병부령인 만큼 누가 시비를 걸 사람은 없다.

사도태후가 가야 잔당을 소탕한 화랑들의 공을 치하하고 같이 전투에 참여했던 병부령 세종이 축배를 선창하자 분위기는 고조되기 시작했다.

"문공! 이번 가야 반란군 토벌에 심적 갈등이 컸을 텐데 애쓰셨습니다."

미실이 생글생글 웃으며 상좌 바로 앞에 앉은 화랑에게 말을 건넸다. 이번 전투에서도 가장 기량이 돋보인 문노였다. 미실의 새초롬한 눈매는 의례적인 인사라는 걸 숨기지 않았다. 사사건건 대립해온 문노이고 보면 더 이상의 호의는 가증일 것이다. 사다함이 문노에게 가야군 정벌에 나서줄 것을 부탁했을 때, 어머니의 아들로 외가의 사람들을 괴롭힐 수 없다며 거절했던 일을 미실은 늘 가슴에 얹힌 떡처럼 기억하고 있었다.

문노도 그 일이 가슴에 얹히기는 마찬가지였다. 동료이자 제자와 다름없는 사다함의 부탁을 거절해 끝내 전사했다는 자책을 털어낼 수 없었다. 자책이 아프게 느껴질수록 미실이 사다함을 기다려 주었다면 소생할 수도 있었을 거라는 원망도 커졌다. 실제로 미실의 변절로 상심이 큰 사다함은 이미 삶의 의지를 잃어, 전쟁에서 부상을 당하지 않았더라도 자진을 했거나 폐인이 되었을 거라는 후문이 자자했다. 사다함의 죽음을 놓고 미실과 문노는 서로 상대방에게 원망을 하면서도 속으로는 가책으로 괴로움을 삭이며 지내왔다. 괴로움이 크면 원망도 커지고, 원망이 커지면 책임을 회피하는 것 같아 괴로움은 더 커졌다.

"갈등이라니요. 가야는 사다함의 충절로 이미 복속된 터, 더 이상 가야는 없습니다. 신라에 반역을 하는 무리는 누구든 모두 적일 뿐입니다. 신라의 장수로서 적을 물리치는데 어찌 갈등이 있겠는지요."

문노는 신라의 장수라는 말을 강조하여 대꾸했다.

"모쪼록 그래야죠. 공과 같은 화랑이 있어서 신라의 국방은 염려를 놓아도 되겠소."

사도태후가 공치사를 해주었다. 문노는 황공하다며 고개를 숙여 인사를 올렸다.

"해서 드리는 말씀인데 전투에서 큰 공을 세워 직책을 내리려 했으나 거절하셨다면서요? 섭섭합니다."

미실이 눈을 흘기며 말했다. 말은 섭섭하다했지만 억양엔 괘씸하다는 투가 역력했다. 이번 전공으로 문노에게 봉사의 직위가 제수되었지만 문노는 또 다시 고사했다. 직책을 받으면 그 직책 안에서만 권한이 주어진다. 생각하기 따라 올가미일 수도 있다. 물론 직책이 높으면 권한도 크고 넓어지겠지만 봉사 정도의 직책으로는 체면치레나 할 것이다. 차라리 관직이 없으면 오히려 운신하기가 당당할 것이다. 무엇보다 제가 내린 직책 안에 가두려는 미실의 술수에 손발을 묶일 수는 없었다.

"큰 공을 세웠다니요. 전군마마께서 과찬을 하신 모양입니다. 조국을 위해 죽음을 불사한 전장에서 공의 크고 작음이 어디 있겠습니까."

크지도 않으면서 패기가 넘치는 목소리에 끌리듯 윤궁의 시선은 목소리의 주인을 찾아갔다. 모습 또한 늠름해 보였다. 문공이라면 화랑인 사촌 비보가 그토록 열을 올리며 칭송하던 화랑 아닌가. 그는 전공을 여러 번 세웠으나 미천한 어머니의 신분으로 관직에 나갈 수 없었다고 했다. 그게 미실의 농간이라는 소문도 있었는데 그것마저 문노 스스로 잠재웠으며, 모든 화랑들이 귀감으로 삼고 따르며 전군인 세종조차도 호형호제 한다고 했다.

"부하를 아끼는 공의 성품은 진즉 알고 있었지만 그래도 큰 전장에서 승리를 거두었으니 의당 그 수장에게는 포상이 따라야 하지 않겠습니까. 그래야 휘하의 장수들도 사기가 충천해 더욱 나라를 위해 충성을 할 게 아닙니까."

그렇게 잘 알면서 예전엔 왜 그토록 입각을 막았습니까, 라고 말하고 싶은 걸 문노는 헛기침으로 대신했다.

"이렇게 연회를 베풀어 치하해주시는 것만으로도 충분합니다. 나라에 충성하는 것은 화랑들의 의무요 보람인 것을요. 우리 화랑들은 풍월주를 모시고 조국에 충성하는 것만으로도 크나큰 영광으로 생각합니다."

문노는 '풍월주'를 힘주어 말했다. 미실이 그 의중을 모를 리 없다.

황후 간택을 약조하고 즉위한 진지왕이 배신을 하자 절치부심하고 있는 미실은 막강한 화랑의 힘이 간절했다. 화랑을 손에 넣자면 원화가 되어야 하나 그러기 위해서는 풍월주가 자리를 내주어야 한다. 미실에게 푹 빠져있는 풍월주 설원랑은 언제든 자리를 내어줄 기미를 보였지만 이를 감지한 문노가 그럴 수 없음을 못 박은 것이다.

"호호호, 그래요. 전군께서는 저토록 충성스런 화랑을 휘하에 두셔서 참으로 든든하시겠습니다."

미실은 옆에 앉은 세종에게 눈웃음을 치며 얘기했다. 듣기 따라 부러워하는 것도 같고 빈정거리는 것도 같은 말투다.

윤궁은 두 사람의 팽팽한 시선과 가시를 감춘 말투에 자신도 모르게 긴장이 되었다. 막강한 권력을 가진 미실에 비해 왠지 문노가 약자로 보였다. 자신만만하고 도도한 그러면서도 요사스러운 미실이 밉살스러워 보였다. 미실이 동륜과 가까이 지낼 때도 이런 느낌은 들지 않았다. 정비 만호가 있어 그렇기도 했겠지만 어쩌다 들르는 동륜은 늘 어려운 태자로만 여겨졌다. 그런 처지에 동륜이 미실과 가까이 지낸다 해서 별로 동요될 게 없었다. 그러나 헌헌장부 문노를 업신여기는 듯한 미실의 태도는 얄밉기 짝이 없었다.

"아무리 화랑들이 충성스럽다 하나 궁주님 한 분만이야 하겠습니까."

문노도 지지 않고 빈정거림을 빙자한 칭찬을 했다.

"어이구, 왜들 이러시나. 문공이나 궁주나 내겐 모두 소중한 사람들이요. 오늘은 우리 소중한 사람들끼리 회포나 푸십시다. 탈춤이 시작되려나 보오."

세종이 민망했는지 끼어들어 화제를 돌려주었다.

연회장 가운데에선 악공들의 현악에 맞추어 나긋나긋하게 펼쳐졌던 미희들의 춤이 끝나고 익살스런 탈춤이 시작되었다. 시종들이 연신 상에 음식들을 갈아주고 술판은 점점 고조되었다. 탈춤이 끝나고 어린 화랑들의 검무가 시작될 때였다. 미실이 윤궁을 돌아보며 제 옆자리로 오라고 손짓을 했다. 윤궁이 그 말에 따라 자리를 옮기자 미실은 문노에게 소개할 사람이 있다고 했다. 윤궁의 마음은 두방망이질 치기 시작했다.

"내 사촌 동생 윤궁이에요. 동륜태자를 모셨는데 오 년 전 사별한 후 두문불출하고 지낸답니다. 이렇게 용맹스럽고 멋진 화랑들을 보면 기운이 날까 싶어 강압적으로 오게 했답니다. 윤궁아, 모든 화랑들이 우러러 받드는 문노 화랑이시다."

미실은 문노와 윤궁을 서로 바꿔 소개했다. 윤궁은 화끈거리는 얼굴을 숨기기 위해 얼른 고개를 숙였다. 문노도 깍듯하게 고개를 숙여 답례를 했다. 고개를 들며 문노는 만나 뵙게 되어 광영이라며 윤궁을 응시했다. 윤궁은 당황한 모습을 진정시키며 말씀 많이 들었다고 미소를 얹어 답했다. 말씀 많이 들었다니, 문노는 자신에 대한 얘기를 미실에게 들었다고 생각해 내심 찜찜했다. 미실이 자신에 대해 결코 좋게 얘기했을 리 없지 않은가. 좀 억울하다는 생각이 들기는 했으나 변명할 분위기도 아니라 무시할 수밖에 없었다.

"저 늠름한 모습으로 아직 미장가인 게 이상하지 뭐냐. 어느 여인이 저 충직한 마음을 뺏을지 여간 궁금한 게 아니라니까. 호호호."

미실의 호들갑스런 말에 사도태후까지 나도 궁금하다며 미소를 담아 맞장구쳤다. 문노는 별말씀을 다 하신다며 멋쩍어했다. 윤궁은 검무를 추고 있는 앳된 화랑들을 보며 훈련하기도 바쁠 텐데 언제 저런 춤을 익혔냐며 멋쩍음을 달래주었다.

"아 예, 춤은 단체 생활과 단결을 하는데 아주 유익한 일종의 훈련이죠. 몸 단련도 되고 정신수양도 됩니다. 화랑들은 꼭 전장에 나가기 위한 훈련만 하는 게 아니라 일상의 기상과 교양을 두루 갖추기 위한 훈련도 한답니다."

문노는 미실을 대할 때와는 달리 정중하고도 자상하게 말했다. 연회장에는 4명씩 4줄의 화랑들이 앞에 선 화랑의 구령에 따라 현란하게 동작을 바꾸고 있었다. 처음에는 무심히 들었는데 구령은 합, 진, 퇴, 포진 등 전투 용어인 듯했다. 춤을 추는 화랑들은 간간이 기합을 넣는데 그때마다 연회장이 쩌렁쩌렁 울렸다.

"앞서 춤을 춘 무희들 못지않게 화려하면서도 절도가 있어 아름답고도 장중함이 느껴지네요. 목검이라 살기는 느껴지지 않지만 기상은 진검 못지않은데요."

윤궁은 말소리에까지 열기가 느껴질 만큼 가슴이 점점 더 뛰었다. 양쪽에 노란 깃털이 꽂혀 있는 문노의 자주색 관모가 언뜻 아침에 본 작약을 연상시켰다. 왜 생급스레 그 꽃이 유난히 싱그럽게 느껴졌는지도 예사스럽지 않게 여겨졌다. 더구나 꽃술에 얼굴을 묻고 날개를 떨던 나비의 모습이 떠올라 윤궁은 내심 허둥거려졌다. 민망해져 미실을 곁눈질해 보니 자신과 문노를 그윽이 바라보고 있었다. 내 그럴 줄 알았다는 듯한 표정이었다. 그런 미실에게 맞장구쳐주고 싶지는 않지만 이미 시위를 떠난 화살처럼 두방망이질 치는 가슴을 진정시킬 수 없었다.

"낭주께서 그리 보아주시니 황감합니다. 우리 낭도들은 언제 어떤 상황이든 나라가 부르면 달려가기 위해 최선을 다하고 있지요. 문무를 가리지 않고 말이지요. 특히 검무는 무예뿐만 아니라 감성과 지성도 갖추어야 할 수 있습니다. 검에는 정복과 욕망이 담겨 있지만 그걸 춤으로 승화시키면 예(藝)가 되지요. 춤사위에는 절제된 욕망과 야심의 조화를 담고 있답니다. 지금처럼 윗전 앞에서는 만의 하나라도 불충한 자의 해악이 있을까 목검을 들고 여흥을 위해 춤을 추지만, 출정 앞둔 선배들 앞에서는 진검으로 승전을 기원하며 춘답니다. 또한 독무가 아니라 군무로서 통일과 충성을 지향한답니다."

"아, 검무에 그런 깊은 뜻이 있군요. 진정 사내들의 혼이 담긴 춤이네요."

"예, 동작 하나하나에도 다 의미가 있답니다. 진, 하면 앞으로 민첩하게 나가는데 적을 추격하는 걸 상징하죠. 후, 하면 작전상 후퇴를 의미하는데 칼을 비껴 내려뜨리고 아주 천천히 뒷걸음을 하죠. 이때도 단순히 후퇴가 아니라 작전상 후퇴라는 뜻으로 눈빛은 앞을 쏘아보며 일순에 진으로 바뀔 수 있도록 호흡을 조절해야 합니다. 합은 격돌을 상징하는데 아주 민첩하게 움직이다보니 실제로 다치기도 합니다. 배수진은 지고 있는 상태에서 죽음을 각오하고 적을 맞는다는 의미가 있습니다. 그때는 한 발로 서서 한 발은 최대한 뒤로 뻗어 올리고 허리와 고개는 빳빳이 들고 칼을 쥔 손은 앞으로 뻗은 상태로 미동도 하지 않고 견디는 것이죠. 숨을 죽인 채 열 호흡 정도를 견디자면 입에서 난내가 납니다. 그 외 쏘진 매복 일심 등 여러 형태의 농작이 있는데 우리끼리는 화랑무(花郎舞)라 합니다."

"화랑무요. 정말 화랑의 기개가 느껴집니다."

윤궁은 설명을 들으며 집중해서 검무를 보았다. 춤이 아니라 무술의 한 동작 한 동작을 이은 것처럼 보이기도 했다. 그러나 사뿐사뿐하면서도 느린 발놀림은 학춤을 추는 듯했고, 어깨를 들썩이며 검을 올리고 내리는 모습은 북춤을 추는 듯했다. 둘이 격렬하게 대결을 하는 모습은 아슬아슬한 무예 같고, 넷 혹은 여덟이 모였다 엇갈려 흩어지는 모습은 유희 같았다. 윤궁은 동작이 바뀔 때마다 감탄을 했다.

"무예도 혼신을 다해 훈련하지만 글을 익히는 데도 소홀함이 없답니다. 아마 향가를 우리 화랑들만큼 잘 짓는 선비들도 드물 걸요."

윤궁이 화랑무에 연신 감탄을 하자 한층 고무된 문노는 자랑거리 생긴 아이처럼 마음이 들떠 화랑을 소개했다. 미실에게 들었을 자신에 대한 인식을 불식시키고 싶은 마음에 미실이 지켜보고 있는 것도 의식하지 못했다.

"자부심이 아주 강하시네요. 비보가 그토록 당당한 이유를 알겠습니다."

문노의 호방하면서도 선선한 얼굴에 윤궁은 마음이 조금 놓였다. 저런 기상이라면 결코 미실에게 밀리지 않을 것 같았다.

"아니, 비보랑을 아시나요?"

문노는 깜짝 놀라 물었다. 순간 자신에 대해 얘기해준 사람이 미실이 아니라 비보일 수도 있다는 생각이 스쳤다. 비보라면 나쁘게 얘기하지는 않았을 것 같아 한결 마음이 가벼워졌다.

"그럼요. 사촌동생인 걸요."

"그러십니까. 비보랑은 제가 가장 아끼는 화랑입니다. 그럼 미실 궁주께서도 비보랑을 아십니까?"

문노가 의아해 하자 한참을 지켜보던 미실이 끼어들어 말을 받았다.

"그래요. 비보의 어머니와 윤궁의 어머니는 자매간으로 모두 제 고모랍니다. 물론 상대등이신 윤궁의 아버님만 진골이시라 사촌지간이라 해도 윤궁만 진골이지요."

"언니, 뭐 그런 말까지…"

윤궁은 문노의 당황해하는 표정을 훔치며 미실의 말을 잘랐다.

"아, 몰라 뵙고 결례를 했습니다. 이제라도 신하의 예를 갖추겠사옵니다."

문노는 벌떡 일어나 고개를 숙였다.

"그러실 것 없습니다. 골품은 정치하는 분들에게나 중하지, 전 그저 살림이나 하는 아낙일 뿐인 걸요. 더군다나 오늘은 화랑들의 승전을 치하하는 자리니만큼 오히려 제가 예를 갖추어야 하겠네요."

윤궁이 손사래까지 치며 경직된 문노의 언행을 풀어주려 애썼다.

"우리 윤궁의 마음씀씀이가 이렇다니까요. 두 사람이 아주 잘 어울립니다. 오늘처럼 자상하면서도 상기된 문공의 모습은 처음 보는 것 같습니다. 안 그래요, 전군마마?"

"그러게요. 나도 문공에게 저런 면이 있는 줄은 몰랐소. 아무튼 보기 좋습니다. 허허허."

"윤궁도 얼굴이 확 피는데요. 한 번도 이런 적 없었는데 호호호."

세종과 미실은 서로 웃음을 주고받으며 재미있어 했다.

"언니이…"

윤궁은 자신도 민망했지만 어쩔 줄 모르는 문노를 대신해 이맛살을 찌푸리며 눈치를 주었다. 자신과 문노가 두 사람의 놀림감이 된 것 같아 계면쩍었다. 자신보다 문노가 그런 취급을 당하는 것이 더 마음에 켕겼다.

"외로운 청춘들끼리 잘 어울리면 좋은 일이지 넌 뭘 그리 정색을 하고 그러냐. 모쪼록 좋은 날이니 마음껏 즐기시면 고맙겠습니다."

그만큼 오래 미소를 짓고 있으면 얼굴 근육이 **뻣뻣**해질 만도 한데 미실은 윤궁과 문노를 번갈아 보며 변함없이 생글거렸다. 사도태후는 미소를 띠고 있지만 근엄함을 잃지 않으려는 모습이 역력했다. 윤궁은 시어머니의 눈빛을 의식하며 문노에게 너무 솔직했나 싶어 꺼림칙했다. 하지만 그보다는 자신의 신분이 문노에게 어떤 벽으로 느껴지지 않을까 그것이 더 마음 쓰였다. 아닌 게 아니라 문노는 화랑들의 학습과 여가생활 등 가볍게 묻는 얘기에도 조금 전까지와는 달리 경직된 자세와 말투로 대답했다. 모처럼 들뜬 마음과 달궈진 육신을 느끼며 기꺼워하던 윤궁은 시나브로 맥이 빠지며 몸 어느 부분이 시려왔다. 시어머니의 마뜩찮은 눈빛도 부담스러워 윤실이 걱정된다며 양해를 받고 먼저 일어나 자리를 떴다.

문노는 다소곳이 목례를 하고 자리를 떠나는 윤궁을 깍듯이 고개 숙여 배웅했다. 고개를 들어 그 뒷모습에서 한동안 시선을 뗄 수가 없었다. 황홀한 꿈을 꾸다 깬 것처럼 허전해졌다. 윤궁이 얘기하는 태도로 보아 자신에 대해 나쁜 감정을 갖고 있지는 않아 보였다. 분명 자신에 대해 얘기를 들었다면 미실이 아니라 비보에게 들은 것 같았다. 긴 숨이 토해질 만큼 다행스러웠다. 윤궁이 없는 자리를 더 이상 지키고 싶지 않았다. 맥없이 윤궁이 빠져나간 문을 응시하다 불현듯 간밤의 꿈이 생각났다.

'아, 어머니!'

돌아가신 후 그리도 그리워했지만 한 번도 꿈에 보이지 않던 어머니가 처음으로 보였다. 어머니는 방으로 들어와 아랫목을 더듬어 보더니 '그리도 냉골이더니 이제야 온기가 도는구나' 하며 두 다리를 쭉 뻗고 앉았다. 문노가 무어라 말을 붙여보았지만 아무런 대꾸도 않더니 '아,

정말 따뜻해 좋구나' 하고는 비스듬히 누웠다. 그 표정이 너무도 평온해 보여 더 말을 붙이지 못하고 베개만 머리 밑에 넣어드렸다. 잠에서 깨고 나서도 평온한 어머니의 얼굴이 선명하게 떠올랐다. 혹시 무슨 예지몽이 아닐까 하는 생각이 들 정도였다. 하지만 이내 잊고 있었는데 윤궁이 자리를 떠나자 그 꿈이 금방 눈앞에서 본 것처럼 선명하게 떠오른 것이다. 어머니가 그리도 좋아하신 걸 보면 보통 꿈은 아닌성싶다. 가뜩이나 윤궁을 보고 싱숭생숭해지던 마음이 더욱 들뜨기 시작했다.

'어머니… 윤궁…'

어쩐지 두 여인이 어떤 연이 닿아있는 것만 같다. 문노는 두 여인의 영상에 묶여 더 이상 연회도 미실도 안중에 들어오지 않았다.

문노를 만나고 돌아온 윤궁은 열린 문이 닫히지 않은 것처럼 허전해진 가슴이 진정되질 않았다. 문노에 대한 비보의 칭송은 한 치도 어긋나 보이지 않았다. 아니 어쩜 비보는 화랑으로서의 인품만 얘기했을지 모른다. 사내로서의 문노는 자신만이 알아본 것일 수도 있다. 윤궁은 뜰에 피어 있는 작약을 볼 때마다 문노를 떠올리곤 했다. 아니 일부러 보러 나갔다. 얼굴엔 화색이 돌고 발걸음은 둥둥 떠다니는 것처럼 가벼웠다. 잠자리에서 문노를 떠올리곤 가슴이 저릿해져 느닷없이 잠든 윤실을 끌어안아 아이가 소스라치게 놀라 깨기도 했다. 청춘에 독수공방으로 지낸 세월이 너무 길었나 진단해 보기도 했다. 그러나 동륜태자가 살아 있을 때도 이런 느낌은 없었다. 태자비나 황후를 염두에 둔 아버지의 강권으로 결혼한 처지에다 태자는 어색(漁色)을 즐기느라 변변히 정을 나눠볼 새가 없었다. 진종도 마음을 편하게 해주긴 했지만 설레게 한다거나 달뜨게 한 적은 없다. 그래도 비록 연로했지만 진종은 태자와 달리 이런 감정을 느낄 수 있는 전초가 돼주긴 했을 것이다.

문노와 자신을 광 속에 들어가는 쌀가마 세듯 꼼꼼히 지켜보던 미실을 떠올리면 무슨 계략에 넘어간 듯싶기도 했다. 유난히 화랑보다 예쁘길 강조한 것도 새삼스레 찜찜했다. 그럼에도 두 번씩이나 사람을 보내서 오라고 한 것이 고마웠다. 비로소 언니다운 느낌도 들었다. 화랑무를 설명해주던 문노의 자상한 모습이 방금 만난 것처럼 머리에서 떠나지 않았다. 자상한 그 모습은 점점 사뿐사뿐 학춤을 추고, 박력 있는 북춤을 추었다. 춤을 추던 문노의 눈과 마주치면 젖가슴에 통증이 느껴졌다. 통증은 몸을 뜨겁게 하고 황홀한 기분에 빠지게 했다. 분명 자신은 아직 시든 꽃이 아니었다.

윤궁이 생각지도 못한 감정을 추스르지 못해 쩔쩔매며 지내던 참에 비보랑이 찾아왔다. 잘 따르는 윤실과 말장난을 하며 놀아주던 비보는 지나가는 말처럼 문노의 인상에 대해 물었다. 이미 어떤 대답이 나올지 뻔히 안다는 듯 빙글빙글 웃으며 대답을 재촉했다. 지난 연회에는 화랑들 틈에 비보도 있었다. 그때 비보도 멀리서나마 두 사람이 담소하는 걸 유심히 지켜보았다.

"뭐, 네 말대로 장수답더라."

"호감은 안 가?"

"호감이 가면 어쩔 건데. 과부가."

"과부니까 호감이 가고 안 가고가 중요하지, 남편 있는 여자가 그러면 무슨 소용 있겠어.”

“얘가, 무슨 얘기를 하려고 그래.”

뭔가 유도 신문을 당하고 있는 것 같아 윤궁은 말꼬리를 자르고 정색을 했다. 잘못했다간 자신의 마음을 들킬지도 몰라 생각을 다잡았다.

“실은 문 장군이 누나가 무척 마음에 들었나봐. 누나가 정말 사촌이냐고 묻더니 그렇다니까 그러면 누나한테 자기에 대해 얘기했냐고 진지하게 묻대. 그래서 또 그렇다고 했더니 뭐라고 했냐고 아주 심각하게 묻더라고. 좀처럼 해서는 여자한테 마음을 뺏길 분이 아닌데 그런 모습 처음이야. 그래서 그냥 누나한테 얘기해준 대로 얘기했지. 되게 고마워하더라고. 그리고는 누나에 대해 어떤 분이냐고 묻대.”

“그래서 뭐라고 대답했는데?”

윤궁은 진정하려던 마음도 잊은 채 정색을 하고 물었다.

“그냥 있는 그대로 말했지.”

있는 그대로라니. 윤궁은 평소 비보랑이 자신에 대해 어찌 알고 있는지 새삼스레 걱정이 되었다. 구체적으로 뭐라고 했느냐고 재차 물으면서도 마음이 조마조마했다.

“조신하고, 이해심 많고, 효심 깊고, 아이 잘 돌보고, 바깥출입이 별로 없어 사람들과 교분은 그리 넓지 않은 편이라고 했지.”

제대로 본 것 같기는 한데 어째 옹졸하게 보였을 것 같아 찜찜했다.

“얘는, 내 교분이 넓은지 좁은지 네가 어떻게 아니? 우리 집에 별로 와보지도 않았으면서.”

“많이 봐야 아나. 윤실이만 봐도 알아. 사람을 어찌나 그리는지 저러다 조금만 살갑게 해주면 아무나 따라가지 않을까 걱정된다. 미실이 누나가 모임이 있을 때마다 불러도 들은 척도 안 했잖아. 그런데 이번엔 무슨 바람이 불어서 갔을까. 혹시 연분을 만나려고 그런 거 아닐까.”

비보는 느물느물 웃으며 말끝을 올렸다. 윤궁의 얼굴은 달아오르기 시작했다.

“얘가 연분은 무슨.”

가슴도 두근거리기 시작했다. 가슴속이야 안 보이지만 달아오른 얼굴은 표가 날 것 같아 애써 태연한 척 했다. 누군가의 얘기를 듣는 것만으로도 이렇게 들뜰 줄은 꿈에도 몰랐다. 그것도 한 사내를 향한 마음이 이렇게 뜨거워질 줄은 상상도 못했다. 어쩜 자신은 시든 꽃은 커녕 이제 피어나 벌어지는 꽃송이 같았다.

“문 장군이 누나가 자기를 어떻게 보았는지 알아봐 달라고 했어. 나이 삼십이 되도록 이런 기분은 처음이라며 누나가 자기를 좋게 봐 주었으면 좋겠다고 하더라고. 내가 그 말을 듣고 얼마나 좋았는지 알아. 진짜 좋은 분이야. 누나도 오 년이나 독수공방으로 지냈으면 됐고. 솔직히 방종한 동륜태자에게 누나가 너무 아까웠어. 물론 이모부도 다 생각이 있어서 그런 사람과 혼인을 시키셨겠지. 골품 있는 사람들은 골품을 목숨처럼 지키니까. 이모부도 누나가 아들만 낳으면 태자비도 될 수 있고 황후 태후도 되지 않을까 하셨겠지. 나는 골품이 없어서 그런지 애정도 없이 그렇게까지 해야 하나 싶더라. 나는 누나를 진심으로 아껴주고 사랑해 주는 남자하고 혼인했으면 해.”

비보는 문노에게 무슨 언질이라도 주고 온 양 진지하게 권했다. 윤궁은 동생이 고맙고 믿음직스러웠다. 마음 같아선 그 호의에 화답하고 싶지만 그럴 수 없는 현실이 올무처럼 옥죄었다.

"고맙다. 문노 화랑을 보니 정말 네 말이 다 맞는 것 같더라. 게다가 내게 호감을 갖고 있다니 고마운 일이고. 사실 내가 태자에게 정이 있어 수절을 하고 있는 건 아니지 않니. 나도 평범한 집안에 태어났다면 네 말이 얼마나 반갑고 좋겠니. 하지만 내 처지가…."

"처지가 어때서. 다 누나 마음먹기 달린 거야. 다른 건 다 접고 오로지 누나 행복만 생각해."

"그게 그리 쉬운 문제가 아니야. 너도 얘기했지만 신라에서 골품이 어떤 위치인지 잘 알잖아. 골품이 없는 문 화랑과 혼인하면 내가 골품을 잃는 것은 물론 윤실이 마저 골품을 잃던지 아니면 모녀관계를 끊어야 하지 않니. 진종마마도 무척 귀애해 주셨고, 아버지는 한사코 골품을 따지시는 데다, 주상께서도 죽은 형의 총애를 이으려고 하는데 외면할 수 없고…."

윤궁은 한숨으로 말을 끊었다.

"누나, 그 골품 꼭 유지하고 싶어. 그거 이모부 뜻이잖아. 이런 말 하면 이모부한테 불효지만 지금 이모부 많이 연로하시고 노환도 있다고 하니 이젠 무시해. 진종은 이미 세상을 떠났으니 생각할 것도 없고. 연실이도 아직 어리니까 골품 포기하고 누나가 데리고 살면 되잖아. 진지왕도 그래. 누나를 좋아해서 취하려한다면 또 몰라. 단순히 형의 여자니까 보살핀다는 생각으로 맞으려는 거잖아. 그것도 후비로. 그게 뭐냐고. 누나 이제 이십 중반 한창 때야. 이런저런 구속에 스스로 갇히지 말고 과감히 박차고 누나 마음 가는 대로 살아. 물론 문 장군이 마음에 없다면 나도 이런 말 안 해. 하지만 가만히 보니 둘 다 마음에 있는 모양이고, 또 내 생각에 둘이 아주 천생연분인 것 같아서 간곡히 말하는 거야. 둘 다 놓치면 너무 아까워서 말야."

윤궁은 앞뒤 가리지 않고 그 말에 따르고 싶었다. 그러나 딸 아버지 진종 동륜태자 진지왕 등이 단단히 보초를 서고 있는 방에 갇힌 것 같아 아직 그럴 용기가 나지 않았다. 그래도 문노에 대한 호감은 진심임을 다시 한번 털어놓았다. 그래봐야 아무 소용없지만 난생 처음으로 가슴 가득 찼던 환희를 전하고 싶었다. 그 환희를 공유하고 싶었다. 하지만 현실이 될 수 없는 일이기에 마음은 터질듯 애틋해졌다.

비보는 가뜩이나 싱숭생숭하던 윤궁의 마음을 잔뜩 부풀려 놓고 갔다. 자신만 호감을 가지고 있는 게 아니라 상대방도 호의를 가지고 있다고 생각하니 가슴이 저릴 만큼 설렜다. 신라 사람이라면 모두가 선망하는 골품이 거추장스럽기만 했다. 새삼스레 숙명황후가 떠올랐다. 이 화랑과의 사랑을 지키기 위해 성골의 신분도 버리고 출궁한 그녀의 용기가 한없이 부러웠다.

속내를 드러내다

찬바람이 나는가 싶더니 이내 산하는 월동준비에 들어갔다. 화단의 꽃나무들도 행여 뿌리가 얼세라 이파리를 떨어내 켜켜이 덮었다. 제비가 드나들던 처마 밑 둥지도 텅 비었다.

윤궁은 뜰에 나와 나뭇가지 끝을 따라 멀리 하늘을 바라보며 날씨만큼이나 쓸쓸한 가슴을 달래곤 했다. 하늘은 나뭇가지가 조금 더 뻗어 찌르면 푸른 물감을 쏟아낼 듯 푸르고 청아했다. 쫓기는 해걸음도 한결 짧아졌다. 그래도 기온은 아직 옷깃을 싸맬 만큼 차지는 않은데 전에 없이 스산하게 느껴졌다. 왠지 이번 겨울은 아주 많이 추울 것만 같았다.

'이런 게 외로움이란 건가!'

윤궁은 청상이 되면서도 인식하지 못했던 외로움의 의미를 비로소 알 수 있을 것 같았다. 스산한 가슴도 비단 계절 탓만은 아닌성싶었다. 아무리 혼자라도 마음에 그릴 것이 없으면 외롭지 않다. 마음에 그릴 것이 있으면 아무리 많은 사람과 같이 있어도 외로운 게다. 하물며 사무치게 연모하는 사람이 있으면 그리움은 병이 된다. 그나마 만날 기약이라도 있으면 병을 달래가며 지낼 수도 있으나 만나서는 안될 사람을 품고 있으면 얼음 덩어리를 안고 있는 것처럼 시리고 아프다. 더군다나 그도 자신을 마음에 두고 있다니 가슴을 절일 듯한 안타까움에 대상 없이 원성과 한숨만 키웠다. 그간 위안을 주던 화초들마저도 제가끔 겨울을 날 채비로 몸을 사려 윤궁은 우두커니 하늘만 바라보곤 했다.

아버지의 병세가 깊어 심상치 않다는 기별이 온 날도, 가지 끝에 남긴 감 하나를 까치가 쪼아 먹는 걸 바라보며 쓸쓸함을 달래던 참이었다. 아버지는 여름 내내 시난고난하더니 찬바람이 불면서 아예 자리보존한 모양이다. 윤궁은 윤실을 데리고 친정을 향했다.

쾡한 눈에 바짝 마른 몸이 금방이라도 바스라질 것 같은 아버지는 윤궁을 보자 힘없이 눈을 감았다 뜨며 한숨을 쉬었다.

"진지왕의 총애가 있는데도 아직 궁에 안 들어갔다고? 왜, 지도황후가 막더냐?"

"그런 건 아니고요. 어차피 궁에 들어가도 독수공방은 마찬가지라서 미실 언니에게 말미를 좀 얻었어요."

"아무래도 진종을 따라 나오는 게 아니었다. 그냥 궁에 있었으면 지도처럼 황후가 될 수도 있었는데."

노인은 가쁜 숨을 쉬면서도 아쉬움을 드러냈다. 노인은 윤궁이 동륜의 후비였다는 사실이 마음에 걸려 모든 걸 접었는데 막상 동륜의 후궁이었던 지도가 황후로 간택되자 가슴을 쳤다. 윤궁이 완강히 거부하지만 않았어도 조금 더 밀어붙였을 것이다. 그 생각을 하면 딸이 미욱스럽기도 했다. 몰락한 귀족 집안의 지도보다야 골품이 있는 가문에다 인품이며 뭐 하나 뒤질 게 없는 윤궁이 황후에 걸맞았다. 지도를 극구 반대했던 대신들이나 지소태상태후도 윤궁이라면 그리 반대는 안 했을 것 같았다. 물론 지도가 황후가 되고 보니 드는 아쉬움일 뿐, 죽은 태자의 후궁을 황후로 간택할 줄 상상이나 했겠는가.

"저어… 아버지. 이제는 골품이 없어도 정비가 되고 싶어요."

혹시나 해서 조심스레 운을 떼어 보았다. 사람이 많이 아프면 기도 죽어 마음이 너그러워진다고 하지 않는가. 더군다나 화랑 문노라면 아버지도 입각을 시키려고 애쓸 만큼 아끼는 장수다. 아버지의 마음이 조금이라도 흔들리면 말을 꺼내볼까 싶었다.

"아니 얘가 지금 뭐라는 게야. 골품이 없어도 좋다니, 너 혹시 마음에 둔 사내라도 있는 거냐? 그런데 그 사내가 골품이 없어? 그런 게야?"

노인의 얇은 눈꺼풀이 꺼져가는 목소리와 함께 떨렸다. 몸은 쇠약해졌어도 총기는 여전했다. 말투도 여전히 깐깐했다.

"아니요. 그냥 그랬으면 싶다는 거예요. 아버지 진정하세요."

윤궁은 지레 무슨 일을 낼 듯한 아버지의 완강함에 그냥 해본 소리라며 달랬다. 역시나 무리한 바람이었다. 국사를 집필하며 골품제도를 체계화 해놓은 분 아닌가.

"윤실이 그게 아들이었어야 하는데, 그러면 태자비는 물론 장차 태후도 될 수 있었으련만…."

노인은 길게 한숨을 내쉬었다. 윤궁도 동상이몽의 한숨을 속으로 삭혔다. 노인은 진지왕이 즉위한 후 상대등에 올라 지난해까지 정사를 맡아왔다. 지금은 병환으로 정사에는 관여하지 못하지만 진골로서의 자부심은 조금도 꺾이지 않았다.

"너무 오래 혼자 지내다 보니 마음이 많이 허해진 모양이구나. 젊으나 젊은 게 왜 안 그러겠냐. 동륜태자가 그렇게 허망하게 간 것은 그 요망한 미생이란 놈 때문이야. 장안에 인물 반반한 계집이라면 죄다 지분대는 놈 아니냐. 태자라는 위인이 그런 놈의 꼬임에 빠져서 쯧쯧."

노인은 처조카인 미실 미생 남매를 몹시 원망했다. 숨을 몰아쉬며 지금 죽어도 아무 여한이 없는데 너 하나가 걸린다고 했다. 윤궁은 숨이 넘어갈 듯 거칠게 숨 쉬는 아버지를 진정시키기 위해 진지왕의 총애를 받겠다고 안심시켜주었다.

"글쎄다. 왕이 제 자리도 지키기 힘든데 너까지 지켜줄 수 있을는지 모르겠다."

노인은 한숨을 섞어 혼잣소리로 중얼거렸다. 윤궁은 더 있다가는 노인이 너무 지칠 것 같아 아버지가 빨리 나아 지켜달라고 어리광을 부리고는 방을 나왔다. 무거운 발걸음으로 나와 하늘을 향해 긴 숨을 토해냈다.

토방을 내려서는데 비보랑이 중문 안으로 들어섰다. 윤궁은 비보랑의 모습에 또 한사람의 모습이 겹쳐 보였다. 방금까지의 울적했던 마음이 한순간에 밝아졌다.

"비보 오는구나. 어서 와."

말은 비보를 향해 했지만 마음은 문노를 반겼다.

"누나도 와 있었네. 이모부 많이 편찮으시다면서?"

"응, 그 와중에도 내 걱정뿐이시다."

"애지중지하는 따님이 청상이니 그러시겠지. 그렇지 않아도 누나 만나러 가려고 했는데. 금방 갈 거 아니지?"

"그럼. 나 후원에 가 있을게, 뵙고 그리로 와."

윤궁은 후원을 거닐며 비보를 기다렸다. 아니 문노를 기다렸다. 이제 비보는 동생이라기보다 문노를 담은 화병 같았다. 화병에는 세상에 단 하나밖에 없는 아름답고 싱싱한 꽃이 꽂혀 있다. 꽃은 시들지도 않고 지지도 않을 것이다. 언제나 막 만개한 것처럼 늠름하고 생생할 것이다.

'그 꽃에 나비가 되어 앉을 수 있다면…'

윤궁은 가슴을 죄었다. 먹으면 안 될 음식을 훔쳐 먹은 것처럼 답답했다. 소리쳐 토해내고 싶은 회한을 삼키며 천천히 발걸음을 옮겼다.

후원은 은은하면서도 화려한 가을색을 담아내고 있었다. 하지만 윤궁의 눈에는 들어오지 않았다. 예전에 자신이 정성껏 가꾸던 나무가 얼마나 자랐는지, 연못에 고기가 있는지 없는지 눈길도 가지 않았다. 비보의 발자국 소리를 놓칠세라 온 신경이 안채로 통하는 길에 가 있었다. 겨우 후원을 한 바퀴 돌았는데 동네를 한 바퀴 돈 것처럼 지루했다. 두어 바퀴 더 돌고 정원석에 걸터앉았을 때 비보의 모습이 보였다.

"무슨 얘기가 그렇게 길었어. 아버지께서 숨이 차서 길게 얘기 못하실 텐데."

"응, 요즘 조정이 시끄럽잖아. 자리보존하고 있어도 누가 와서 죄다 얘기해주나 보지?"

"종종 대신들이 문안을 오는가봐. 며칠 전에는 이사부 어른도 다녀가셨대."

"몸은 쇠잔해지셨어도 총기는 여전하시던 걸."

"아까 아버지가 왕이 제 자리도 지키기 힘들 텐데 나까지 지켜주겠냐며 한숨을 쉬시던데 무슨 일 있는 거니?"

"미실 누나하고 주상 사이가 안 좋거든. 게다가 주상이 국정을 소홀히 하고 어색을 너무 즐긴다는 소문도 있고. 근데 그 소문은 미실 쪽에서 흘린 것 같아 무슨 음모가 있어 보이고."

"선왕이 승하하셨을 때, 정권을 잡고 있던 사도태후와 미실 언니가 금륜태자를 직접 추대했잖아. 물론 태자로 있으니 당연한 수순이었지만 그래도 아버지 말씀으로는 이상하리만큼 적극적이었다고 하시던데. 그런데 정말 무슨 음모가 있었다는 거야?"

"밀약이 있었던 거지. 당시 왕권을 대행하다시피 한 사도황후와 미실 누나가 선왕이 승하하신 걸 숨기고 금륜태자만 불러 왕으로 추대해 줄 테니 미실 누나를 황후로 삼으라고 했다는 거야. 선왕이 승하한 줄 몰랐던 태자는 두 여자의 기세에 눌려 그러겠노라 약조를 했다는군."

"와아! 어떻게 황후자리를 놓고 그런 밀약을 해. 언니 정말 무섭다. 그런데 태자가 등극하고는 마음을 바꾸어 지도 황후를 맞은 거야?"

"그렇지, 사도태후는 자신의 소생인 동륜태자가 죽자 그 직계인 백정을 태자로 삼고 싶었지. 하지만 너무 어려 고집을 못하고 금륜이 태자로 책봉되는 걸 받아들일 수밖에 없었어. 금륜태자를 왕으로 등극은 시키되 권력까지 넘길 수는 없지. 그래서 조카인 미실을 황후에 앉혀 묶어두려 했던 거고. 권력이 뭔지 원. 사도태후는 미실을 남편인 진흥제에게도 맺어주고 아들인 동륜태자에게도 맺어주었잖아. 미실 누나의 방술이 대단하긴 대단한가봐. 어떤 남자도 그 치마폭에 한번 들어갔다 하면 사족을 못 쓰니. 결국 두 여인이 권력을 잡기 위해서 사도태후는 미실 누나를 도구로 삼고, 누나는 방술을 무기로 삼은 셈이지."

"그래서 지금 미실 언니와 사도태후가 어쩌겠다는 건데?"

"뭐, 나도 자세한 건 모르지만 더 큰 권력다툼이겠지."

"지금도 주상 못지않은 권력을 가지고 있다며?"

"그러니까. 왕은 왕이라서 권력이 있다지만 신하가 왕 못지않은 권력을 가지고 있는 게 문제지. 왕은 하나니까 최고 권력도 하나여야 하는데 말이야."

"그러면 한쪽은 지키려고 하고 한쪽은 뺏으려고 하고 뭐 그렇다는 거야?"

"그렇다고 볼 수 있지. 그러자니 두 쪽 다 조직이 필요하잖아. 병부는 사도태후 쪽인 세종전군이 힘을 쓰고 있기는 하나 아직 이사부 서력부 탐지 등 왕을 호위하는 세력이 만만치 않거든. 그런데 화랑도가 합세해주면 승산이 커지지. 이모부도 그걸 아시고 화랑들의 속내를 궁금해 하시는 거고."

"어떤데?"

"화랑들도 설원파와 문노파로 나뉘었어. 설원파는 주로 골품이 있는 사람들로 향가나 유람을 즐기는 편이고, 문노파는 골품 없는 귀족과 평민들로 호탕하고 무사기질이 많지. 그래서 설도를 운상인이라 하고 문도를 호국선이라고도 해."

"너는 당연히 문도겠구나."

"말이라고. 그런데 설원랑이 미실 누나와 깊은 관계에 있으니 설도는 당연히 사도태후 편이라 신경 쓸 게 없어. 문제는 우리 문도야. 우리는 중립인데다, 아까 말한 대로 무사기질이 많고 의리가 돈독하고 숫자도 압도적으로 많거든. 그러니까 서로 잡으려고 하지."

"그래서 미실 언니와 사도태후가 문 화랑에게 벼슬을 주려 했구나."

"그렇지. 그뿐인 줄 알아. 그 전에는 진지왕 쪽에서 일길찬을 제수하려 했지. 하지만 문 장군이 고사했어."

"왜. 벼슬에 오르면 나중에 골품을 얻을 수도 있을 텐데."

윤궁은 안타까운 마음을 숨기지 않았다.

"지금은 때가 아니지. 대세라는 게 있잖아. 섣불리 직책을 받아 그쪽 사람이 되었다가 세를 잃으면 같이 망하는 거잖아. 지금 대세는 사도태후 쪽으로 기울고 있거든. 그걸 뒤집기엔 왕의 의지가 너무 미약해. 그렇다고 당장 사도태후 쪽에 서자니 야합을 하는 것 같고. 그래서 조금 더 관망을 하는 거지. 그렇지 않아도 문 장군 얘기 하려고 누나네 집에 가려고 했어."

윤궁은 비보가 화제를 바꾸자 잠시 진정되어 있던 가슴이 다시 울렁거렸다. 뭐라고 대꾸를 해야 할지도 가늠이 안 되었다. 어떤 말이든 초연히 받아들이자는 생각만 다지며 연유를 물었다.

"문 장군 얘기라니?"

"누나의 입장과 생각을 전했더니 충분히 이해한다고 하더라. 누나가 자기에게 호감을 가졌다는 것만으로도 흡족하다고."

"그냥 이해한다고만 해?"

뭔가 극적인 기대를 하고 있던 것일까. 윤궁은 스스로도 민망하리만큼 맥이 빠지는 듯했다.

"그럼 뭐라고 했으면 좋겠는데?"

비보는 싱글싱글 웃으며 대꾸했다.

"애가 놀리고 있어. 알았다. 무사들은 복잡한 거 싫어한다며. 좋게 말해서 이해한다는 거지 결국 내 사정이 복잡해 정나미가 떨어졌다는 거 아냐. 나도 아버지 말씀 듣고 정신 차리려고 한다. 왕이 태후 측과 싸워 어찌되든지 정비도 아니고 후비가 어찌 되기야 하겠니."

비어져 나오는 섭섭한 속내를 감추려고 윤궁은 어깃장을 놓았다.

"왜 이렇게 급하실까. 장군이 이해한다는 말은 기다리겠다는 말이야. 누나의 생각만 확고하다면 사정은 얼마든지 달라질 수도 있으니 기다리겠다고 전해달라더라. 그리고 간절히 만나보고 싶다고 하기에 내가 자리 만들겠다고 했어."

"어쩌려고?"

반갑지만 반길 수 없는 윤궁은 시무룩하게 비보의 얼굴을 바라보았다.

"뭘 어째. 내가 날 잡아 장군님하고 누나네 집으로 쳐들어가면 되지."

"아니, 얘가. 화랑들은 다 그렇게 밀어붙이면 된다고 생각하니?"

"옷 만들 때 아무리 재고 또 재봐야 천의 자투리는 나오게 마련이야. 자투리 무서워 옷을 안 만들 수는 없잖아?"

"그래도 그렇지. 무작정 집으로 오면 어떡하니?"

"그럼. 어디 다른 데서 만나게 해 줘?"

"그게 아니라, 만나면 뭐해. 서로 맺어질 수 없는 사이인데."

"글쎄, 누나 마음 내가 알았으니 그냥 나한테 맡겨. 사람은 다 마찬가지지 맺어질 수 없는 사람이 어디 있어. 누나 언제 집에 갈 건데?"

"글쎄, 아버지께서 차도가 좀 있어야 가지."

비보는 조만간 문 장군과 함께 가겠다며 자리를 떴다. 윤궁은 그런

막무가내가 어디 있냐며 나무랐지만 속으로는 고마웠다. 시원했다. 믿음직스러웠다. 둘이 있다 문노는 남고 비보 혼자 간 것처럼 윤궁은 다시 가슴이 횟횟해졌다. 비보가 전해준 문노의 말을 직접 문노가 하는 말로 되새겨보았다.

'제게 호감을 느끼셨다니 고맙습니다. 사정은 얼마든지 달라질 수 있으니 기다려주십시오. 아니 기다리겠습니다. 간절히 보고 싶습니다. 일간 찾아뵙겠습니다.'

우렁차면서도 은은한 문노의 말투를 연상하며 윤궁은 터질 것 같은 가슴을 두 팔로 꽉 감싸 안았다. 비보가 문노와 함께 온다는 날이 아득했다. 정말 그런 날이 오기나 올까.

문노와 함께 가겠다는 비보랑의 말에 윤궁은 집에 갈 날을 엿보며 차일피일 했지만, 아버지의 환후는 낫지도 더하지도 않아 떠날 수가 없었다. 아무래도 낫기보다는 돌아가시지 싶어 아예 임종을 보아야 할 것 같았다. 점점 더 심해지는 해수기침과 숨쉬기조차 힘들어하는 걸 보면 차라리 빨리 돌아가셨으면 싶기도 했다. 하지만 꽁꽁 언 땅에 모실 생각을 하면 엄동설한이나 지나서 가셨으면 했다. 그러면서도 문노가 기다리다 지쳐 포기하는 건 아닌가 조바심이 들기도 했다. 화랑도의 일이 바쁜지 비보도 오지 않았다. 비보라도 오면 그에 담겨 문노도 올 텐데 싶어 날마다 대문 밖을 살폈다. 진정으로 자신을 연모한다면 비보를 보내 안부라도 전할만 한데 무소식인 문노도 야속했다. 찬모라도 비보에게 보내서 오라고 할까 망설였지만 딱히 오라고 할 명분이 없었다. 유난히 길고 추운 겨울이었다.

갯가 버들강아지에 살이 오를 무렵 아버지는 마지막 숨을 쉬었다.

자는 잠에 간 듯 아침에 깨어나질 못했다. 고통스러워하는 아버지를 볼 때는 어서 돌아가셨으면 하는 마음도 있었다. 그러나 막상 돌아가시자 자신이 그리 축수해서 빨리 가신 것만 같아 윤궁은 자책으로 더 슬펐다. 국사를 편찬하시고 정벌에 나서 많은 국토를 확장하는 등 큰 업적을 남기시고 상대등까지 지내셨으니 좀 이른 감은 있으나 그만하면 호상이라고 애써 자위하며 장례에 임했다.

장례가 치러지는 동안, 성골 진골 할 것 없이 정계 인물들의 조문이 끊이질 않았다. 윤궁은 은근히 문노도 오지 않을까 상청이 차려진 사랑채를 눈여겨보곤 했다. 하지만 목만 늘어나고 기다리는 사람은 눈에 들어오지 않았다. 아버지가 돌아가셨는데 이 무슨 망측한 짓인가, 스스로 꾸짖고 애써 마음을 다잡으며 문상객들을 위한 음식준비에 몰두했다. 무심히 사랑채 쪽으로 고개를 돌렸다가도, 애써 너 하나가 걱정이라던 아버지의 애잔한 모습을 떠올리며 다른 생각이 들지 않도록 매달렸다.

사흘이 지나서야 문노는 화랑들과 상청이 있는 사랑채로 들어섰다. 그렇게 기다렸으면서도 막상 그가 오자 윤궁은 재빨리 상을 차려 시종들과 함께 내다주고는 숙수간으로 몸을 숨겼다. 언뜻 눈이 마주친 것도 같고 아닌 것도 같다. 늘 그리던 모습이라 환영을 본 것도 같다. 비보라도 와 주었으면 싶은데 사랑채에서 꼼짝도 안 했다. 제게 맡기랄 땐 언제고 이리 같이 와서도 찾지 않는 것이 놀림을 당한 것 같아 민망하고 섭섭했다. 하긴 이 와중에 만나본들 뭘 어쩌겠나. 윤궁은 달뜬 마음을 가라앉히기 위해 연신 깊은 숨을 들이마시고 내쉬었다. 다행히 돌아가던 발걸음에 안채를 기웃거리던 문노와 눈이 마주쳐 목례나마 할 수 있었다. 순식간의 일이라 생시인지 환영인지조차 구별이 안 되었다. 그래도 더 이상 사랑채를 기웃거릴 이유가 사라져 윤궁은 안채에서 나가지 않았다.

장례 마지막 날 당대 최고 권력자인 미실 부부도 조문을 왔다. 문노가 다녀간 뒤부터 숙수간에도 나가지 않고 안채에만 머물러 있던 윤궁은 전군부부의 방문에는 사랑채까지 마중 나가 예를 갖추었다. 세종이 사랑채에서 조문 온 중신들과 담소를 나누는 동안 미실은 윤궁을 따라 안채로 들어왔다.

"훌륭한 분이셨는데… 나라를 위해 큰일도 많이 하시고. 조금 더 사셔서 조정을 맡아주셨으면 좋았으련만 우리 신라에 큰 보배를 잃었지 뭐니."

미실은 윤궁의 손을 잡고 위로했다. 평소 언행으로 보아 그저 인사성의 말이라는 걸 윤궁도 모르지는 않았다. 속으로는 눈엣가시 같은 정적이 사라져 시원해하지나 않는지 모를 일이다. 윤궁은 고맙다고 받아주었다.

"고모부가 나를 탐탁지 않게 여기신 거 이해한다. 당신 사위인 동륜 태자에게 몸을 바친 것도 미우실 텐데 죽게 된 데도 내가 연관이 되었으니 왜 안 그러시겠니. 하지만 내 신분이 어쩔 수 없었잖니, 넌 이해해 주겠지. 난 고모부보다 늘 네가 마음이 쓰였어."

"뭐 다 지난 일인데. 바쁠 텐데 뭐하러 안채까지 왔어."

"응, 너하고 할 얘기가 있어서."

미실은 정색을 하고 윤궁을 바라보았다. 요염하면서도 당찬 표정에 윤궁은 지레 긴장이 되어 되묻지도 못하고 바라만 보았다.

"듣자하니 문노 화랑이 너를 마음에 두고 있다며?"

비보에게 들었지 싶었지만 무슨 의도로 묻는지 몰라 윤궁은 무슨 소리냐고 시치미를 떼었다. 평정을 잃지 않으려는 의지와 달리 가슴은 남의 것 인양 두근거렸다.

"뭘, 비보 말로는 아주 심각한 모양이던데. 전에 연회에서 너를 바라보던 문노의 표정에 어떤 조짐이 보이긴 하더라. 그런 면에서 내 눈은 정확하거든. 그런데 골품이 없는 게 참 아쉽다. 가야의 공녀 아들 그것도 서자와 신라의 최고위직 상대등 딸이 맺어질 수는 없잖니. 정말 아까운 사람인데."

미실은 윤궁의 심중을 떠보려는 듯 눈을 가늘게 뜨며 뒷말을 흐렸다.

'역시 꿍꿍이 속이 있었던 게야.'

윤궁은 미실이 두 번씩이나 사람을 보내 연회에 꼭 참석하라고 당부했던 것이 무슨 의도가 있었던 게 아닌가 하는 의심이 들었다. 하지만 정치나 권력에 무관심한 자기가 무슨 이용가치가 있으려나 싶어 이내 의구심을 지웠다. 윤궁도 문노의 어머니가 가야의 공주지만 신라 사신의 첩실로 왔다는 사실은 알고 있었다. 그녀가 비조부와 사통으로 문노를 낳았다는 사실도 비보랑에게 들었다. 그로 인해 심적 고충을 겪어왔다는 말을 떠올리며 안타까운 마음에 윤궁은 미실의 의중을 파악할 겨를 없이 대꾸했다.

"이미 죽어 세상에 없는 어미와 아비가 무슨 상관이야."

윤궁은 불쑥 내뱉고 아차 싶었다. 노련한 미실이 말꼬리를 놓칠 리 없다.

"이제야 실토를 하는군. 신분도 상관없을 만큼 문노를 좋아한다는

거잖아. 하긴 천하의 이 미실도 반할만 하지. 문 화랑이 삼십이 가깝
도록 가까이 한 여자가 없다는 것도 우리 궁주들 사이엔 특별한 얘깃
거리지. 누가 그 목석같은 마음을 움직이나 관심거리고. 몇몇이 유혹
도 해보았지만 꿈쩍도 않더란다. 그런데 네가 그 마음을 빼앗다니 놀
랍다. 문 화랑이 뭇 사내들과 달리 요염한 여자보다는 너처럼 정숙한
여자를 좋아할 거란 생각은 했지. 혹시 고모부처럼 너도 골품에 얽매
여있지나 않나 염려했는데 초연한 것 같으니 다행이다. 그래, 힘 있는
정비가 못되면 차라리 사랑을 독차지할 수 있는 후궁이 낫지, 허울뿐
인 골품 유지하겠다고 후비가 되는 건 한 번으로 족해."

"왜 날 끌어다 붙여. 보통 그렇다는 거지. 나야 윤실이가 있잖아."

윤궁은 서둘러 변명을 했다. 하지만 어설픈 변명은 오히려 미실의
말을 수긍하는 꼴이 되었다. 미실의 손에 노는 공기돌 같아 윤궁은 점
점 더 당혹감만 드러냈다.

"그러니까, 이미 진골로 태어난 윤실이에게 골품을 지켜주고 싶다
이거지. 그렇다고 아직 어린 걸 떼놓고 팔자를 고칠 수도 없고. 그럴
테지. 네 처지라면 누구라도 갈등할 거야. 하지만 윤궁아, 잘 생각해보
면 골품도 윤실이도 그리고 사랑도 지킬 수 있어."

윤궁은 고양이 앞의 쥐처럼 도망치려야 칠 수 없음을 깨닫고 미실의
얼굴만 바라보았다. 이미 지난번 연회에 나갈 때부터 미실의 손아귀에
들어간 것임을 직감했다.

"돌아가신 고모부께는 죄송한 말이지만, 너한테는 큰 걸림돌이 없어
진 거야. 그리고 너를 후비로 맞겠다는 진지왕만 없으면 또 하나의 걸
림돌이 없어지지. 다만 문공에게 골품이 없다는 게 문젠데, 그 골품도

나라에 큰 공을 세우면 얻을 수 있는 거야. 지금 가장 큰 공이 무언지는 문 화랑이 잘 알고 있을 거야. 그러니 네가 문 화랑을 회유해봐."

"무얼… 회유해?"

진지왕만 없으면 걸림돌이 없어진다는 말에 윤궁은 가슴이 덜컥 내려앉았다. 그러나 섣불리 넘겨짚다가는 함정에 빠질 수 있어 조심스레 물었다.

"정말 몰라서 물어? 지금 큰 공을 세우는 게 무언지 정말 모른단 말야?"

"글쎄, 큰 전쟁이 일어날 기미라도 있는 거야?"

"얘가…. 너 능청 떠는 거지. 내 입에서 꼭 집어 말할 때까지 유도해 보려는 것 같은데. 그래 솔직히 말하지. 왕의 폐위 말이다."

"뭐? 폐위."

윤궁은 놀라 순간 숨이 멎었다. 일전에 비보에게 왕과 미실이 대립하고 있다는 말을 들었을 때, 미실이 지도황후를 내치고 자신이 기어이 황후에 오르려고 하나 하는 생각을 해보다가 너무 엄청나 도리질을 쳤다. 그런데 왕의 폐위라니 말문이 막혔다.

"응, 지금 주상은 어색에 빠져서 정사는 안중에도 없어."

"설마…."

"너 아무리 정치에 관심이 없어도 그렇지. 아버지가 상대등인데 어쩜 그리 둔하니. 물론 왕이니 색을 즐기는 것쯤 문제가 안 될 수도 있어. 하지만 민폐까지 끼쳐서야 되겠니. 그것만큼은 막으려고 제도적으로 색공까지 두었는데 말야."

"민폐라니?"

"너 정말 서라벌 사람 맞아? 왕과 여염집 아낙인 도화녀 얘기도 몰라. 도화녀의 미색에 빠진 주상이 남편이 있는 몸이라 거절하는 그녀를 겁탈했다잖아. 그러니 정무인들 바로 보겠냐고. 그래서 폐위시키려는데 화랑도가 협조를 안 해주면 힘들 것 같애. 특히 문 화랑이 주축이 된 문도들의 반발이 있으면 낭패거든. 그걸 문 화랑이 막도록 네가 마음을 움직여 보라는 거지."

결국 그거였어!

조마조마하던 윤궁의 마음에 돌 하나가 쿵 떨어졌다. 의구심만 갖고 있을 때보다 마음은 더욱 무거워졌다. 무게에 짓눌려 아무 대꾸도 할 수 없었다.

시종으로부터 사랑에서 귀가를 재촉한다는 기별을 받을 때까지 미실은 진지왕의 황음과 국정소홀을 구체적으로 열거하며 폐위에 대한 당위성을 설득했다. 윤궁은 꼭 집어 동의는 안 했지만 이미 상대의 깊은 내막을 알아버린 것만으로도 어떤 음모에 빠져들어 간 것 같았다. 일전에 보니 문노는 미실에게 반감을 가지고 있는 것 같던데 제 회유가 먹힐지 의문이다. 더구나 아직 직접 마음을 털어놓지도 못한 처지에 어떻게 그런 어마어마한 일을 추진하겠는가. 윤궁은 공연히 만나보기도 전에 문노의 노여움만 사는 게 아닌가 전전긍긍했다. 그런 눈치를 놓치지 않고 미실이 오금을 박았다.

"정권에는 아군과 적군만 있어. 아군은 서로 이익을 나누지만 적군은 오로지 응징만 있을 뿐이야. 그것이 핏줄이라 하더라도 말야."

미실은 속내를 다 드러내놓고 돌아갔다. 문노의 마음을 회유해 자신이 추진하고 있는 진지왕 폐위에 가담하게 하라는 것이다. 동조하지 않으면 핏줄이라도 응징하겠다는 협박이다. 그 같은 엄청난 일에 말려들다니, 윤궁은 두려웠다. 당장 아버지의 부재가 먹구름처럼 다가왔다. 처음 찾은 사랑도 잃을 것만 같았다. 미실의 뜻대로 회유할 마음도 없지만 방법도 모른다. 미실처럼 미색이 뛰어난 것도 아니고 화술이 좋은 것도 아니다. 더군다나 난생 처음 느낀 연모를 음모로 바꿀 수는 없다. 그것도 아직 마음 놓고 피워보지도 못한 연모를. 그 연모의 환희를 주고 공포로 위협하는 미실이 무서웠다.

'만일 협조하지 않으면 어떻게 할까, 응징이라면 어떻게 한다는 걸까!'

윤궁의 마음은 아버지를 넣은 관 속만큼이나 어두웠다.

부를 수 없는 향가

기다리겠다니! 문노는 생각할수록 자신의 말이 어처구니없었다. 그 말을 듣고 윤궁이 얼마나 무책임하게 생각했을까. 비보랑으로부터 윤궁 역시 자신을 흠모하더란 얘기를 들은 순간부터 문노의 마음은 연기 쐰 벌처럼 갈피를 못 잡고 붕 떠 있었다. 윤궁이 흠모는 하지만 맺어질 수 없는 처지를 소상히 전했을 때 우선 급한 마음에 다 이해하니 기다리겠다고 한 것이다. 그나마 그것도 현몽한 어머니를 되새기며 용기를 낸 것이다. 생시에 볼 수 없었던 평온한 표정으로 냉골에 온기가 돈다며 따뜻해 좋다고 한 어머니가, 왠지 무얼 암시하는 것만 같아 무작정 기다리겠다고 했다. 그런데 무얼 기다리겠다는 말인가. 그실 윤궁과 맺어질 수 없는 사정은 모두 자신에게 골품이 없기 때문이다. 골품만 있다면 윤궁의 아버지 상대등도 허락할 것이고 딸도 문제가 안 된다. 굳이 진지왕의 후비로 들어갈 이유도 없다. 그런데 기다리겠다니, 골품을 버리고 자신을 택해달라는 말 아닌가. 남아로서 장수로서 너무 소극적이고 무책임한 말이다. 문노는 적의 공격을 알고도 아무 대책이 떠오르지 않는 것처럼 답답했다. 무언가 해명하고 설득해야만 할 것 같은데 딱히 그럴만한 명분이 없다. 직접 대면해서 얘기하다보면 예기치 못한 실마리를 찾을 수도 있지 않을까 싶지만, 윤궁이 부친상을 당하고 친정에 눌러앉아 있으니 마음만 타들어 갈 뿐 속수무책이다.

이럴 줄 알았으면 지도황후가 내린 일길찬을 받을 걸 괜히 고사했나 싶었다. 일길찬이면 육두품 중 최고직인 아찬 바로 아래이니 일단 받아두고 그걸 발판으로 후일을 도모해 볼 수도 있는 것 아닌가. 뒤늦게 동요가 일었다.

관직을 제의 받은 건 우여곡절 끝에 지도가 황후에 오른 지 얼마 안되어 문후 들었을 때였다. 황후는 기다렸다는 듯 반갑게 맞아주었다.

"어서 오세요, 당숙."

"마마, 오랫동안 지내던 처소가 바뀌어 불편하지는 않으신지요."

"괜찮습니다. 평생 그 외진 곳에서 초목이나 돌보며 지낼 줄 알았는데 당숙 덕에 이리 광영된 자리에 앉았습니다. 잘 해낼지 두렵습니다."

"그러실 것 없습니다. 폐하가 계시고 태상태후마마가 계시고 또 상대등 거칠부 같은 충신들이 있으니 그저 마음을 편히 하시어 건강한 왕자님을 생산하세요."

"그러면 좋겠지만 그게 어디 제 생각대로 되는 일인가요. 당숙, 이참에 당숙이 조정에 들어와 제게 의지 좀 돼주세요. 폐하가 계시긴 하지만 국부시니 어찌 저만 바라봐 주길 기대하겠습니까. 당숙께서 조정에 들어와 자주 찾아주시면 큰 힘이 될 것 같아요."

"신국의 국모께서 이렇게 나약한 말씀을 하시면 어찌합니까. 마마의 마음 잘 알고 있으니 자주 찾아뵙지요."

"제가 어린양 하는 것으로 보이십니까. 조카가 아니라 국모로서 부탁하는 것입니다. 보이지 않는 암투가 바람처럼 흘러 다니는 이 궁에서 저도 믿고 의지할 사람이 있어야 하지 않겠어요. 그래서 생각했는데 일길찬을 제수할까 합니다. 물론 폐하의 뜻이기도 합니다."

"마마! 일길찬이라니요. 육두품 중에서도 두 번째 서열입니다. 두 직급만 오르면 진골의 골품도 얻을 수 있는 자리 아닙니까. 그만한 자리를 제수하시면 마마께서 지나친 견제를 받게 되십니다. 저와 인척인 데다 황후에 오른 지 얼마 안 되어 세를 키우려 한다는 오해를 받으실 수도 있고요. 그러니 그 같은 분부 거두시고 마음 굳건히 하세요. 특히 지금은 사도태후마마와 미실이 주목하고 있을 테니 그저 양순한 지어미로만 보이도록 하세요. 공연히 소신이 마마의 분부로 직위를 얻고 드나들면 적으로 비칠 것입니다. 그러면 마마의 안위도 위태롭게 됩니다. 태후와 미실의 힘은 지금으로서는 폐하도 어찌지 못할 만큼 큽니다. 더군다나 약속받았던 황후 간택에서 밀려나 그 원한이 사무쳐 있을 겝니다. 부디 폐하께서 그들을 능가할 세력을 만드실 때까지 참으셔야 합니다. 관직은 그때 제수 받아도 되니 마마께서도 폐하를 잘 보필하셔야 합니다."

"듣고 보니 그렇네요. 태후마마는 늘 미실궁주와 같이 계시고 저를 대하는 눈빛이 어찌나 차가운지 몸이 움츠러들 것 같아요."

"그럴 겝니다. 권력의 맛을 익히 알고 있는 사람들이니 그걸 잃지 않으려는 경계심 또한 송곳 같겠지요. 그럴수록 양순하게 보이고 속으로는 굳건히 마음 다지시고 폐하가 강해지실 수 있도록 내조하셔야 합니다."

황후는 그러니 더욱 당숙의 힘이 필요하다며 관직을 받아 폐하를 모셔 달라고 부탁했다. 문노로서도 구미가 당기기는 했다. 하지만 황후 간택이 있은 지 얼마 안 되어 시기상조란 생각이 들었다. 자칫 황후 간택에 자신이 모종의 역할을 했다는 걸 눈치 빠른 미실이 알아버리면 무슨 음모를 꾸밀지 모른다. 적어도 황후가 왕자를 생산한 후라면 탄탄한 여건이 될 것이고, 그때 관직을 받는 게 무난할 것 같았다. 문노는 아직 때가 아니라며 불안해하는 황후를 달래고 황후궁을 나왔던 것이다.

차라리 상대등 거칠부가 정권을 장악하고 있던 그때 일길찬을 받아 왕과 함께 세를 모을 걸 그랬나 싶은 후회가 새록새록 들었다. 좀 이른 감은 있지만 관위를 받아 왕의 입지가 막강해지는 데 큰 힘이 된다면 오히려 바로 윗 관위인 아찬 그리고 다음 대아찬까지 오르는데 그리 오랜 시일이 걸리지 않을 수도 있는 것 아닌가. 대아찬이면 진골이다. 진골만 되면 모든 문제는 사라진다. 시간이 많이 지나긴 했지만 이제라도 관위를 받겠다고 황후에게 청해볼까. 조급한 마음과 달리 발걸음은 남산 돌부처처럼 꼼짝도 할 수가 없다. 황후가 다시 제수해줄지도 의문이지만 한번 고사한 관위를 다시 스스로 받겠다면 그만한 이유가 있어야 한다. 하지만 공적인 이유는 없다. 그 어떤 공적인 사유보다 크고 절실했지만 제수할 왕에게는 입 밖에도 못 낼 사심이다. 왕이 황후의 추천으로 관직을 제수하려 했을 때는 황후 간택에 은밀한 역할을 한 대가로 받아들일 수 있지만 이미 고사할 때 그 명분은 사라진 것이다.

낭전에 나와서도 문노는 마음을 잡지 못했다. 활을 쏘아보아도 번번이 과녁의 중심을 벗어났다. 말에 올라타도 속도를 낼 수가 없었다. 모든 게 심드렁했다. 서자의 신분으로도 늘 당당했었는데 지금 자신은 너무도 초라해보였다. 부끄럽고 미욱스러웠다. 그토록 자부심을 가졌던 화랑도 부질없게 느껴졌다. 낭도들의 훈련도 비보에게 맡기고 잘 나가지 않았다. 차라리 몸 어디가 더럭더럭 아프면 좋겠다. 딱히 아픈 데도 없이 죽을 병 걸린 것처럼 괴로웠다.

설원랑과 설도들이 유오를 나가기 위해 하나 둘 말고삐를 잡고 채비를 했다. 물끄러미 바라보고 있던 문노도 호기심이 발동한 듯 말을 끌고 슬금슬금 따라나섰다.

"문 장군도 나가시게요?"

풍월주 설원랑이 의외라는 듯 눈을 크게 뜨고 물었다.

"그래볼까 합니다. 좀 끼워주십시오."

"끼워주다니요. 함께 해 주신다니 오늘 유오는 아주 의미 있고 즐겁겠는데요. 아니들 그런가?"

설원랑이 낭도들을 돌아보며 동의를 구하자 박수와 환호가 터져나왔다. 가뜩이나 쑥스럽던 문노는 얼굴이 핫핫해져 손사래를 치고 훌쩍 말에 올라탔다.

전쟁에 나갈 때와 달리 천천히 말을 몰아 산천을 둘러보며 남산까지 이르렀다. 산에는 봄의 향연이 펼쳐지고 있었다. 청아한 물소리와 새소리가 말발굽 소리를 재웠다. 눈길이 닿는 곳마다 꽃들이 피어 금방이라도 취할 것 같았다. 초입에 말을 매어 놓고 여남은 명의 화랑들은 계곡을 따라 올라갔다. 물소리는 더욱 커지고 싱그러운 바람이 거친 숨을 달래주었다. 시야가 툭 터진 작은 언덕에 다다르자 하나 둘 자리를 잡고 앉았다. 두엇은 아예 두 팔을 포개 베개를 하고 누워 하늘을 바라보았다.

"무릉도원이 따로 없네. 바람은 싱그럽고 꽃내음은 향기로우니 몸이

나른해지는 것도 같고, 저 푸른 하늘에 뜬 구름처럼 가벼워지는 것도
같네."

"금방이라도 향가 한 수 나오겠네."

"못 부를 것도 없지."

"그럼 시작해 보게."

화랑들은 여기저기 흩어 앉아 흥을 돋웠다. 누구를 지목할 것도 없
이 한 화랑의 입에서 음률이 흘러나왔다.

어여쁘고 어여쁜 꽃무리
수로부인에게 꺾어 바친 노인처럼
한 아름 꺾어 안아 보고 싶지만
안아가 바칠 님 없으니
사내대장부 마음엔 꽃바람만 휘적이네.

"아이고, 안 됐다."

"그러게 나 따라 유화들을 만나러 가자니까 마다하더니 쯧쯧."

화랑들은 낄낄거리며 향가 한 수를 내뱉은 화랑에게 농을 했다.

"궁상스럽기는…. 이건 어때?"

다른 화랑이 채비를 했다.

님의 소식인가, 님의 향기인가.
싱그러운 바람 한 줌 가슴을 파고 드네.
이왕에 들어왔다 나갔으니

그 속에 쌓인 그리움 남김없이 퍼다가
님 계신 별당에 살랑살랑 풀어다오.

"도대체 누구야, 대장부 마음을 사로잡은 게."

"어쭈! 제법이네."

"별당깨나 드나들었나보지."

여기저기서 야유가 터졌다.

"장군! 좀 낯간지러우시죠?"

신기한 풍경을 보듯 빙그레 미소를 띠고 있는 문노에게 설원이 물었다.

"아니요, 재미있습니다. 그런데 어떻게 외우고 있다가 부르는 것처럼 금방금방 지어 부르지요? 대단들 하네요."

"뭐 자주 있는 일이니 쉽게 나오는 게지요. 심오한 얘기도 아니고 그저 흥취나 돋우는 얘기이니 깊게 생각할 것도 없고요."

"그래도 제가 듣기에는 음률도 맞고 솔직한 심정인 것 같아 귀에 쏙 들어오는데요. 풍월주께서도 한번 불러 보세요."

문노가 설원을 부추겼다.

"그럴까요. 아마 민망하실 겁니다."

푸른 하늘에 두둥실 떠 있는 구름 한 점
햇살도 무심하고 바람도 야속하다.
언젠가 저 구름 단비 되어
그리움에 말라 갈라진 이 소(沼)에

가득 찰 날 있을까.

"아주 절절한 연모군요."

미실을 향한 마음이라는 걸 알 수 있지만 문노는 굳이 아는 체 하지는 않았다.

"그리 들리셨습니까?"

"아닌가요?"

"부인하지 않겠습니다. 유치하지요?"

"웬걸요. 모두들 아주 솔직하고 재치가 넘치는군요. 향가 짓는 재주가 능숙하다는 건 익히 알고 있었지만 이렇게 즉석에서 술술 지어낼 줄은 상상도 못했습니다. 남녀 간의 사랑이 가장 큰 관심사인가 봅니다. 아무래도 젊어서 그렇겠지요."

"늘 남녀상열지사만 부르는 것은 아닙니다. 우국충정, 효, 우정, 교화 등 다양한데 오늘은 워낙 꽃이 만발한 봄이다보니 자연스레 모두들 그런 쪽으로만 생각이 모아지는가 봅니다. 문 장군께서도 한 번 지어보시죠. 우직하고 기백이 넘치는 향가로."

"지을 줄도 모르지만 이왕 짓는다면 저도 남녀상열지사로 지어보고 싶네요."

"의외입니다. 혹시 마음을 빼앗긴 낭주라도 있는 것 아닙니까."

"글쎄요."

"부인하지 않으시는 걸 보니 정말 그렇군요. 어쩐지 평소 눈길조차 주지 않던 유오길에 동행을 하시더라니. 도대체 누굽니까. 목석같은 문 장군의 마음을 흔들 수 있는 낭주라면 내로라하는 자태를 지녔을 텐데 정말 누굽니까?"

　설원은 평소에 보지 못한 문노의 순박한 모습에 잔뜩 호기심을 느끼며 대답을 재촉했다.

　"아니, 왜 이러시오. 그저 꽃에 취하고 바람에 취하고 향가에 취해 덩달아 기분을 좀 내볼까 해서 눙쳐본 것뿐입니다."

　문노는 빤히 바라보며 묻는 설원의 시선이 부담스러워 얼굴이 달아오르는 듯했다.

　"하긴 섣불리 속내를 드러내놓을 문 장군이 아니지. 아무튼 누구를 사모한다는 거 좋은 일입니다. 세상을 아름다워 보이게 하거든요. 마음도 너그러워지고 사는 것도 즐겁고요. 이왕 한세상 사는 거 아름답고 즐겁게 살다 가면 좋지 않겠습니까."

　설원랑은 잘해보라는 듯 빙글빙글 웃으며 말했다. 무안해진 문노는 그런 일이 있기나 했으면 좋겠다고 얼버무리고 제물에 쑥스러워 일어나 휘적휘적 산을 올랐다. 봉우리에 올라 가쁜 숨을 내쉬며 산하를 내려다보았다. 붉고 흰 꽃 무더기들이 뭉게뭉게 핀 산은 복스럽고 평화로워보였다. 산이라면 적의 진영인지 아군의 진영인지로만 가늠해보곤 했는데 오늘 산은 그냥 세상이다. 아름다운 세상이다. 저토록 아름다운 세상에 살면서도 인식하지 못하고 지냈다는 게 짐짓 어리석어 보였다. 누구를 사모하면 세상이 아름답게 보이고 사는 것도 즐겁다는 설원랑의 말을 떠올리며 문노는 고개를 끄덕였다. 세속오계만 염두에 두고 지내온 그간의 생각이 편협하게 느껴지기도 했다. 정작 가장 소중한 그 무엇을 모르고 지내왔다는 느낌이 어렴풋이 들기도 했다. 그걸 생각하면 가슴이 먹먹해지며 숨도 몰아쉬게 되었다. 설원랑이 지은 향가도 떠올려 보았다.

'푸른 하늘에 두둥실 떠 있는 구름 한 점, 햇살도 무심하고 바람도 야속하다. 언젠가 저 구름 단비 되어, 그리움에 말라 갈라진 이 소에 가득 찰 날 있을까?'

제 입으로 읊조려보니 제가 짓기라도 한 것처럼 가슴이 저려왔다. 그것만으로는 부족해 직접 지어보고 싶었다. 화랑들을 흉내 내어 하늘을 바라보고 꽃향기를 맡아보고 바람을 음미해 보았다. 뭔가 가슴에 꽉 차 터질 것 같은데 도무지 말이 되어 나오질 않는다. 체한 것처럼 답답하고 안타까웠다. 윤궁의 이름이라도 소리쳐 불러 보고 싶었다. 그러나 그마저도 욕이 될까 안 되었다. 두 주먹을 폈다 오므렸다 전전긍긍하던 문노는 계곡으로 내려왔다. 작은 소에 다다라 다리쉼을 하다가 엎드려 달궈진 얼굴을 물에 담갔다. 아직은 물이 차가워 단박에 몸은 선득해졌다. 참을 수 없을 때까지 있다가 얼굴을 들고 물속을 바라보니 윤궁의 얼굴이 비쳤다. 제 얼굴에서 뚝뚝 떨어지는 물방울이 윤궁의 얼굴에 작은 동심원을 그렸다. 그 얼굴을 향해 다시 첨벙 얼굴을 담갔다. 입에서 보글보글 물방울이 나오도록 참고 있다가 얼굴을 들었다. 맑은 물에는 여전히 윤궁의 단아한 얼굴이 미소를 짓고 있었다. 손에 잡힐 듯 잡히지 않는 얼굴. 아니 잡을 수 없는 얼굴. 으으으, 신음을 내며 머리를 흔들었다. 일어나 일행을 피해 말을 매어둔 곳으로 내달아 내려왔다. 말에 올라타 조갈이 난 것처럼 화랑연무장까지 달렸다.

검을 잡았다. 호흡을 가다듬고 기합을 올리며 세워둔 짚단을 베어나갔다. 토막 난 짚단들이 발에 채일 만큼 나뒹굴었다. 더 벨 짚단이 없어 털썩 주저앉아 숨을 몰아쉬었다. 그래도 가슴에 응어리는 풀어지지 않았다.

"장군. 차라리 화랑무를 추어보시지요."

언제부터 보고 있었는지 비보가 말을 건넸다.

"비보랑 아닌가. 언제부터 거기 있었던겐가."

"한참 되었습니다. 제가 호흡을 맞춰드릴까요."

비보가 목검을 들고 다가왔다. 문노도 일어나 진검을 거두고 목검을 들고 왔다.

"추어본 지가 너무 오래 되어 잘 될지 모르겠네."

그러면서도 문노는 목검을 높이 쳐들고 비보 앞에 공격자세로 섰다. 퇴, 비보랑이 외치자 둘은 칼을 비켜 들고 천천히 뒷걸음 쳤다. 포진, 이번에는 문노가 외쳤다. 둘은 왼쪽으로 맞물려 원을 그리는 동시에 몸도 빙그르 돌려 검을 위아래로 맞부딪쳤다. 퇴, 다시 비보랑이 외쳤다. 둘은 반대방향으로 빙그르 돌며 물러나 검을 겨눴다. 문노가 진을 외치자 검을 겨눈 채 앞으로 엇갈려 달리다 두 몸이 겹치는 순간 검을 짚고 공중제비로 한 바퀴 돌아 떨어져 돌아섰다. 배수진을 외치고 한 발은 지지대 삼고 한 발은 뒤로 최대한 뻗어 올려 정자세를 취했다. 호흡은 가빠지고 얼굴에는 땀방울이 비어져 나왔다. 비보랑이 합을 외치자 달려든 두 사람의 검이 현란하게 휘둘리다 맞부딪쳤다. 매복을 외쳐 물러나며 공중제비로 한 바퀴 돌아 사뿐히 내려앉고 상체를 바짝 낮춘다. 다시 합을 외쳐 검을 상하좌우 부딪치다 비보랑이 낮은 자세로 빙그르르 돌아 문노의 등을 쳤다. 문노도 같은 자세를 취해 검이 부딪쳐야 하는 순간인데 문노가 미처 다 돌지 못해 등을 맞고 말았다. 비보랑이 강하게 치진 않았지만 문노는 발박자를 놓쳐 앞으로 고꾸라졌다.

"괜찮으십니까?"

비보가 황급히 다가가 물었다. 문노는 머쓱하여 일어나 앉았다.

"역시 마음이 산란하니 안 되는구만. 도통 집중을 할 수가 없어."

"어유, 땀이 범벅입니다. 들어가시죠."

"아닐세. 오늘은 날이 화창하니 좋구만. 저쪽 그늘로 가서 쉬지."

두 사람은 목검을 진열대에 꽂아두고 휴식을 위해 마련해둔 탁자로 가 마주 앉았다.

"마음이 산란하시다니 무슨 일이라도 있습니까. 유오까지 따라 나가셨다고 하던데."

"자네는 다 알지 않는가. 유람을 즐기는 화랑들을 따라가보면 마음이 가벼워질까 해서 합세해보았네. 역시 풍류가 넘치더구만. 척척 향가를 읊는데 저절로 흥취가 돌더라고."

"그래서 한 수 지어보셨어요?"

"웬걸. 마음 같아서는 그들보다 더 애틋하게 짓고 싶은데 가슴에서 터져 나오지를 않는 거야. 답답해서 미칠 것 같더군."

"큰일이네요. 누나는 누나대로 애가 타는 모양이던데."

"뭐라고? 낭주께서 애가 타다니."

지쳐 풀어져 있던 문노의 눈꺼풀에 힘이 들어갔다.

"누나가 제대로 임자를 만난 것이지요. 혼인은 했지만 어린 나이에 부모 뜻을 따른 것이니 무슨 정이나 느꼈겠어요. 그것도 몇 번 상면도 못해 보고 혼자되었으니 그 외로움이 오죽했겠냐구요. 진종과 잠깐 지내긴 했지만 노인이라 정신적 위안이나 얻었겠지요. 그러다 장군 같은 호남아를 만났으니 얼마나 좋았겠어요. 억지로 좋은 내색을 감추려는 모습이 애타 보이더라고요. 마음 놓고 연모할 수 없는 사람을 연모하는 두 사람이 제가 보기에도 안타깝네요. 그깟 골품이 뭐라고."

"면목이 없네."

"그렇게 나약한 말씀 마세요. 무슨 방도가 있을 겁니다. 전에 누나에게도 이모부 돌아가시면 골품 버리고 장군을 따르라고 간곡히 얘기했습니다. 그런데 정말 돌아가셨으니 아마 많이 흔들릴 것입니다. 당장은 윤실이 때문에라도 결심하기 어렵겠지만 장군이 진심으로 마음을 주시면 누나도 마음을 바꿀 것입니다. 제가 누나네 집으로 장군님 모시고 가겠다고 해두었습니다."

"그래. 그랬더니 뭐라시던가?"

"말로야 무사들은 그렇게 막무가내로 밀어붙이면 된다고 생각하느냐고 뺐지만, 은근히 좋아하는 눈치던 걸요."

"그래. 그럼 언제쯤 갈 수 있겠나."

문노는 달려들듯 반색을 했다.

"글쎄 그게 좀… 실은 저도 상대등 어른 돌아가시기 전에 문병 차 들렀다가 만나보곤 다시 얘기를 못해 보았거든요. 장례 때야 그냥 눈인사만 했고요. 그런데 어머님 말이 이모님이 아직 상심에서 벗어나지 못하고 계셔서 누나가 곁을 떠나올 수가 없다나 봐요. 집에 가봐야 딱히 할 일도 없으니 간다는 명분도 없고, 아무튼 이모님이 쾌차해지면 집으로 간다고 하니 그때 제가 모시겠습니다."

"고맙네. 내 비보랑만 믿네."

그제야 답답해 숨 막힐 것 같던 마음이 조금 트이는 것 같았다. 그러나 그날이 언제일까. 정말 오기는 올까. 문노는 설화랑이 지은 향가 마지막 구절을 읊조리며 저려오는 마음을 달랬다.

'그리움에 말라 갈라진 이 소(沼)에 가득 찰 날 있을까?'

지도황후가 두 번째 아들을 생산했다. 어미를 황후에 앉혀준 첫아들은 태어난 지 한 달 만에 죽었다. 상심과 불안에 차 있던 황후는 하늘의 도움이 있었던지 얼마 안 돼 태기가 있어 순산을 한 것이다. 백일이 지난 아들을 안고 있는 황후의 모습은 행복해 보였다.

"마마. 왕자애기씨의 탄생을 경하드립니다. 진즉 찾아뵙고 싶어도 행여 왕자애기씨와 마마의 옥체에 해가 있을까 이제야 들었습니다."

문노는 오랜만에 황후궁에 들어 문후를 올렸다.

"어서 오세요. 당숙. 너무 격조하십니다."

"황공하옵니다. 옥체는 강건하시지요?"

"예, 염려 덕에 우리 모자 강건하답니다. 당숙도 무탈하지요?"

"예, 염려해주시는 덕분에 무고하옵니다. 그런데 근자에 폐하께서 정사에 등한시한다는 소문이 있던데 마마께서도 알고 계십니까."

지소태상태후가 궁에 버티고 있을 때만 해도 자중하던 진지왕은 할머니 태상태후가 출궁하자 그동안 어찌 참았나 싶게 방종해지기 시작했다. 태상태후는 금륜이 태자에서 왕으로 등극하는 것을 마지막 소임으로 여기더니 왕후간택까지 관여하고 평소 의지대로 바구니가 되어 흥륜사로 들어갔다.

"종종 야행을 나가시는 것 같아요. 보위에 오르기 전 야행에서 마음을 준 아낙이 있었던 모양이에요. 나도 마음이 좋지는 않으나 황후로서 투기를 한다고 하실까봐 내색도 못 하고 있어요."

"큰일이군요, 정신을 바짝 차리고 권좌를 지켜도 정적에 밀리는 판에 야행이라니요. 지금 상대등에 오른 노리부를 중심으로 태후와 미실이 힘을 규합해 정사를 좌지우지하고 있습니다. 정말 걱정입니다."

"그래서 말인데요. 당숙께서 화랑의 국선자리를 맡아주세요."

"국선이라니요? 화랑에 풍월주가 있고, 풍월주 임기를 마친 상선이 있는데 국선이라 하심은…."

"현재 풍월주는 미실의 충복 설원랑이니 이를 견제하기 위해서라도 풍월주를 다스릴 수 있는 자리에 당숙이 계셨으면 해서요."

"설원랑이 풍월주로 있기는 하나 저를 따르는 문도들이 훨씬 많고 또 설원랑을 따르는 화랑들보다 무예가 출중해서 굳이 견제할 필요는 없습니다."

"실세도 중요하지만 명분도 중요합니다. 실세로 말하자면 진흥제를 업고 전권을 휘두른 미실을 따라갈 사람이 어디 있습니까. 그러면서도 원화를 탐했던 건 명분이 담긴 지위가 필요해서가 아닙니까. 그러니 당숙께서 화랑으로서 왕실 친위를 전담할 국선을 맡아주십시오. 그래야 당숙께서 자주 궁에 들어오실 것 아닙니까."

지도황후는 오래 생각한 듯 간곡히 말했다. 아무 뒷배 없는 조정에서 뭔가 두려웠음이 역력했다. 특히 사도태후와 미실의 눈총을 견디기 힘들었을 것이다. 문노는 측은지심이 들었다. 한편으로는 윤궁을 마음에 두고도 골품이 없어 맺어질 수 없음을 안타까워하는 참이라 솔깃했다. 일전에 일길찬을 고사할 때와는 사정이 사뭇 달라진 것이다. 관위를 부담스러워하니 황후가 나름대로 자리를 만든 모양인데 그 자리가 과연 발판이 돼 줄지는 의문이다.

"너무 갑작스런 일이라 당장은 무어라 대답을 못 하겠습니다. 얼마간 말미를 주시면 답해 올리겠사옵니다."

"그러시지요. 너무 오래 생각지는 마세요. 그리고 이번에는 꼭 받아주세요."

황후는 간곡히 부탁했다.

황후궁을 나온 문노는 고심에 빠졌다.

진지왕과 사도태후가 대적하고 있는 현 정국에 문노는 중립을 지키고 있었다. 대세를 관망하기 위해 일단 양 쪽에서 제시한 관위는 모두 고사했다. 상대등 거칠부가 죽고 그 자리에 노리부가 오르면서 대세는 점점 더 사도태후 쪽으로 기우는 듯 보였다. 진지왕은 세력을 키울 생각은 안 하고 잉첩들과 어울려 색사나 즐기는 눈치고, 황후를 약속받았다가 틀어진 미실은 복수심을 키우며 세를 불리고 있었다. 최고 권력을 쥔 사내들을 꼼짝 못하게 하는 색공의 위력은 어느 전술 어떤 무기보다 강했다.

문노는 그런 미실이 싫었다. 진흥제 때 세종과 함께 백제토벌에 나간 사이 미실이 원화자리를 꿰찼을 때의 분노는 적국을 향한 것 못지 않았다. 간곡히 만류하는 세종전군만 아니었으면 분노한 낭도들과 함께 요절을 냈을지도 모른다. 어머니의 병구완을 하며 인내심을 키웠고, 수행하는 셈치고 낭도들을 다독여 무마시켰다. 그래도 미실이 진흥제에게 쫓겨나 원화에서 물러나지 않으면 어떤 조치를 취했을지 장담할 수 없었다. 그런데 이제 다시 이모이자 시어머니인 사도태후를 앞세워 호시탐탐 원화를 노리고 있다. 화랑도를 수중에 넣겠다는 심사다. 남편 세종이 병부령으로 있는 지금의 권력에 원화만 되면 정국(政局)은 물론 병권(兵權)도 손에 넣는 셈이다. 문노로서는 도저히 용납할 수 없는 일이다.

하지만 윤궁에게 마음을 빼앗긴 후 갈등이 시작되었다. 진지왕은 윤궁을 후비로 맞으려 하고 있다. 윤궁의 아버지인 상대등의 뜻이기도 하지만, 과부가 된 형수를 왕실로서 돌볼 도의적 책임을 지기 위해서다. 이제 진지왕은 정적(情敵)인 셈이다. 어쩌다 보니 미실이 바라는 상황이 돼버렸다. 문노는 전전반측 잠을 이룰 수 없었다. 그런 차에 지도황후로부터 국선을 맡으라는 분부가 있으니 고민이 아닐 수 없었다. 기회일까 함정일까. 지도황후와 사도태후 어느 한편으로 마음을 정해야 한다. 여러 번의 전쟁을 하면서도 이처럼 갈등을 해 본 적이 없다. 이처럼 작전을 짤 수 없는 경우도 없었다.

윤궁을 연모하지 않았으면 양 쪽 다 모른 척하고 지낼 수도 있다. 그러나 제 힘으로는 이룰 수 없는 연모를 하고 있다 보니 어느 쪽의 힘을 빌려서라도 성사시키고 싶었다. 누구를 연모한다는 것이 아름답기만 한 건 아닌성싶다. 어쩌면 고통이 있기에 더 아름다운 것인지도 모르겠다. 기회든 함정이든 윤궁과 함께라면 못 할 게 없을 것 같았다. 마음 같아서는 윤궁을 붙들고 상의하고 싶었다. 하지만 윤궁이 제 언니인 미실을 편들면 어쩌는가. 그러면 처음으로 찾아온 사랑을 포기해야 하나, 아니면 사랑을 따라 적의 편을 들어야 하나. 그러자면 지도황후가 내린 국선을 또다시 고사해야 한다. 하지만 어찌 미실 편에 서겠는가. 할 수만 있다면 황후가 내린 국선을 제수 받아 왕을 부추겨 미실도 치고 골품도 얻고 싶다. 하지만 왕의 행실을 보면 너무도 요원한 일이다. 문노는 허허로워지는 마음을 달랠 길 없었다. 이럴 때도 설도들은 향가를 지어 부른다지. 뭐라고 지을까. 문노는 유오 때 설원랑을 떠올리며 생각을 모아보았다.

하지만 빈틈없이 꽉 찬 병은 뚜껑을 열고 거꾸로 들어도 쏟아지지 않듯, 향가를 지어 답답함을 풀어보고 싶은 마음은 태산 같은데 도무지 가슴속에서 터져나오지를 않는다.

해후

　이렇게 미적거리다 윤궁이 궁으로 들어가는 건 아닌가 문노는 부쩍
조바심이 들었다. 상대등의 장례가 끝난 지도 달포가 넘었는데 윤궁은
아직도 친정에 머무르고 있었다. 비보랑의 말로는 어머니의 상심이 커
선뜻 떠나오지를 못하고 있다고 했다. 이제 상대등이 죽었으니 가장
큰 걸림돌이 없어진 셈이다. 하지만 신라인이라면 누구나 선망하는 신
분인데 윤궁이라고 쉽게 버릴 수 있겠나. 어찌 그래 주길 바라겠는가.
문노는 나날이 안타까움만 키워갔다. 국선을 맡으라는 황후의 분부에
도 아직 결정을 못해 입궁조차 못하고 있었다.

　애를 태우던 문노는 비보로부터 윤궁이 어머니를 모시고 흥륜사로
불공을 드리러 간다는 말을 들었다. 순간 거역할 수 없는 무엇에 떠밀
리기라도 한 듯, 무작정 비보를 앞세우고 그쪽으로 행보를 놓았다. 생
각할수록 제 일처럼 나서주는 비보가 여간 고마운 게 아니다. 생사를
가늠할 수 없는 전장에서는 믿음직한 부하가 이제는 자신의 삶을 맡
긴 수장처럼 의지가 돼주었다.

　산은 이제 여름으로 접어들어 나뭇잎들이 점점 갈맷빛으로 숙성하
고 있었다. 숲은 우거져 속살을 다 덮었다. 적군과 아군의 진영으로만
여겨지던 산이 설화랑을 따라 유오를 나갔을 때는 아름다운 세상으로

보이더니, 윤궁을 찾아가는 길은 아늑한 둥지를 찾아드는 느낌이다. 사람의 마음에 따라 가만히 있는 거대한 산천조차 이리 다르게 느껴질 줄 어찌 짐작이나 했겠는가. 정말 사람의 마음이란 종잡을 수 없는 것 같다. 그렇게 종잡을 수 없는 게 사람의 마음인데 그녀는 어떻게 맞아줄까. 아무 연통도 없이 불쑥 찾아가 외면하지나 않을까. 비보랑의 말로는 분명 반겨줄 거라고 했는데 믿어도 될까. 문노의 마음과 발걸음은 서로 엇박자로 허둥거렸다.

대웅전에서 어머니와 이모와 함께 불공을 드리고 있는 윤궁에게 비보가 문밖에서 인기척을 냈다. 윤궁이 이곳에 온다는 사실도 어머니로부터 전해 들은 것이다. 인기척을 눈치 챈 윤궁은 살며시 빠져나왔다. 비보는 다짜고짜 윤궁의 손을 이끌고 발걸음을 떼었다.

"대체 어디 가는 거야?"

"누나 기다리다 멀쩡한 장수 하나 어떻게 되겠어."

"무슨 말이야?"

"문 장군이 누나가 집으로 돌아오기만을 기다리다 못해 지금 산신각에 와 있어."

"뭐? 문 화랑이."

윤궁은 놀라 걸음을 멈추고 비보를 바라보았다. 단박에 마음이 달아오르는 것 같았다.

"그래. 마음 맞은 지가 언제야. 그런데 서로 애만 태우다 말거냐구. 내가 보다 못해 같이 왔어. 여기서는 거기가 가장 뒤쪽이니 인적이 없을 거야. 어서 가봐. 이모는 어머니와 함께 계시니 걱정하지 않아도 될 거야. 어, 저기 산신각이 보이네. 사람 하나 살리는 셈치고 잘 해봐. 그 사람 하나 살리는 것은 나라를 살리는 길이나 마찬가지라구."

비보는 산신각을 향해 윤궁의 등을 밀었다.

"얘는 이렇게 갑자기 오면 어떡해. 게다가 내가 어떻게 혼자 가."

윤궁은 비보의 팔을 붙들며 발을 굴렀다. 비보는 이팔청춘도 아니면서 뭘 그리 부끄럼을 타냐며 팔을 빼내 경중경중 뒷걸음쳐 갔다. 윤궁은 멀어져가는 비보와 산신각 쪽을 번갈아 보며 우두망찰 서 있었다. 너무도 생급스런 일이라 가슴이 점점 뛰기 시작했다. 어느 쪽으로도 선뜻 발걸음을 떼놓을 수가 없었다. 혹시나 싶은지 뒷걸음치던 비보가 떡 버티고 서서 지켜보고 있었다. 행여라도 제 쪽으로 오면 끌고라도 갈 태세다.

'그래, 이왕 이리 된 거… 찾아온 사람 성의도 있는데… 만나 보는 거야 어떠려고.'

윤궁은 그렇게 그에게 가고 싶은 마음을 스스로 부추겼다. 천천히 산신각 쪽으로 발걸음을 떼놓았다. 산신각이 가까워올수록 숨이 턱에 찼다. 힘들어서가 아니라 뛰는 가슴 때문이다. 산신각은 절의 가장 안쪽 후미진 곳에 있어 절보다 숲에 있는 것이나 마찬가지였다. 불도를 받아들이며 종래의 토속신앙을 버릴 수 없어 산신을 모시는 작은 암자다. 윤궁은 제 발걸음과 숨소리가 숲을 울리고 있는 것 같아 숨을 고르며 조심조심 걸었다.

산신각이 한눈에 들어오자 그 앞에서 서성이는 문노의 모습도 눈에 들어왔다. 사람이 산신각보다 크게 보였다. 윤궁은 다리에 힘이 풀려 더 이상 발걸음을 할 수가 없었다. 어째야 하나 어떻게 인기척을 낼까 두방망이질치는 가슴으로 땅만 다지고 있는데 다행히 문노가 이쪽을 보더니 한달음에 쫓아와 맞아주었다. 둘은 서로 함박미소를 머금고 목례를 했다. 두 사람은 오랫동안 못 만난 부부처럼 서먹서먹했고, 오랫동안 만나온 친구처럼 익숙했다.

"상심이 크셨겠습니다. 어찌 위로의 말씀을 드려야 할지요."

산신각 뒤편 툇마루에 걸터앉으며 문노는 윤궁의 아버지 거칠부의 죽음을 애도했다.

"연로하셨는 걸요. 바쁘신데 문상까지 와 주셔서 고맙습니다."

윤궁은 애써 처연히 받았다.

"연로하시기는요. 나라를 위해 좀 더 버팀목이 돼 주셔야 하는데 너무 일찍 타계하셨지요. 참으로 안타까운 일입니다."

"고맙습니다. 돌아가실 때까지도 나라 걱정을 많이 하셨습니다. 주상이 못 미더우신 듯하더군요. 다 괜한 노파심이겠지요, 뭐."

"노파심이라니요. 상대등으로서 정국을 바로 보시고 우국충정으로 그러시는 것이지요. 그나저나 제가 불쑥 찾아와 놀라셨죠. 아무래도 비보랑이 제 마음을 제대로 다 전하지 못했을 것 같아 애면글면하다 염치불고 하고 찾아왔습니다."

"이심전심이네요. 어찌 사람의 깊은 속내를 세 치 혀로 옮길 수 있겠는지요."

"아, 낭주도 그러셨습니까."

문노는 반가운 마음에 저도 모르게 윤궁을 안으려 멈추고 머쓱해했다. 윤궁은 괜찮다는 뜻을 살며시 미소로 보여주었다.

"그러면 낭주의 마음을 제 마음대로 가늠해도 괜찮겠습니까?"

우렁찬 장수의 음성이 떨렸다. 윤궁은 아무려면 제 마음을 반이나 헤아리겠느냐고 대답하고 싶었다. 하지만 둘 사이엔 건널 수 없는 강이 흐르고 있는 것만 같아 그저 제 눈을 통해 그 마음을 꿰뚫어 보아주길 바라며 그윽이 바라보았다.

"낭주를 만난 후 저는 낮과 밤조차 구분이 안 되었습니다. 낭주를 보고 싶은 마음 하나만으로도 무겁고 힘들어 아무 일도 할 수가 없었습니다. 사람을 그리워한다는 게 전쟁을 치르는 것보다 힘든다는 걸 처음 알았습니다."

"고맙습니다. 미미한 저를 그같이 귀히 여겨주신다니 몸둘 바를 모르겠습니다. 저야말로 제가 비로소 여인이 된 것 같고 또 여인이라서 행복한 것을 알게 되었습니다. 문공이 기다리시겠다는 말을 전해 듣고 다시 태어난 것 같았습니다."

아, 얼마나 듣고 싶던 말인가. 행여 불공을 드리러 온 사람에게 찾아와 무례하다고 외면이라도 하면 어쩌나 노심초사했는데 이런 고백을 듣다니 문노는 꿈을 꾸는 것만 같았다.

"제가 지금 꿈을 꾸고 있는 건 아니겠죠. 불공을 드리러 온 분에게 무례를 저질러 나무라실 줄 알았는데 이처럼 반겨주시니 정말 고매하던 그 낭주가 맞는지 믿어지지 않습니다. 설마 인사치레로 하시는 말씀은 아니시죠."

"뜸을 한참 들이다 진심을 털어놓아야 하는데 너무 쉽게 속내를 털어놓았나 보네요. 혹시 제가 경망스러워 실망하셨나요?"

"무슨 그런 말씀을. 얼마나 더 제 애를 태우시게요. 지금 제가 얼마나 행복한가를 말씀드리는 것입니다. 어떤 나라를 정복해도 이처럼 기쁘지는 않을 것입니다. 이 기쁨을 제대로 보여드릴 수 없어 안타까울

뿐입니다."

"다행이네요. 비보가 그러더군요. 이팔청춘도 아니면서 뭘 그리 부끄럼을 타냐고요. 애까지 낳은 청상이라 가식 같은 건 하고 싶지 않았습니다. 또 이미 비보를 통해 마음을 전한 터라 오래전부터 만나온 사람처럼 저절로 솔직해지네요."

상냥스레 미소를 담은 윤궁의 말은 단단한 문노의 가슴을 파고들었다.

"고맙습니다. 진정 꿈은 아닌 것 같으니 새 삶을 얻은 게 분명합니다."

이 여인을 위해서라면 무슨 일인들 못하겠는가. 문노는 마음이 급해졌다. 뭔가 윤궁에게 자신의 사랑을 보여주지 못해 부둥부둥 애가 탔다. 단순히 사랑을 보여주기보다 생을 걸만한 무언가를 다짐해 주고 싶었다. 당장 국선의 자리부터 맡아야 할 것 같았다. 그게 그럴 만한 가치가 있는 건지는 나중에 판단할 문제다. 우선은 그것 외에는 내놓을 만한 게 없다. 문노는 윤궁의 손을 덥석 잡고 속내를 털어놓았다.

"실은 지도황후로부터 국선의 자리를 제의받았습니다. 낭주께서 선모가 돼 주신다면 수락할까 합니다."

윤궁은 깜짝 놀랐다. 미실로부터 문노를 제 사람으로 만들어달라는 부탁을 받는데 황후가 내린 국선의 자리를 받겠다니. 게다가 선모(국선의 아내)가 돼 달라니 어찌해야 하는가. 요염하면서도 야멸찬 미실의 눈매를 떠올리며 윤궁은 머뭇거렸다.

"장군을 그리워하다 창자가 끊어질 듯한데 장군의 그 어떤 청인들 못 받겠습니까. 하오나 주상의 세가 위태하다고 들었는데 황후의 제의를 수락했다가 화를 입지 않겠는지요."

"예, 주상께서 정사에 등한시하시어 평판이 좋지 않은 건 사실입니다. 그래서 상대등 어른도 돌아가시면서까지 근심을 하셨던 거고요. 황후 역시 불안을 느끼시어 저를 곁에 두시고자 하는 것 같습니다."

"공께서 황후궁을 지킨다고 주상께서 정무를 잘 돌보시겠습니까. 혹시 주상을 도와 기울어 가는 세를 일으킬 생각을 갖고 있는 건 아닙니까?"

"그러기에는 왕의 의지가 너무 약합니다."

"그런데 어찌하여 국선의 자리를 받으려 하십니까."

문노는 골품을 얻는데 발판으로 삼으려 한다는 말은 차마 할 수가 없었다. 국선이 발판이 돼 줄지도 의문이지만 행동보다 말을 앞세우고 싶지 않았다.

"일전에 황후께서 내린 일길찬의 직위도 고사했는데 또 마다하면 황후께서 혹시 오해를 하실 것 같고, 또 화랑의 위상을 한층 높이는 일이 되겠기에…."

억지 변명 같아 얼버무리는 문노의 입은 말랐다.

"그럴 수도 있겠군요, 거듭 거절하면 공연히 적으로 오인될 소지도 있고, 또 공의 위상을 분명히 해두는 효과도 있고요. 헌데…."

윤궁은 차마 말을 할 수 없다는 듯 고개를 돌려 조심스레 긴 숨을 토해냈다. 문노는 어두워진 윤궁의 표정에 불안해졌다.

"왜, 무슨 언짢은 일이라도 있습니까? 혹시 제가 실언이라도 했나요?"

"실언이라니요. 아닙니다. 다만…."

윤궁은 고개를 숙인 채 말을 잇지 못했다.

"대체 왜 그러십니까. 갑자기 이리 불편해 하시니 몸 둘 바를 모르겠습니다."

문노는 바투 다가앉으며 윤궁을 채근했다. 문노의 갈등이 고스란히 윤궁에게 넘어온 듯 윤궁은 곤혹스러워만 할 뿐 차마 입을 떼지 못했다. 왕의 폐위, 그 엄청난 음모를 어찌 쉽게 발설할 수 있겠는가. 그것도 왕실이 내린 직위를 수락하겠다는 사람에게. 윤궁은 파랑새 한 마리가 자신을 향해 날아오다 되돌아 날아가 버리는 것만 같아 순식간에 마음이 휭해졌다. 그런 표정을 들여다보며 문노는 애가 달았다.

"제가 마음이 너무 들떠 낭주의 마음을 실망스럽게 했나봅니다. 사실 진골이신 낭주께 국선은 하찮은 자리일 텐데 호들갑을 떨며 선모가 되어 달라고 했으니 많이 언짢으셨나 봅니다."

"무슨 말씀이십니까. 국선은 신국 최고의 화랑임을 입증하는 것인데요. 그보다는 아무래도 제가 공의 사랑을 받을 수 없을 것 같습니다."

"아니 그게 무슨 말씀입니까. 역시 골품 때문에 그러십니까."

문노는 그럴 줄 알았다는 듯 풀죽은 목소리로 되물었다.

"아닙니다. 전에도 말씀드렸듯 저는 골품 따위는 그리 중요하게 생각지 않습니다."

윤궁은 그리도 들떠 좋아하던 사내가 단박에 풀이 죽자 안쓰러운 마음으로 단호하게 부인했다.

"그러면 어찌 그러시는지요."

윤궁은 뚫어질 듯 바라보는 문노의 눈을 그윽이 바라보다 큰 결심을 한 듯 시선을 내리고 입을 열었다.

"서로 속내를 털어놓은 사이이니 고백하겠습니다."

윤궁은 미실이 찾아와 회유와 협박을 하고 간 사실을 전했다. 정권엔 핏줄 이전에 아군과 적군만 있을 뿐이라며 못을 박던 미실의 눈초리를 설명할 땐 두려움과 난감함이 서렸다. 연회에서 두 사람을 소개한 것부터 이미 미실의 계획이었음도 털어놓았다. 하지만 자신은 절대 사전에 몰랐으며, 조금이라도 의심을 했다면 그 자리에 나가지 않았을 거라고 강조했다. 미실이 순수하게 청상인 동생을 가엾게 여기고, 또 그리 된 것이 자신의 책임도 커 죄책감에서 챙겨준 줄로만 알았다고 조곤조곤 털어놓았다. 말은 차분했지만 가슴은 망방이질로 터져 나갈 것 같았다.

윤궁이 자신만큼이나 힘든 고충을 견디고 있었던 걸 알고 난 문노는 연정 외에 동지애마저 느꼈다. 윤궁을 가만히 끌어안고 등을 다독여 주었다. 미실의 술수에 자신이 넘어간 것을 알았지만 분개되지는 않았다. 만일 윤궁이 처음부터 미실의 지시로 자신을 유혹하러 그 자리에 나왔다면 분기탱천할 일이다. 그러나 윤궁 역시 미실의 술수에 넘어간 것뿐이며 자신을 마음에 둔 죄로 협박을 받고 있는 게 아닌가. 그동안 고민만 하며 어떤 결정도 못 내리고 있었는데 궁지에 몰린 윤궁을 위해서라도 결단을 내기로 마음을 굳혔다. 문노는 윤궁에게서 몸을 떼어 마주보며 의미심장하게 말했다.

"역시 무서운 여자군요. 미실궁주와는 종형제간이라 하셨죠. 솔직히 전 그녀가 싫습니다. 한 나라의 정국이 그녀의 색에 농락당하는 느낌이거든요. 세종전군만 아니었으면 무슨 사달을 냈을지도 모릅니다.

허나 낭주께서 그런 곤란지경에 처했는데 모른 척 할 수는 없겠지요."

"어쩌시려고요?"

윤궁은 의연한 문노의 말투와 표정이 미실의 요구를 받아들이겠다는 것인지 아니면 맞서겠다는 것인지 모호하여 조심스럽게 물었다.

"권력에 목숨 거는 사람들은 권력에 약점이 있게 마련이지요. 그래 저도 그 권력을 좀 이용해 보려고요. 호랑이를 잡으려면 호랑이굴에 들어가야 한다지 않습니까. 당장은 관망을 하면서 제 몸값 높이는데 전력하겠습니다. 그리고 직접 부딪쳐야지요. 저를 믿어주시겠습니까. 제 여생을 낭주께 바치겠습니다."

문노의 말투는 결연했다.

"비록 골품을 더럽힌다 해도 장군을 따르겠습니다."

윤궁은 녹아내리는 듯한 몸을 주체할 수 없었다. 문노가 구체적인 계획은 말해주지 않았지만 그를 믿고 싶었다. 사실 그도 이제 막 전모를 들은 처지로 당장 어떤 계획을 세울 수는 없을 것이다. 가슴에 품고 괴로워만 하다가 털어놓고 나니 속이 시원했다. 혹여 자신이 미실의 계획을 미리 알고 일부러 그 자리에 나간 것이라고 오해를 하면 어쩌나 걱정을 했는데 오해는커녕 여생을 바치겠다지 않는가. 더 이상 무얼 망설이겠는가. 앞으로 모든 건 하늘에 맡기기로 했다. 이번만큼은 하늘도 제 편이 돼줄 것 같았다.

심장의 박동소리가 제 귀까지 들릴 만큼 두근거리던 문노는 더 이상 격정을 참을 수 없어 윤궁을 덥석 품었다. 요동치는 사내의 가슴에 안긴 윤궁은 아주 먼 여행에서 돌아온 듯 노근해졌다. 잇몸이 물러나는 듯 저릿하고, 젖가슴에 멍울이 서는 듯 화끈거렸다. 문노의 뜨거운 입김이 달뜬 윤궁의 입술을 덮었다. 문노의 숨소리가 높아지고 윤궁의 앞섶 밑으로 두툼한 손이 들어와 젖가슴을 쓸었다. 움찔, 놀람과 동시 신음이 터진 윤궁은 안간힘을 쓰며 문노의 품을 빠져나와 엎드려 호소했다.

"송구합니다. 제 불민한 몸이 문공의 마음을 어지럽혔나봅니다."

엉겁결의 일이라 문노는 자신이 너무 서둘렀나 싶어 어찌할 바를 몰랐다.

"아, 송구합니다. 제가 낭주께 큰 무례를 저질렀습니다. 너무도 그리워했던 나머지 분별력을 잃은 듯합니다."

아직 평정을 찾지 못한 육정을 누르며 문노는 행여 윤궁이 실망할까 정중히 사과했다.

"이제 저는 문공의 여인입니다. 떳떳하게 부부의 연을 맺고 싶습니다."

"이를 말씀입니까."

문노는 윤궁의 손을 잡아 일으켰다. 말은 그리했지만 골품이 없는 자신으로서는 요원한 일이라 속으로 울분이 터졌다. 윤궁이 골품을 버릴 수도 있다고 했으나 현실이 용납해 줄지 믿을 수가 없었다.

"어머님이 찾으시겠어요. 속히 집으로 가겠습니다. 곧 다시 뵈올 수 있겠지요."

윤궁이 생그레 미소를 지으며 돌아갈 채비를 했다.

"그날까지 어찌 잠인들 잘 수 있겠습니까."

손을 놓치 못하는 문노는 요사채까지 배웅을 해주었다.

어머니를 모시고 친정집으로 돌아오기는 했으나 문노에게 친가로 찾아오라는 언질을 준 마당이라 윤궁은 전전긍긍했다. 어머니는 이참에 아예 친정에 눌러앉으라고 했다. 문노를 만나지 않았다면 그럴 수도 있겠지만 사정은 달라졌다. 이제부터 모험을 시작할 참이다. 골품을 버려도 좋았다. 결심을 하고 나니 그렇게 홀가분할 수가 없었다. 고민은 고민할 때 크게 느껴지는 것이다. 문노를 받아들이는데 그렇게 많은 걸림돌이 있어 보였는데 골품 하나 버리기로 마음먹으니 만사가 해결된 것 같았다. 아버지의 죽음으로 한결 결심하기 쉬웠지만 문노와 해후하고 나서는 설사 아버지가 살아계셨다 해도 골품을 버리고 문노를 따랐을 것이다. 정말로 새로 태어난 기분이었다. 고민도 두려움도 없었다. 미실의 협박도 두렵지 않았다. 문노와 함께라면 그 무엇도 거칠 것이 없을 것 같았다.

윤궁은 섭섭해하는 어머니에게 집을 너무 오래 비워두어 흉가가 되겠다고 설득해 집으로 돌아왔다. 행랑채 시종 내외가 집을 돌보긴 했으나 겨우내 비워두었던 안채는 을씨년스러웠다. 그래도 화단에는 지난해 떨어졌던 씨가 싹을 틔워 꽃을 피웠고 여러해살이 꽃도 얼어 죽지 않고 잎이 무성해지고 있었다. 윤궁은 몸소 서둘러 집안을 치우기 시작했다. 금방이라도 문노가 들이닥칠 것만 같은 조바심으로 시종들을 다그쳤다. 팔을 걷어붙이고 화단도 정리했다. 풀은 매주고 너무 배게 난 화초는 속아주고 지저분한 이파리는 따냈다. 지난해 문노를 연상시키고 설렘을 자아내던 자약도 흐드러지게 피었다. 웃자란 가지는 쳐주고 시든 꽃잎은 따내다 그때의 일이 떠올라 저절로 흥얼거려졌다. 엄마의 활달한 모습을 처음 본 윤실도 덩달아 신이 나서 꽃밭을 뛰어다녔다. 그렇게 죽어있던 집은 서서히 생기를 찾아갔다.

문노가 찾아온 건 엿새 후였다. 대충 집안 정리가 된 후 비보에게 집
에 돌아왔다고 통기를 보낸 지 이틀만이었다.

"영영 안 돌아오시나 했습니다. 며칠만 더 기다리다 안 오시면 그대
로 친정집으로 달려가려고 했습니다."

문노는 중문을 들어서기 무섭게 윤궁을 끌어안았다. 마침 찬모가
윤실을 데리고 저자에 나간 터라 윤궁도 눈치 볼 것 없이 문노의 품에
몸을 맡겼다.

"아버님이 돌아가셔서 겁나는 게 없나 봅니다."

달뜬 윤궁이 대담해진 문노에게 애교 있는 농담을 건넸다.

"아닙니다. 상대등께서 살아계신다 해도 겁나지 않습니다. 세상에
제가 두려운 건 낭주 한 사람뿐입니다."

"제가 두렵다니요?"

윤궁은 문노의 품을 빠져나오며 정색을 했다.

"낭주의 마음이 변할까봐서요. 제 신분이 미천하다보니 귀한 새 한
마리를 손에 쥐고 있는 것처럼 늘 조마조마 합니다."

"날아가기라도 할까봐서요?"

"예."

"염려마세요. 그 새 이미 날개 버렸어요."

"그럴 수야 없지요. 그 고귀한 날개를 어찌 버리겠습니까. 새가 날아
가면 저도 날아 쫓아갈 수 있도록 날개를 달아야지요."

"국선의 자리를 받으셨군요?"

"예 그렇습니다. 일단 거기서부터 출발하겠습니다."

문노는 결연하게 말했다.

234

"선모로서 열심히 보필하겠습니다."

윤궁은 함박미소를 지어 화답했다. 마침 찬모가 들어와 저녁을 준비시키고 화단으로 안내했다. 진종은 소박한 성품으로 사가도 다른 왕실 사람들 집과 달리 사랑채와 안채 사이에 중문이 있고, 중문 곁에 작은 행랑채가 붙어 있는 여염집이었다. 화초를 좋아해 화단은 넓은 편이다. 진종은 화초 가꾸는 윤궁을 몹시 좋아했다.

"이리 지척에 있었는데 왜 진작에 못 만났는지 정말 운명이 야속합니다."

"그러게요. 제가 워낙 바깥출입을 안 하는 편이라 주변 사람들과 교제가 없다보니 그랬겠지요."

"비보랑도 그러더군요. 바깥출입을 안 하는 편이라 교분 있는 사람이 적다고. 하긴 그러셨으니 망정이지 바깥출입이 잦아 낭주의 아름다운 자태를 누군가 보았다면 가만히 놔두었겠습니까. 벌써 고위직에 있는 사람들이 채갔겠지요."

문노는 윤궁의 어깨를 감싸며 너스레를 떨었다.

"그러지 않아도 비보가 그런 말을 했다기에 공께서 제가 옹졸하다고 생각할까봐 마음 쓰였는데 그리 생각해 주시니 다행이네요. 이 꽃이 우리 중매쟁이에요."

생글생글 웃으며 윤궁은 탐스럽게 봉오리가 맺힌 작약을 가리켰다.

"중매쟁이요?"

"지난해 미실궁에서 열린 연회에 참석한 것이 이 꽃 때문이었거든요. 원래는 가기 싫었어요. 언니의 성화에 안 가도 될 핑계를 찾느라 이곳에서 서성이는데 하얀 나비 한 마리가 눈 앞에서 나풀나풀 날더니 이 꽃 속에 앉지 뭐예요. 그러고는 날개를 살포시 접고 한참을 있는 거예요. 생각하면 꽃에 나비가 앉는 건 별스러울 게 없는데 이상하게 그날은 미실 언니의 말이 떠오르면서 마음이 캥기더라구요. 언니는 어느 꽃도 화랑만은 못하다고 했거든요. 화랑만 보면 자기가 나비가 되는 것 같다나요. 그리고 그날은 언제까지 아까운 청춘을 허비할 거냐, 활기찬 화랑을 보면 생기가 돌 거다, 하면서 두 번씩이나 사람을 보냈지요. 그게 언니의 계략이었으리라곤 꿈에도 모르고 그저 동생을 생각하는 마음이 고마워 인사라도 하고 와야겠다 싶어 갔던 거예요. 그런데 정말 관복을 입은 화랑들의 모습이 작약꽃이 흐드러지게 피어 있는 것 같지 뭐예요. 특히 문공의 모습은 얼마나 늠름하면서도 아름답던지요. 집에 돌아와서 늘 이 꽃을 보며 문공을 그렸답니다."

"미실이 우리를 맺어준 게 아니라 이 꽃이 우리를 맺어준 것이네요. 아마 미실은 자신의 계략이 성공했다고 믿고 있겠죠. 하지만 제 꾀에 제가 넘어가는 수도 있다는 걸 보여줘야죠. 그나저나 이 꽃이 제 생명의 은인이네요."

두 사람은 꽃보다 더 향기롭게 더 화사하게 더 그윽하게 웃음꽃을 피웠다.

문노에게 선모가 되어 주겠다고 약조한 후 윤궁은 예전처럼 세상사에 등한할 수가 없었다. 정사에도 관심을 갖게 되고, 미실도 자주 찾고, 시어머니 사도태후에게도 자주 문후들었다. 틈틈이 지도황후도 배알했다. 윤궁과 지도황후의 인연은 생각하기 따라 거북할 수도 있었다. 윤궁은 동륜태자의 후비로, 황후는 태자의 후궁으로 궁에 들어왔다. 윤궁은 딸을 하나 얻었지만 지도는 초야를 치른 게 고작이었다. 그러나 태자에게는 만호 정비가 있었고, 태자의 마음은 미실에게 송두리째 빠져 있어 두 사람은 어찌 보면 정적(情敵)이요, 한편으로는 동병상련의 동지였다. 그나마 태자가 비명횡사하자 두 사람은 힘없는 미망인에 불과했다. 금륜이 왕위에 오르자 윤궁의 아버지 거칠부는 윤궁을 금륜의 황후로 보내고 싶어했다. 그러나 먼저 지도가 황후로 간택되자 후비로라도 간택되길 바랐다. 두 사람은 또 같은 남자를 섬겨야 하는 처지가 될 뻔했던 것이다. 그런 처지에서 문노로 인해 가족관계를 이루다 보니 두 사람 다 문노가 고맙기 그지없었다.

"김선모, 어서 오시오."

황후는 윤궁을 반갑게 맞아주었다.

"마마, 그간 강녕하셨습니까."

"당숙 덕에 그만하지요. 참으로 우리의 인연이 각별합니다. 나는 그전부터 김선모의 정숙한 모습을 본받으려했답니다. 아랫사람 대하실 때도 늘 자애로우셨지요. 다른 분들은 어렵기만 했는데 김선모는 어려우면서도 의지가 되었습니다. 그런 분이 당숙모가 되셨으니 당숙도 잘 보필해 주실 거라 믿습니다."

"무슨 그런 과찬의 말씀을… 송구스럽사옵니다. 마마야말로 조신하시고 엽렵하시어 소인이 질투가 나던 걸요."

"하하하, 그렇게 보셨어요. 옛말하며 지낼 날이 있다더니 그 말이 맞나 봅니다. 그때는 천지에 버려진 것처럼 외롭고 조롱에 갇힌 새처럼 답답했는데 이렇게 옛말하니 남의 일 같네요. 우리 종종 두 생과부였던 그 시절 얘기하며 정답게 지냅시다."

황후는 좀 과장되다 싶게 환대해주었다. 윤궁은 동륜이 왕자시절에 입궁했고, 지도황후는 동륜이 태자시절에 입궁해서 같이 궁살이를 한 세월은 그리 길지 않다. 그때를 두 생과부시절로 엮어 친숙함을 보인 것이다. 승리한 자의 여유일 수도 있고, 아쉬운 자의 아부일 수도 있다. 당숙모를 강조한 것도, 사도태후가 시어머니요 미실이 사촌언니임을 의식해 제 편으로 삼으려는 속내를 우회적으로 드러내는 것일 게다. 만일 윤궁이 진지왕의 후비가 되었다면 옛날 동륜을 두고 만호와 그랬듯이 지금쯤 둘은 반목하는 처지가 되었을 것이다. 후비에 비하면 선모가 보잘것없었지만 그래도 황후의 유일한 뒷배인 문노의 부인이고 보니 후비보다야 백번 당당했다. 이것이 정비의 위상인가 싶기도 했다. 윤궁은 옛날에는 아랫사람이었던 지도황후를 지금은 윗전으로 모셔야 함에도 자존감을 잃지 않았다.

미실도 예전과 달리 예민하게 윤궁을 대했다. 자신이 윤궁을 문노에게 중신한 것은 윤궁을 통해 문노를 제 편으로 끌어들이자는 속셈이었는데 오히려 윤궁만 문노에게 넘어가 황후와 새로운 세력을 만드는 게 아닌가 싶어 신경이 날카로워졌다. 그래서 윤궁이 오면 종전보다 더 살갑게 굴었다. 그건 뼈를 감추기 위한 위장술이기도 했다. 윤궁은 어느 편에도 시기를 받지 않으려고 몸을 낮추었다. 지도황후도 미실도 윤궁을 통해 문노의 의중을 살피려 들었고, 윤궁을 통해 자신들의 의중을 문노에게 전달하려 했다. 윤궁도 그들의 눈치를 잘 알아 언행에 세심한 신경을 썼다. 지도황후는 막연한 믿음을 전할 뿐 어떤 세를 만들려는 기미는 보이지 않는 반면, 미실은 은근히 세를 과시하며 의심의 눈초리를 거두지 않았다.

"너 요즘 황후전에 자주 들르는 눈치더라."

"그게 어때서? 언니도 그걸 바라는 거 아냐?"

"너 하기 따라서지. 나를 위해 드나드는 거라면 다행이지만 어쩐지 네 태도는 황후를 위해 드나드는 것 같애. 너 솔직히 황후 동태에 대해 내게 얘기한 것 없잖아. 반면 내 얘기 황후에게 한 것 아냐?"

"황후 동태에 대해서 할 얘기가 없어서 안 한 거야. 황후는 언니처럼 야심을 갖고 사람을 정탐하지 않아. 그냥 내가 당숙모로 친하게 지냈으면 해. 그렇다고 언니에 관한 얘기 한 적도 없어. 황후는 언니에 대해 별로 궁금해 하는 기색이 없더라고. 궁금해 하지 않는데 뭐하러 얘기해."

"너 은근히 황후 두둔하는 것 같다. 그러다 황후 사람 되는 거 아냐?"

"난 누구의 편도 안 들어. 그냥 내 편이고 문공 편이야. 우리 두 사람만을 위해서 행동할 거라구."

"너 아주 많이 달라졌다. 그러니까 누구든 두 사람이 필요하면 잘 모셔라 이거네."

미실은 조소를 띠고 빈정거렸다.

"걱정 마. 언니의 힘 잘 알고 있으니 칼 맞을 짓은 안 할게."

윤궁도 빈정거려 맞받았다. 자신에게 어떻게 그런 배짱이 생겼는지 미실보다 스스로 더 놀랐다. 문노만 생각하면 두려울 것도 없고 못할 것도 없었다.

"물론 문공도 같은 생각이겠지?"

미실은 잠긴 문 점검하듯 윤궁의 눈을 응시하며 되물었다.

"문공에게 그렇게 전하라는 말이지? 섣부른 행동 하면 응징하겠다고."

"알아 들었으면 됐지, 뭘 그리 꼬집어 묻니. 무안하게."

미실은 민망한 듯 쏘아붙이면서도 미소는 잃지 않았다.

문노는 열흘이 멀다하고 윤궁을 찾아왔다. 육체적으로 부부의 연을 맺긴 했지만 골품이 없는 문노로서는 여전히 신하일 뿐이었다. 골품이 윤궁에게는 거적을 둘러쓰고 있는 것처럼 거추장스러웠고, 문노에게는 여하한 칼로도 뚫을 수 없는 갑옷 같아 두 사람 다 애가 달았다. 국선을 제수한 황후는 아들 키우는 데만 정신을 쏟았고, 세를 규합해 왕권을 튼튼히 해야 할 왕은 황음이나 일삼는 눈치다. 골품을 얻어야만 하는 문노로서는 발을 구를 일이었다.

윤궁에게 태기가 있었다. 문노의 기쁨은 하늘을 찔렀다. 전장을 누비며 목숨 걸고 정벌하거나 탈환한 땅도 이에 비하면 보잘 것 없었다. 어머니를 여의고 세상에 혼자 떨어진 것 같던 외로움도 따가운 햇살에 사라진 이슬처럼 사라졌다. 여기저기 소리쳐 떠벌리고 싶었다. 그러나 기쁠수록 아팠다. 어머니의 산소 앞에 엎드려 기쁨과 슬픔의 눈물을 펑펑 쏟았다.

윤궁은 아들을 낳았다. 그러나 윤궁이 어미인 것만은 분명하지만 문노는 아이의 아버지가 아니라 신하였다.

"골품! 골품! 골품!"

주먹으로 기둥을 치며 울분을 토하는 문노의 눈에는 붉은 눈물이 고였다.

결행

입신에 대한 야망이 없는 건 아니었지만 서두를 생각은 없었다. 더군다나 그 야망을 정치를 통해서가 아니라 구국을 통해서 이루려 했던 문노는 생각지도 못한 사정으로 초조하게 정계를 살펴야만 했다. 왕이 행여나 윤궁을 후비로 맞겠다고 할까봐 국선을 제수 받고 윤궁이 선모임을 천명해두긴 했지만 안심할 수는 없다. 아이까지 낳았지만 골품이 없는 문노는 윤궁에게도 아들에게도 신하일 뿐이다. 설사 진지왕이 윤궁을 후비로 맞겠다한들 신하가 상전의 혼인에 간섭할 수는 없는 일이다. 민가의 부녀자인 도화녀를 겁탈해 아들 비형랑을 낳은 위인이고 보면, 혼자된 형수를 돌본다는 명분으로 언제 윤궁을 후비로 맞이하려들지 모를 일이다.

지도황후에게 사정을 얘기해 사전에 막아볼 수도 있지만 황후로서는 질투하는 것으로 비칠까 말을 못 낼 것이다. 그건 또 별문제다. 그렇지 않아도 미실이 윤궁에게 왕의 폐위에 대해 회유와 협박을 했다는데, 오히려 왕의 후비로 들어가면 어떤 해악을 할지 모른다. 이 모든 상황을 정리할 수 있는 길은 윤궁과 자신이 떳떳하게 혼인하는 것이다. 그러나 그 일은 지금으로서는 요원한 일이다. 그렇다고 발만 구르고 있을 수만은 없는 노릇이었다. 게다가 윤궁의 말로는 미실이 폐위

발언 이후 부쩍 자신을 경계한다고 했다. 짐작할 수 없는 후일을 위해 심사숙고하고 있음을 암시해 주기는 했지만 언제까지 지켜보고만 있지는 않을 것이다. 문노는 하루하루를 쫓기고 다투듯 보냈다.

지도황후로부터 국선을 제수 받은 건, 윤궁을 선모로 붙들어두기 위함도 있었지만, 왕과 미실 양측에 공평하게 견제를 하겠다는 의지를 표명한 것이다. 진지왕에게는 자신이 내린 직위를 수락했으니 자신을 지지하는 것으로 비칠 것이고, 미실 쪽에는 국선이 권력직이기 보다 명예직인 만큼 의구심은 주된 적으로 간주되지는 않을 것이다. 양쪽에게 언제든 편이 돼 줄 수 있음을 암시하는 뜻이다. 자신의 영달에 어느 쪽이 발판이 돼 줄지 아직은 모르는 일이다. 최악의 경우 명예직이긴 하나 화랑의 거두로서 미실 쪽에 자신의 위치를 높이는 방도이기도 했다.

미실이 모종의 거래를 해올 때 국선이란 위치는 어떤 잣대 구실을 해 줄 것이다. 폐위를 입에 올린 이상 무슨 일인가는 모의 될 것이다. 또한 그 엄청난 일을 발설해 놓고 마냥 시일을 끌지도 않을 것이다. 이런 상황을 눈치조차 못 채고 있는 왕이 미욱스럽고 안타깝다. 자신이라도 알리고 대책을 강구해야 하나 싶지만 그러기에는 왕이 자질도 의지도 없어 보인다. 공연히 왕의 편을 들었다가 폐위도 못 막고 회복할 수 없는 몰락의 길로 빠질지 모른다. 어쨌거나 그리 멀지 않아 어떤 결단을 내려야 할 상황이 닥쳐올 것이다. 어떤 경우든 자신에게 힘이 있어야 했다. 자신에게 힘은 화랑뿐이다. 문노는 어느 때보다 화랑들을 결집하고, 새로 화랑들도 뽑아 훈련에 전념했다.

세종이 오랜만에 낭전에 나왔다. 설화랑에게 풍월주를 내주고 상선으로 나앉은 후 거의 나오지 않았었다. 화랑도의 일이 궁금하여 나왔다며 이것저것 챙겼지만 사돈네 혼사 묻듯 건성이었다. 호위하여 낭정을 보고하는 설원랑에게 치하하고 연무장으로 나왔다. 연무장에서는 문노의 지도 아래 어린 낭도들이 격검훈련을 하고 있었다.

"여전하구려!"

세종이 큰소리로 왔다는 기척을 내자, 문노는 구령으로 낭도들에게 예를 갖추게 했다.

"병부의 일로 바쁘실 텐데 예까지 어인 일이십니까?"

"병부는 병부고 내 본향은 화랑도 아니겠소. 상선으로서 궁금해 들렀소. 낭전에 들러 살펴보니 빈틈없이 잘 운영되고 있더군요. 문공이 있어 그럴 줄은 알았소."

"낭정이야 풍월주께서 잘 건사하시지 저야 뭐 한 게 있나요."

"누구 덕이든 잘 되면 좋은 게지요. 새로 들어온 낭도들인가 보오?"

"예, 석 달째 접어드는 낭도들입니다."

"문공이야말로 바쁘신 것 같소. 예전보다 훈련이 더 강도 있어 보이는데요."

"그래 보이십니까. 마음 같아서는 강한 동량들로 키우고 싶은데 제 욕심인 것 같습니다."

"강한 동량이라… 문공에게 강한 힘이 필요한 건 아니구요?"

세종은 미소를 띠었지만 경계하고 있는 속내는 숨기지 않았다.

"어찌 제게 강한 힘이 필요하겠습니까. 신국에 강한 힘이 필요한 거지요. 미력하나마 제가 그 힘을 보태보고 싶고요. 누구보다 병부의 수장이신 전군께서 잘 아실 텐데요."

문노는 세종의 경계심을 우회적으로 풀어주려 했다.

"그렇고말고요. 화랑도 병부도 다 신국의 병력 아니겠소. 허허허. 그 나저나 그간 피차 바빠 한가롭게 술 한잔 할 수 없었구려. 오늘 저녁에 내 집으로 와 주지 않겠소?"

"무슨 일이라도…?"

"무슨 일은. 오랜만이니 그저 세상 돌아가는 얘기나 나누며 회포를 풀었으면 하고."

"아, 예."

"그냥 해보는 말이 아니니 꼭 들러주시오. 내 기다리고 있겠소."

그저 망중한이나 즐기러 온 듯 허허실실하던 세종은 기다리겠다는 말을 하면서는 의미심장한 표정을 지었다. 애당초 낭정이 궁금하여 온 것이 아니라 오라는 말을 하기 위해 온 것 같았다. 말투와 표정으로 보아서는 단순한 말이 아니라 명령으로 느껴졌다. 단순히 오라는 것이 었으면 시종을 보낼 수도 있는데 직접 나왔다는 것은 뭔가 심상치 않은 일이 있는 게 분명해 보였다. 그것도 경계하고 있음을 숨기지 않았다. 그간 호형호제하며 전장까지 같이 누비던 사이로 새삼스레 은밀히 부르는 이유가 무엇일까. 문노는 긴장이 되었다. 세종이 돌아간 후 문노는 훈련을 접고 윤궁을 만나러 갔다.

아들 대강을 안고 있던 윤궁이 아이를 건네주었다. 백일이 지난 아이는 문노의 얼굴을 보며 벙긋벙긋 웃었다. 얼마나 사랑스러운가. 얼마나 흐뭇한가. 얼마나 애틋한가. 그러나 아들이 아니라 윗전이다. 문노는 뼈가 저렸다. 한참 어르며 잠이 들 때까지 안아주었다. 윤궁도 아들을 안고 어르는 문노를 볼 때마다 부자간이 아니라 군신이라는 사실이 형언할 수 없도록 안타까웠다. 스스로 골품을 버리고 싶으나 문노가 말려 지켜보고만 있자니 여간 짠한 게 아니다.

"근자에 미실궁주를 만난 일 있습니까?"

"글쎄요 한 열흘 남짓 되었습니다만 왜 그러십니까?"

문노의 표정이 전에 없이 굳어 보여 윤궁은 심각하게 물었다.

"그냥 전군을 뵌 지가 오래 돼서요. 통 낭전에 나오시지 않네요. 가내 별고는 없겠지요?"

문노는 전군이 다녀간 사실을 말하면 심상치 않아 보이던 일이 더 커질 것만 같아 거짓을 말하고 눈치를 살폈다.

"병부의 일로 바삐 지내시는 것 같던데요. 집안에 뭔가 일이 있으면 언니가 저를 부를 텐데 아무 기별 없는 걸 보니 별고는 없을 겝니다."

"그렇겠지요."

문노는 여전히 표정을 풀지 않고 고개만 끄덕였다.

"전군께 무슨 일이라도 있는 겁니까."

"아, 아니요. 선모도 보고 대강이 얼굴도 보았으니 그만 가봐야겠습니다."

윤궁이 심상치않다는 듯 거듭 묻자 문노는 얼른 표정을 바꾸어 대꾸하고는 자리에서 일어났다. 눈길은 잠든 아들의 얼굴에서 떼지 못했다.

"다 저녁땐데 저녁이나 드시고 가시죠."

"아닙니다. 낭전에 들러 일러둘 말도 있고 오늘은 그냥 가야겠습니다."

문노는 윤궁에게 대답하면서도 잠든 아이의 얼굴에서 떼지 못하던 시선을 거두고 집을 나섰다. 윤궁이 미실에게 무언가 들은 얘기가 있나 해서 들렀는데 아무 것도 모르는 눈치다. 그렇다면 미실도 모르는 일인가? 아니지 그러면 집으로 부를 리가 없지. 집으로 오란 걸 보면 분명 미실도 아는 일일 게다. 미실이 개입된 일이라면… 문노는 석연치 않은 마음으로 미실궁을 향했다.

미실궁에 미실은 없었다. 일부러 자리를 피한 모양이었다. 미실은 없지만 오묘한 향이 집안을 휘감고 있어 미실이 집안 어딘가에 있는 것 같은 느낌이 들었다. 세종은 거한 다담상을 보아놓고 맞아주었다. 분명 그저 술이나 한잔 하며 회포를 풀자는 말은 핑계다. 문노는 목이 뻣뻣해지며 긴장이 되었다.

"이렇게 단둘이 앉아본 게 얼마만이요. 참, 아들은 잘 자라지요. 지금쯤 재롱이 많이 늘었겠습니다."

"아들이라니요. 제가 어디 아비 될 자격이 있나요. 모자에게 미안할 따름입니다."

"아 그 심정 이해합니다. 저 또한 아버지를 아버지로 모시지 못하고 있지 않습니까. 저를 대하심이 어김없는 신하라 여간 송구한 게 아니라오. 부자의 정을 숨기고 지내니 둘 다 슬픈 일입니다. 아마 내가 아버지를 아버지로 모시지 못하는 것보다 아들을 아들로 대하지 못하는 쪽의 슬픔이 더 크겠지요."

자신은 성골이고 아버지 이사부는 진골이라 격은 달라도 동병상련의 애석함으로 세종은 문노를 위로했다.

"골품이 나와 무슨 상관이랴 싶었는데 이렇게 원망스러울 수가 없습니다."

"그럴것이오. 그러나 왜 신라를 신국(神國)이라 하겠소. 왕실이 하늘이 내린 신성한 알에서 비롯됐다는 뜻 아니겠소. 또 그 하늘의 혈통을 지키려는 게 바로 골품이고요. 내 어머니는 작은아버지와 혼인을 하고, 형 진흥제는 누이인 숙명공주와 결혼하고, 조카인 동륜은 고모인 만호와 혼인을 한 것도 다 혈통을 보존하려는 노력이지요. 나 또한 잠깐이지만 어머니의 강권으로 이부동복 남매인 융명과 혼인했었지요. 사실 혼인은 했어도 몸도 섞지 않을 만큼 공허한 일이었지요. 골품이 없는 상민들의 입장에서 보면 불미스러울 수도 있고 괴이쩍게 보일 수도 있지만 그래도 왕실의 자존심 아니겠소. 타국들에게는 신국으로서의 존엄을 과시하는 것이고요. 공의 상심을 충분히 이해하지만 골품은 신국의 근간이니 어쩌겠소. 그러나 골품이라도 성골은 혈통에 의해서만 되지만 진골은 관위를 얻어 될 수도 있으니 너무 상심하지 마시오."

"그게 어디 제게 가당키나 한 일입니까. 진골이 되려면 대아찬은 되어야 하는데 제가 다시 태어나기 전에는 안 되는 일이지요."

문노는 한숨을 길게 쉬었다. 세종은 보일 듯 말 듯한 미소를 띠었다.

"이거 문공의 상심이 생각보다 심각하군요. 요즘 가뜩이나 낭정 살피랴 왕실 보살피랴 정신없이 바쁘실 텐데 그러다 몸마저 상하시겠소."

"낭정이야 풍월주께서 알아서 잘 하니 제가 살필 게 뭐 있나요. 왕실도 친위대가 있는데 저까지 나설 게 없구요. 황후께서 나약한 마음에 공연히 국선의 자리에 앉혀주시어 거북하기 이를 데 없습니다."

문노는 혹시라도 세종이 자신을 지나치게 경계하고 있는 것 아닌가 해서 국선의 의미를 하찮게 말했다.

"거북하다니요. 왕실의 안위를 전담하는 막중한 자리인데. 그런데 황후께서는 무엇이 두려워 문공을 곁에 두려 하셨을까요?"

"두려워서가 아니라 외로워서죠. 궁에 피붙이 하나 있으면 의지가 될 것 아닙니까. 태후마마께서 조카인 미실궁주를 곁에 두시는 것처럼요."

"그런가. 하긴 요즘 황후께서 많이 외로우실 겁니다. 문공도 아시겠지만 전하께서 정사보다는 색사에 더 관심이 많으신 것 같으니 말이요."

"그래 걱정입니다. 후사를 보시면 정무에 전념할 실 줄 알았더니 오히려 마음 놓고 황후궁을 비우시는 듯하니…."

문노는 제 앞의 술잔을 들어 입에 털어 넣고는 세종의 술잔에 술을 따르며 말했다.

"나도 왕실 사람으로 걱정이 이만저만이 아니라오. 태상태후마마도 비구니가 되어 흥륜사로 들어간 마당에 주상이 저리도 정사에 소홀하시니 만일 외세라도 도발해 온다면 어찌 되겠소. 아시다시피 고구려 백제는 물론 왜까지 사방이 적 아니오."

"왕자아기씨를 봐서라도 돌아오시지 않겠습니까. 또 태후마마도 계시고 숙부이신 전군도 계시니 훈도로 이끌어 주셔야지요."

"그러면 오죽이나 좋겠소. 허나 여염집 부녀자까지 수태를 시켰다 하니 정신을 차리긴 틀린 것 같소."

세종의 말투는 단호해졌다. 단김에 술잔을 털어 넣고 문노의 잔에 술을 따랐다.

"내 이렇게 문공을 오라 한 것은 문공의 우국충정에 호소할 일이 있어서요. 내 누구보다도 문공의 곧은 충심을 잘 아는 터라 믿고 허심탄회하게 말하리다.”

허심탄회하게 말한다고 했지만 뭔가 거리낌이 있는지 세종은 깊은 숨을 내쉬고는 선뜻 말을 꺼내지 못하고 쥐고 있는 술잔만 바라보았다.

“무슨 말씀이신데 이리 뜸을 오래 들이시는지요.”

문노는 잔뜩 긴장을 하며 세종을 주시했다.

“금왕을 폐위시켜야 할 것 같소.”

“예? 폐위요?”

“그렇소.”

세종은 단호하게 말을 끊었다. 문노는 눈을 질끈 감고 술잔을 움켜쥐었다. 드디어 올 것이 온 것이다. 윤궁으로부터 전해 들은 얘기가 있어 어느 정도 각오는 하고 있었다. 그래도 그냥 위협으로 끝내고 말지도 모른다는 일말의 기대도 있었다. 전군이 병부는 장악하고 있다 해도 아직 중신과 화랑은 손에 넣지 못한 상황이라 조금 더 관망할 줄 알았다. 그런데 기류는 급속도로 진전되고 있었던 것이다. 지도 황후도 폐위까지야 생각 못했겠지만 왕실에 대한 반항 세력을 의식해 자신을 국선에 앉혀 곁에 두려고 한 게 아니던가. 하지만 정작 왕실의 주인이 사태의 심각성을 모르고 있으니 관직도 없는 자신이 어쩌겠는가. 혹시라도 이런 사태가 오기 전에 왕이 정신을 차려 병부만이라도 장악해주길 초조하게 기다렸으나 이미 틀어지고 만 것 같다. 이제 이 대세를 어찌 감당해야 할지 불덩이를 받아든 것처럼 다급할 뿐 마련이 서질 않는다. 문노가 아무런 대꾸를 못하자 세종이 계속 말을 이었다.

“많이 놀란 모양이오. 왜 안 그렇겠소. 그러나 모반이 아니라 양위라 여겨주시오. 문공의 힘이 절대적으로 필요하오. 설원랑이 풍월주이긴 하나 설도들이야 풍류나 즐기는 편이니 화랑의 주도권은 문도들에게 있지 않소. 양위를 서둘면 행여 문도들의 소요가 있을까 두렵소. 그러나 문공이 함께 도모해주면 문도들도 따라줄 게요. 올곧은 문공께서 선뜻 용납하기 어려운 일이라는 걸 모르지는 않소. 그러나 때론 대의를 따라야 할 때도 있는 것 아니겠소. 대의를 따르다보면 자신이 크게 쓰일 수도 있고요. 물론 피붙이인 황후마마가 마음에 걸릴 것이요. 나 역시 어머니 태상태후마마가 마음에 걸려 무척 고심이 컸소. 다행인지 불행인지 어마마마께서 비구니가 되어 저승길을 닦고 계시니 한결 부담이 줄었지요. 내 그래서 황후마마를 걱정하는 문공의 마음을 누구보다 잘 압니다. 그래서 말인데 양위가 된다 해도 황후는 태후로 모실 것이니 염려하지 마시오. 물론 용춘 왕자의 안위도 지켜드릴 것입니다."

"후사… 는?"

묵묵히 듣고만 있던 문노는 혼잣소리처럼 나직이 입을 떼었다.

"백정이요. 아직 어리지만 태후마마와 노리부 등 중신들이 모시면 금왕보다는 선정이 될 것이요."

백정이라면 개에게 물려죽은 동륜태자의 아들이다. 손자를 대신해 사도태후가 섭정을 하겠다는 뜻이다. 문노는 순간적으로 어찔했다. 사도태후가 섭정을 하면 그림자 같은 미실이 가만히 있지 않을 텐데 어떤 역을 담당할지 섬뜩했다. 황후의 야망을 가졌던 여자다. 이제 원화자리 쯤은 안중에 없을 테니 화랑도는 안심이 되나 아무래도 그보다 더 큰 권력을 탐할 것이다.

"미실궁주는…."

"아, 염려 마시오. 설마 아직도 황후의 야망을 갖고 있겠소. 이제 그 사람도 늙지 않았소. 나와 해로하며 살겠답니다. 그 사람은 늘 윤궁 동생에게 미안해하고 있소. 동생이 문공을 사모하게 되어 얼마나 고마워하는 줄 모른다오. 특히 득남했다는 말을 듣고는 자신이 낳은 것처럼 기뻐했다오. 이번 거사에 문공께서 같이 해준다면 그 보답은 크게 할 것이라 하더이다. 물론 태후마마와도 합의한 일이오."

문공은 보답의 크기가 궁금했으나 차마 대놓고 물어볼 수는 없었다. 황후에게 국선 자리를 승낙했을 때 속셈으로 이런 때를 계산해 두었다. 적은 국선을 주었으니 그 적을 이기려면 최소한 국선 이상의 지위는 보장해 주어야 한다는 암시 같은 것이었다. 문노가 고심의 빛만 보이며 대꾸를 못하자 애가 타는 세종이 점점 더 적극적으로 회유에 임했다

"조금 전 아들을 얻었어도 아비라 할 수 없음을 통분하지 않았소. 윤궁 낭주하고도 부부가 아니라 여전히 신하의 신분을 벗어나지 못하고 있고. 그 모두가 문공에게 골품이 없기 때문 아니오. 아까도 얘기했지만 성골은 될 수 없어도 진골은 얼마든지 될 수 있소. 또한 진골만 되면 진골인 낭주와 부부의 연을 맺을 수 있고 아들에게도 당연히 아버지가 되는 것 아니겠소. 태후께서 아찬의 관위와 진골의 품을 내리시겠다 했소. 국가 최고 공신에 대한 예우지요."

역시! 문노는 보이지 않게 조소를 삭혔다. 자신의 약점을 최대로 이용한 회유다. 진골이 되려면 오 등위인 대아찬은 되어야 한다. 진심으로 진골을 내리겠다면 당연히 대아찬 이상의 직위를 주어야 한다. 그

런데 육 등위 아찬을 주면서 진골을 내리겠다는 건 특혜라는 걸 못박아 두겠다는 심사다. 명예는 주지만 실질 권력은 제한하겠다는 철저히 계산된 거래다. 그렇더라도 자신에게는 그 무엇보다 골품이 절박하니 불만은 없다. 지도황후의 안위를 보장받은 것으로 황후에 대한 죄책감도 면할 수 있다. 하지만 미실과 공모를 한다는 것은 굴욕이다. 미실이 원화로 추대되었을 때 참전했던 낭두들이 얼마나 허탈해 했던가. 그런데 자신이 미실과 공모를 한다면 자신을 따르는 화랑과 낭두들이 얼마나 배신감을 느끼겠는가. 차마 못할 짓이다. 그러나 아내와 아들을 주군이 아닌 아내와 자식으로 품기 위해서는 다시없는 기회다.

문노는 어금니를 꽉 깨문 채 생각의 수렁에서 빠져나올 수가 없었다. 초조해진 세종의 회유는 점점 더 간곡해져 갔다. 시간이 지나면 이 회유는 협박으로 바뀔 것이다. 생각해 보면 이미 대세는 태후 쪽으로 기울었다. 그래서 이들의 모의를 알면서도 왕에게 고하지 못한 것 아닌가. 자신에 대한 이 회유도 수순에 불과해보였다. 공연히 미적거리다 정적으로 몰리면 협박은 단죄로 변할 것이다. 회유를 받고 있을 때 위세는 정점일 것이다. 만일 회유를 받아들이지 않으면 이 궁을 나가기 무섭게 어떤 함정을 파놓고 미실이 기다리고 있을지 모를 일이다. 적기(適期)는 최선의 전력이란 걸 경험한 문노는 굴욕에 대한 생각을 자위로 돌리기 시작했다. 자신이 미실에게 당하는 것이 아니라 절대적으로 필요한 골품을 얻기 위해 자신이 미실을 이용하는 것뿐이라고. 그리고 골품을 얻고 나면 그때 가서 다시 조치를 취하면 되는 것이라고.

문노는 굳은 표정을 풀고 천천히 고개를 끄덕였다.

"미천한 소인을 그같이 높이 써 주신다니 황감하옵니다."

문노는 고개를 숙여 예로서 동참할 것을 표했다.

"고맙소. 이제야 마음이 놓이오. 결코 반역이 아니라 왕실을 튼튼히 하고 나라를 튼튼히 하기 위한 조처이니 조금이라도 죄책감 같은 건 가질 필요 없소."

세종은 벌떡 일어나 문노의 곁으로 와 손을 덥석 잡았다. 세종이 잡은 손을 다시 감싸 쥔 문노는 어금니를 악물고 아내와 아들만 가슴에 새기고 또 새겼다.

즉위할 때만 해도 선왕의 임종을 못한 죄책감과 황후 간택 문제로 불안한 나날을 보내던 진지왕은 황후 간택 후 차츰 안정을 찾아갔다. 지도황후는 왕자를 생산했고, 선왕을 모시던 중신들은 여전히 충성스러웠고, 화랑중의 화랑 문노가 국선으로 들어와 정국은 튼튼해 보였다. 진지왕은 자만에 빠지기 시작했다. 후궁을 들이고 예전의 버릇이 도져 걸핏하면 야행을 나갔다. 하지만 지소태상태후가 비구니가 되어 흥륜사로 출궁하고, 상대등 거칠부는 죽고 이사부마저 정계에서 물러난 후 기류는 시나브로 선회하고 있었다.

사도태후와 미실은 서서히 가슴에 쌓인 한을 품어내기 시작했다. 사도는 오라비 노리부를 상대등에 올려 거칠부와 이사부가 빠진 조정을 거머쥐었고, 미실은 세종을 통해 문노를 회유하여 화랑도를 거머쥐었다. 황음에 빠진 진지왕은 시시각각 다가오는 위험한 기류를 감지할 겨를이 없었다. 조정에 흐르는 다소의 경직과 냉기는 늘상 있는 계절의 변화쯤으로 흘려보냈다.

즉위한 지 삼 년이 지날 무렵 진지왕의 침전에 한 무리의 무사들이 조용히 침입했다. 쫓는 자들도 없었다. 야행을 나갔다 들어와 늦게 잠든 왕은 대여섯 명의 인기척에도 잠을 깨지 못했다. 스르륵, 칼집에서 칼이 빠지는 소리와 함께 나직한 음성이 왕의 귓전을 울렸다.

"폐하!"

두 번 더 불러서야 진지왕은 게슴츠레 눈을 떴다. 무장한 화랑들이 창문으로 비쳐든 달빛에 어른거렸다. 왕은 소스라치게 놀라 상반신을 일으키며 소리쳤다.

"누구냐! 밖에 아무도 없느냐?"

"폐하, 의관을 갖추시지요. 아무리 소리치셔도 소용없사옵니다. 저희 뜻에 따르셔야 합니다."

"아니, 그대는 국선 문 화랑 아닌가. 그대가 어찌 이런 불충을 저지르는가."

왕은 노기를 띠었다.

"불충한 줄은 아오나 소신 시의를 따를 수밖에 없었습니다. 진즉 정사에 몰두하시고 세를 불리셔야 함에도 황음에서 벗어나지 못하는 군왕을 백성들은 더 이상 원하지 않는 듯합니다. 속히 의관을 갖추십시오. 동이 트기 전에 모든 일을 마쳐야 합니다."

"네 이놈! 짐은 신국의 왕이니라. 어찌 이런 흉측한 만행을 저지른단 말이냐. 하늘이 무섭지 않느냐. 하늘이 용서치 않으리라. 여봐라!"

왕은 짐짓 위엄을 갖추어 옥음을 높였다.

"아무리 소리치셔도 소용없다고 말씀드렸습니다. 소신 이렇게 할 수밖에 없도록 사태를 만드신 폐하가 원망스럽습니다. 진작 황후마마의 고언을 받아들여 왕권을 튼튼히 하시고 조정을 바로잡으셨다면 어찌 이같이 망극한 짓을 저질렀겠습니까. 소신은 폐하가 국정을 바로잡아 주시길 날마다 축수했습니다. 하지만 폐하의 실정으로 미실 같은 요부의 청을 받아들일 수밖에 없는 현실이 비통할 뿐입니다."

"뭣이, 미실! 아니 그럼 황후를 믿고 저지른 만행이 아니더냐?"

정말 어처구니가 없다. 아무리 경황이 없다고 하더라도 가장 믿어야 할 황후를 의심하다니. 그만큼 태후와 미실에게 당했으면 경계하여 후한을 없애지는 못할망정 고작 인척이라는 이유만으로 황후를 의심하다니. 차라리 즉위 직후 내린 일길찬의 직위가 마음에 안 차 단독으로 반란을 일으킨 것으로 생각한다면 이해가 간다. 그런데 자신 때문에 늘 노심초사하고 있는 황후를 의심하다니. 문노는 일말의 죄책감마저 무뎌질 지경이었다.

"아니 어찌 황후마마를 의심하십니까. 도대체 황후가 무엇이 아쉬워 이런 망측한 일에 연루되었다고 생각하시옵니까. 그리 생각이 없으니 이런 황망한 일을 당하시는 것 아닙니까. 황후마마야 말로 폐하께서 국정에 전념하시길 날마다 천주사에 나가 빌며 불공을 드리셨습니다. 지금 청천벽력을 맞고 불안에 떨고 계실 황후마마를 생각하면 가슴이 미어집니다."

"그럼 미실이 짐의 폐위를 주동했다는 말인가?"

"그녀와 태후마마십니다."

"결국은 그것들이… 내가 너무 안일했구나."

왕은 눈을 감고 한숨을 쉬었다.

"그렇습니다. 황후자리를 약속했다 파기하지 않으셨습니까. 그들이 과연 그렇게 당하고 가만히 있을 줄 아셨습니까. 황후께서 저를 국선에 올리신 것도 그들의 압박이 두려워서 곁에 두시고자 한 걸 정녕 모르셨단 말입니까."

문노의 음성은 울분을 참는 듯 떨렸다.

"황후와 왕자는 어찌됐느냐?"

그제야 사태파악이 되는지 왕은 침통하게 물었다.

"두 분의 안위는 걱정하지 않으셔도 됩니다."

"그래도 네 피붙이는 지키겠다는 것이로구나. 그런데 어찌 그대가 미실과 손을 잡았는가. 그대는 미실이라면 치를 떨지 않았던가?"

"그랬지요. 지금도 그 마음 변함이 없습니다. 폐하께서 강해지시길 빌었습니다. 폐하께 세를 모아드리고 싶었습니다. 그래서 이 나라 국사를 튼튼히 하고 폐하께 얻고 싶은 게 있었습니다. 그러나 폐하께서는 그럴 힘도 의지도 없었습니다. 반면 미실은 제가 그토록 폐하께 얻고 싶은 걸 주었습니다. 저도 어쩔 수가 없었다는 말씀입니다."

"얻고 싶은 게 무엇인가?"

"골품입니다."

"아! 황후가 그토록 진언하더니만."

왕은 고개를 숙였다. 망연자실해 있는 왕에게 문노는 낭두에게 고갯짓을 해 왕의 옷을 가져다 입혔다. 왕은 할 수 없이 옷을 입고 그들의 호위를 받으며 침전을 나섰다. 궁궐은 달빛만 교교히 흐르고 있었다. 검을 든 문 화랑에 떠밀려 별궁으로 위폐 되는 동안 나인 하나 보이지 않았다. 이미 손을 다 써놓은 듯했다. 진흥제와 미실이 내린 직위는 다 고사하고 자신이 내린 국선은 선선히 받아 왕은 문노를 철저히 제 사람이라 믿었다. 문노만 제 사람이면 당연히 화랑도도 제 편이라 믿었다. 더군다나 황후의 유일한 피붙이이기에 왕실의 방패막이가 돼 줄 줄 알았다. 그러나 오히려 고양이에게 생선을 맡긴 격으로 왕실을 쉽게 유린할 수 있는 자리만 만들어준 꼴이 되었다. 생각할수록 황후의 진언을 귀담아 듣지 않은 게 후회막급이다.

황후로 간택된 지 얼마 안 되어 황후는 문노에게 아찬 직위에 진골의 품위를 내려달라는 청을 했다. 일개 후궁에서 황후가 될 수 있게 해주었으니 당연히 보은을 하고 싶을 것이라고 생각했다. 자신 또한 계모와 미실이 쳐놓은 덫에서 구해준 셈이니 의당 어떤 보답은 해주어야 한다고 생각했다. 다만 황후와 생각의 차이가 있었다. 지도를 간택한 것은 지도가 그만한 자격이 있어서라거나 애틋한 정이 있어서가 아니다. 계모와 미실이 쳐놓은 덫에서 벗어나려 급한 마음에 문노의 유도를 따랐다가 운명처럼 지도가 수태를 하는 바람에 그리 된 것이다. 그런 만큼 보답은 생각했으나 보은까지는 아니었다. 그래도 황후가 아찬의 관위만 얘기했더라면 좀 과한 느낌은 있어도 고려해 볼 수도 있었다. 하지만 골품을 주자는 얘기는 몹시 거슬렸다. 감히 골품이라니. 성골이야 신의 영역을 대변하니 맘도 못 먹겠지만 진골이라 해도 왕족의 가문이나 대대로 내려오는 귀족의 집안에게만 주어지는 엄격한 지위체계이거늘, 어찌 몰락한 무관의 서자에게 단숨에 진골의 품을 내린단 말인가.

언감생심이라는 인식을 주기 위해 일부러 일길찬을 제수했다. 그 정도만 해도 감지덕지하게 받아들이려니 했다. 그런데 문노는 조금의 망설임도 없이 고사했다. 너무 의외라 사전에 황후가 어떤 언질을 주었는데 그에 미치지 못해 불만을 품은 것인가 싶었다. 그러면 무슨 요구를 하겠다는 건가 갖가지 의심이 들었다. 다행히 고사한 이유를 들어 본즉 사심이 없고 황후를 염려하는 마음이 지극하고 믿음직스러워 모든 의구심을 풀었다. 게다가 얼마 안 있어 국선을 제수 받아 황실의 호위를 맡아주니 마음을 놓은 것이다. 그런데 그만 계모 사도태후와 미실의 손이 탄 것이다.

문노는 그 마수의 손길을 막아내기에 힘이 부쳤던 게다. 그때 황후의 진언을 받아들여 문노에게 힘을 주었어야 했다. 그래서 마수를 물리치고 확실하게 내 편이 되게 했어야 했다. 왕은 가슴을 쳤다. 문노가 이 정도로 합세했다면 조정은 이미 사도태후가 장악했을 게 뻔했다. 왕은 배신감에 치를 떨었지만 이미 엎질러진 물이다. 그저 통탄할 뿐이다.

"내 실정(失政)을 인정한다. 대세를 내 쪽으로 만들지 못한 용렬함도 인정한다. 미욱한 소리로 들리겠지만 왕자의 안위를 보장해주겠다는 말을 믿어도 되겠나?"

"예, 태후께서도 단단히 약조하신 일입니다. 태후가 아니더라도 제가 황후마마와 함께 지켜드릴 것입니다."

"태후라, 그러니까 백정이 보위에 오른다는 말이군. 이제 겨우 열세 살짜리가. 물론 태후가 섭정을 하고 노리부가 조종을 하겠군."

모든 걸 체념한 듯 왕은 눈을 지그시 감았다. 별궁의 모든 문을 폐쇄시키고 나오는 문노의 마음도 무거웠다. 잠시나마 자신의 영달을 의지하려 했던 신국의 왕이 너무 쉽게 무너지니 믿어지지 않을 만큼 허망했다. 권력이란 게 이토록 모래성 같은 것이란 말인가. 그 권력다툼의 한복판에 선 자신에 대해 짐짓 회의가 들기도 했다. 하지만 함박웃음을 머금고 두 팔 벌려 품에 달려드는 아들의 얼굴을 떠올리면 달리 선택의 여지가 없었다. 더 이상 아들과 군신의 관계로 있을 수는 없다. 아내에게도 마찬가지다. 문노는 허허로워지는 심신을 아내와 아들을 떠올리며 다잡았다.

진지왕이 폐위되고 수순대로 개에게 물려 비명횡사한 동륜태자의 아들 백정이 왕위에 올랐다. 왕호는 진평이다. 열세 살의 진평을 대신해 할머니 사도태상태후가 섭정을 시작했다. 어머니 만호가 있긴 했으나 이미 그 어머니인 지소가 비구니가 되면서 세를 잃어 허울뿐인 태후자리만 지키고 있었다. 조정은 상대등 노리부의 정권이다. 문노는 아찬의 직위에 제수되고 진골의 반열에 올랐다.

국가의 대사만 치르는 포석사에서 이례적으로 혼례식이 치러졌다. 이미 부부의 연을 맺어온 사이이지만 새로이 진골에 오른 문노가 정식으로 윤궁을 아내로 맞는 혼례. 진평왕을 비롯해 미실부부와 사도태상태후가 축복해주는 가운데 초례청에 선 윤궁과 문노는 만감이 서렸다. 신하에서 지아비가 된 문노는 말할 것도 없고, 지어미로서 문노를 섬길 수 있게 된 윤궁도 감읍했다.

윤궁은 돌아가실 때까지도 당신의 욕심으로 딸의 신세를 망쳤다고 걱정하던 아버지를 떠올렸다. 청상이 되었을 때 애통해 하는 아버지를 보며 정작 덤덤하던 자신이 죄스러웠다. 진종을 따라 사가로 나가겠다고 했을 때는 다시 안 보겠다고 역정도 내었다. 하지만 어머니의 등을 떠밀어 딸의 집을 드나들게 한 것도 아버지였다. 어머니의 자상함 속에는 살 속에 묻힌 뼈처럼 아버지의 사랑이 박혀 있었다.

문노는 기쁜 중에도 허허로움을 지울 수 없었다. 자신의 신분으로 아들의 앞길을 막고 있다고 죄인처럼 살다간 어머니를 떠올렸다. 그 아들이 신국 신라 최고 신분인 상대등의 딸을 맞아 혼례를 올리고 있으니 지하에서나마 한을 풀었을까. 얼마나 좋아하실까. 문노는 기뻐하는 어머니가 사무치게 보고 싶었다. 꿈에 나타나 냉골이던 방이 따뜻해 좋다고 하시던 모습이 떠오른다. 그때 이런 일이 있을 걸 아셨던 게다. 그 따뜻한 방에서 저토록 음전한 며느리와 귀여운 손자를 보시면 얼마나 좋아하실까 생각할수록 가슴이 저려왔다.

어릴 때 몇 번 뵈었던 아버지 모습도 떠올랐다. 열 살쯤이던가. 오랜만에 찾아온 아버지는 문노에게 다부지고 총명한 게 왕손답다며 기꺼워했다. 당시까지만 해도 병부령으로 있던 아버지는 문노가 신라가 아니고 가야의 왕손인 게 안타깝다고도 했다. 그때부터 였을 것이다. 문노는 가야의 왕손이라는 자부심으로 훌륭한 장군이 되겠다고 생각했다. 그 자부심이 족쇄가 되기도 했지만 그래도 기를 살려주려 했던 아버지의 마음만은 잊지 않았다.

문노와 윤궁 두 사람의 머릿속에는 무미건조했던 나날, 치열했던 전장, 애간장을 녹이던 그리움 등 이런저런 회한이 강물에 비친 구름의 그림자처럼 스쳐지나갔다.

다비식

국선의 자리를 내놓고 아찬으로 정사에 관여하기 시작한 문노는 미실을 견제하는 데 촉각을 세웠다. 대의를 따른다는 명분이 있기는 했지만 미실과 공모를 해서 왕을 폐위시킨 일은 역모라도 한 것처럼 늘 가슴을 무겁게 했다. 골품을 얻어야 하는 절박한 사정이 없었더라면 아무리 대의가 그렇더라도 모른 척하면 했지 공모에 가담하지는 않았을 것이다. 진지왕이 별궁에서 죽기까지 2년 동안 문노도 유폐된 마음으로 살았고, 왕이 죽자 살인을 한 것 같아 괴로웠다. 무거운 마음을 견디기 힘들 때마다 신국의 왕실을 지키고 나라를 위한 일이었다고 이를 악물고 자신을 타이르곤 했다. 그런 의미에서라도 미실은 경계대상이었다. 또다시 그녀의 치마폭에 정사가 농락당하는 일은 없어야 한다고 다짐했다.

그런데 막상 정국은 문노의 다짐이 무색하리만큼 안정을 찾아갔다. 그건 새 내각이 선정을 베풀어서가 아니라 판세를 막강하게 장악했기 때문이다. 진골 정통의 기둥인 지소태상태후는 비구니가 되어 흥륜사에 칩거하고 있다가 진지왕이 폐위되자 바로 승하했다. 대원신통이긴 하지만 지소와의 연분으로 진골정통 측에 속해 있던 이사부도 곧 그 뒤를 따랐다. 탐지 무력 서력부 등이 있긴 했지만 이미 이들의 세력은 진지왕이 폐위되는 것을 제지할 수 없을 만큼 기울어있었다. 두 세력이 팽팽히 맞서면 서로 적대감이 커지지만, 한쪽이 워낙 기울면 일단 적대감은 사라진다. 진 쪽은 자괴감에 몸을 낮추게 되고, 이긴 쪽은 여유와 연민으로 경계를 풀게 마련이다. 정국은 당분간 평온할 전망이다.

관직에 나가기는 했지만 가야 출신인 문노는 운신의 폭이 제한적일 수밖에 없었다. 그나마 실세 중 한 사람인 병부령 세종과 오래전부터 가깝게 지내온 게 큰 의지가 돼주었다. 문노는 이를 발판 삼아 운신의 폭을 넓혀갈 생각이었다. 우선 정계보다는 조금 더 수월한 화랑도부터 장악하리라 다짐했다. 화랑도의 국선으로 있었으니 풍월주가 되는 건 마음만 먹으면 될 일이지만 절차와 명분이 중요했다. 현 풍월주인 설원랑을 교체하려면 관례상 부제인 미생이 풍월주에 올라야 한다. 하지만 미생은 무예에는 관심이 없고 빼어난 미모로 풍류나 즐기고 동륜태자까지 물들게 한 장본인이다. 애초 미생이 부제가 된 것도 미실을 깊이 연모하는 설화랑이 미실을 위해 헌신한 것이나 마찬가지다. 많은 낭도들의 반발이 있었으나 설원랑은 미실이 제공한 금품과 향응으로 성사시켰다. 그때 문노가 적극적으로 나섰더라면 막을 수도 있었다.

당시 미생은 동륜태자의 비명횡사로 미실과 더불어 쫓겨났다가 복직된 상태에서 애증의 처지에 놓여있었다. 그때만큼은 자숙하느라고 화랑도로서의 소임을 잘 해냈다. 세종이 풍월주에서 상선으로 물러나며 문노에게 풍월주자리를 넘기려 했을 때, 문노는 관례를 무너뜨릴 수 없다는 이유로 사양했고, 제 손으로 설원랑을 풍월주로 추대했다. 마치 대인이라도 된 것처럼 보이던 분위기라 설원랑이 부제로 삼은 미생도 묵인할 수밖에 없었다. 하지만 이후 미실의 뒷배를 믿은 미생의 언행은 종전보다 더 문란해졌다. 문노로서는 꼭 자신이 풍월주가 안 되더라도 그런 미생을 풍월주로 추대할 수는 없었다. 문제는 미생이 미실의 친동생이라는 것이다. 섣불리 풍월주를 바꿨다간 미실에게 어떤 트집을 잡힐지 모를 일이다. 문노의 얼굴엔 수심이 떠나지 않았다.

윤궁이 문노의 안색을 심상치 않게 여기고 물었다.

"무슨 걱정거리라도 있습니까? 요즘 안색이 늘 어둡습니다."

"아, 그래 보이오. 실은 풍월주를 바꿨으면 하는데 마땅한 인물이 없어 고민이요."

"풍월주는 항시 부제가 대를 잇는 것 아닌가요?"

"그렇지요. 그러니 걱정입니다. 지금 부제가 미생 아닙니까. 그런데 미생을 풍월주로 추대하자니 여러 가지로 마음이 내키지 않습니다. 부인은 미생을 어찌 생각하오. 사촌동생 아니요."

"어쩐지 저와 선을 긋는 것 같아 서운합니다. 아무리 동생이라 하나 생각 없이 편을 들지는 않습니다. 제 생각에도 미생이 풍월주를 맡기에는 무리가 있을 듯합니다. 좀 더 학문을 익히고 무예도 닦아야 하지요. 특히 행동거지가 방정하지 못해 아직은 안 되지요."

"그러니 걱정이라는 것 아닙니까."

"부제 말고 다른 화랑이 풍월주가 된 적은 없나요?"

"한 번 있었지요. 사다함이 풍월주로 있을 때였는데 그때 설 화랑이 부제였죠. 하지만 사다함이 전사했는데도 부제 설화랑은 풍월주로 오르지 못했죠. 나이도 어린 데다 신분도 미약하고 본인도 미실에게 원화로 내줄 뜻을 보여 공론으로 세종전군을 풍월주로 추대했죠. 그때는 그런 특수한 사정이 있어 그랬지만 지금은 별다른 일이 없어 통상적으로 부제인 미생이 풍월주가 되어야 하죠. 그러나 부인도 얘기했듯 그는 아직 재목이 못 되오. 애초 설화랑이 미생을 부제로 삼은 것도 미실을 기쁘게 해주려는 충성심 때문 아니었소. 그때 낭도들도 불만이 많았는데 미실의 뇌물공작으로 무마되었지요. 이제는 그것도 안 통할 것이고 나 자신이 용납할 수 없소. 하지만 당사자인 미생은 당연히 자신이 풍월주가 되리라 믿고 있을 테니 걱정이지요. 미실궁주 또한 그리 믿고 있을 테니 다른 화랑을 앉히면 얼마나 실망하겠소. 가만히 실망만 하고 있을 미실이 아니지 않소."

"가만히 있지 않으면 어쩌게요."

"또 제가 원화가 되겠다고 어린 주상과 세종전군을 볶아댈 테지요. 아니면 그 복잡한 꿍꿍이속을 누가 알겠소."

"언제까지 언니와 그리 척 지고 지내시렵니까. 사실 저도 언니가 마음에 드는 건 아닙니다. 그러나 이제 언니도 늙었어요. 애도 넷이나 낳았으니 오죽하겠어요. 언니의 힘은 미색과 색사 아닙니까. 제아무리 아름다운 미색과 특별한 색사라 해도 세월까지 치마폭에 감쌀 수는 없지요. 아마도 금왕을 모시는 게 마지막이고 그것도 힘에 부치는 모양입니다. 반면 서방님이야 이제 직위를 얻어 정사를 보기 시작한 의욕 넘치는 관료 아니십니까. 이제 언니에 대한 경계는 놓아도 되지 않겠는지요."

"부인은 내가 졸장부로 보이는 모양이오. 그녀는 왕까지 갈아치운 세도가요. 내 비록 그녀를 돕기는 했지만 마음은 늘 불충의 죄로 무겁소. 그녀의 치마폭에 싸인 조정을 바로잡는 것만이 그 불충의 죄를 씻는 것 아니겠소."

"서방님의 그 충정을 제가 왜 모르겠습니까. 그러나 그 충정은 언니를 상대로 풀 것이 아니라 노리부 같은 대신들을 상대로 푸셔야 할 줄 압니다. 사도 태상태후는 곧 있을 왕의 혼례만 마치고 영흥사로 들어가신다고 합니다. 그러면 언니도 세가 많이 기울지 않겠습니까. 이제 한 사람의 아낙일 뿐입니다. 당장은 진평왕을 모시고 있어 그런대로 힘을 쓰고 있지만 그게 얼마나 가겠습니까. 저절로 소진될 사람에게 공연히 헛심 들일 필요가 어디 있겠는지요."

"딴은 그렇군요. 내가 너무 사심으로 미실을 생각한 듯하오. 어찌 보면 부인을 만나게 해준 고마운 사람인데 말이요. 다만 그게 순수하게 우리를 위해 중신한 게 아니라 자신의 영달을 꾀하기 위한 계략이어서 유감이지만 말입니다. 그때 생각하면 우리가 이용당한 느낌을 떨쳐버릴 수가 없구려. 또 솔직히 미실의 방해만 아니었으면 진즉 관직에 올라 골품을 얻을 수 있었고, 그래서 부인을 만났을 때 그토록 괴롭지 않았을지도 모른다 싶으니 원망스럽기도 하구요."

"그 마음 충분히 이해합니다. 그러나 다 지나간 일이잖아요. 어쩌면 서방님이 진즉에 골품을 얻었으면 저를 만나기 전에 다른 처자와 혼인을 했을지도 모릅니다. 저만 보더라도 골품이 있으면 그걸 지키려는 욕심에 서로간의 연정 따위는 뒷전이거든요. 우선 혼인으로 맺어놓고 정말 사모하는 사람이 생기면 사통을 하는 경우가 많아요. 그간의 고통과 아쉬움은 다 저를 만나기 위한 통과의례라고 생각하시면 안 되겠습니까."

"정말 그렇구려. 그만한 통과의례도 없이 부인처럼 소중한 사람을 만날 수는 없겠지요. 부인을 만난 것이 세상을 얻은 것에 비할 바 아니지만, 그 세상에 미실의 힘이 느껴질 때면 마음이 편칠 않구려."

"제 소견으로는 지나친 경계인 것 같습니다. 이제 언니도 제 안위 지키기도 힘에 부칠 것입니다. 언니의 색사를 원하는 권력은 이제 없으니까요. 공연히 퇴락해 가는 권력을 향해 칼을 쓰시면 그 칼날이 무색하지 않을까요."

"언니를 보호하고 싶으신 게로군요. 알았소. 내 절대 칼은 쓰지 않으리다. 부인 말대로 굳이 그럴 필요가 없을 것 같소. 오히려 손대지 않고 코 풀 수 있는 방법이 더 좋을 수도 있겠고."

"무슨 계획이라도…?"

"조만간 집으로 귀한 손님을 모셔야겠으니 음식을 좀 장만해 주시오."

"손님이라면…."

"세종전군이요. 아무래도 거기서부터 대안을 찾아야 할 것 같소. 그분이라면 화랑의 상선이요 병부령으로서 화랑도의 기강을 생각해서라도 내 의중을 지지해 줄 것이요. 예전의 빚도 있고."

윤궁은 고개를 끄덕였다. 하지만 속으로는 한숨도 나왔다. 남편 문노와 사촌언니 미실의 끈질긴 대적이 언제쯤 끝이 날런지.

문노는 대부분의 대소사를 윤궁과 의논했다. 사실 윤궁을 못 만났더라면 지금의 자신은 없을 것이다. 미천한 신분으로 관직을 얻어보았자 말직을 면할 수 없을 것이요, 아무리 용맹해보았자 특별한 보직이 없는 화랑도에서는 그저 화랑일 뿐이다. 야망은 가져보았자 무거울 뿐이요, 꿈은 키워보았자 한계에 부딪칠 뿐이었다. 오로지 무관의 장수지만 명예만은 국가 최고의 위치를 지키리라 다짐해온 삶이었다. 그런데 윤궁을 만나면서 모든 게 바뀌었다. 언감생심이던 골품을 얻고, 남의 일로만 여겼던 국정에도 나서게 되면서 하마터면 사장될 뻔한 기량과 소신을 마음껏 펼치게 되었다. 그 모두가 윤궁으로 비롯된 일이고 보니 문노는 고락을 함께함은 물론 약조한 대로 생을 바쳐도 아깝지 않을 것 같았다. 윤궁은 성격이 온순하고 생각에 치우침이 없으며 일을 처리함에 감정을 앞세우지 않아 가장 믿음직한 의논 상대자였다. 미실이라면 눈에 불을 켜던 마음도 윤궁의 회유로 많이 유연해진 편이다.

업무를 끝내고도 심드렁해져 있던 세종에게 문노가 다가가 제 집에나 가자고 청했다. 색공인 미실이 진평왕의 침전에 드는 날임을 문노는 알고 있었다. 세종의 심기가 편치 않을 것이고, 미실이 없으니 절호의 기회라고 생각했다. 나이로 보나 업적으로 보나 미실이 색공지신에서 물러날 때도 되었지만 마침 색공지신인 보명궁주가 임신을 해 할수 없이 진평왕의 혼례 전까지 맡은 것이다. 세종은 못마땅했지만 일시적인 일이요 왕실의 일이라 마지못해 묵인할 수밖에 없었다.

세종은 문노의 속셈은 짐작 못 하고 어디에 대고 떼를 쓰고 싶은 어린아이 심정으로 청을 받아들였다. 미실이 꾸민 향과 시종들의 정성이 곳곳에 배어있지만 어딘가 휑한 느낌이 드는 집안을 둘러보다 세종은 옷을 갈아입고 집을 나섰다.

세종은 문노의 집에 들어서면서부터 자신의 집과는 너무도 다른 분위기에 흠칫 놀랐다. 이제는 아득하게 여겨지는 월궁 밖 민가에서 미실과 생활하던 그때가 얼핏 떠올랐다. 하지만 골품을 지닌 관료의 집에서 이렇게 소박하면서도 안락한 느낌을 받을 수 있다는 게 의아할 뿐이다. 게다가 다소곳이 나와 맞아주는 윤궁의 모습은 미실에게서는 상상도 못할 편안함이 묻어났다. 화려하고 요염한 미실에 비하면 수수하고 푸근한 모습이다. 젊어서는 미실의 요염함에 온 마음과 몸을 빼앗겼지만 이제는 저런 푸근함에 안주하고 싶다는 생각이 문득 들었다. 문노의 당당함과 자상함이 어디서 나오는지 알 것 같았다.

"이렇게 누추한 곳으로 모시어 죄송합니다. 다른 곳은 이목도 있고 제게는 이만큼 편안한 자리도 없을 것 같아 모셨습니다."

문노는 정갈한 저녁상이 들여진 안방으로 세종을 안내했다. 세종은 그저 편치 않은 제 심사를 생각해서 불러준 줄 알았는데 음식상을 보니 어쩐지 작정하고 부른 것 같아 움찔했다. 그렇다고 화려하거나 음식 가짓수가 많은 건 아니다. 조촐하면서도 정성이 가득해 보이고 모두 맛깔스러워 보였다. 모두 윤궁의 손길이 직접 닿은 듯 보여 세종은 부러움마저 들었다. 무릇 사내란 이런 대접을 받으며 살아야 한다는 생각도 들었다. 정성을 다한다고 하긴 했지만 입에 맞으실지 걱정이라며 물러나는 단아한 윤궁의 모습에 세종은 가슴이 찡해왔다. 언제나 미실의 눈치만 살펴왔던 자신의 삶에 비하면 문노야말로 성골의 삶 아닌가.

세종은 음식을 먹으면서도 이제까지 맛보지 못한 깊은 맛을 느꼈다. 문노와 주고받는 조정애기도 겉돌 만큼 푸근함을 느끼며 천천히 주발을 비워갔다.

"부럽소."

문노가 술병을 들어 반주를 권할 때는 솔직한 심정을 털어놓았다.

"부럽다니요? 그 무슨 민망한 말씀을….."

"진심이요. 오늘 보니 문공이 이전 보다 자상하면서도 당당해진 이유를 알 것 같소. 아니 당당한 거야 예전에도 그랬지만 그때는 사내로서의 위세였다면 근자에 들어서는 여유까지 있어 보이더라니까요. 다 집안 분위기 때문인가 싶소. 오늘 내게 자랑하려고 부른 것 아니오?"

"점점 더 듣기 민망합니다. 실은 중요한 낭정을 의논드릴까 해서 이리 모셨는데 제 입막음을 하시는 것 같아 송구합니다."

"저런. 그럴 리가 있나요. 올 때는 무심히 왔으나 음식상을 보고 한가하게 술타령이나 하자고 오라 한 건 아니구나 싶었소. 헌데 낭정이라면…. 아, 그렇군요. 설원랑이 풍월주를 오래 했지요. 다 문공께서 배려해 주신 덕이지요."

"제 배려라니요. 전군과 미실궁주의 보살핌 덕분이라 해야겠지요."

"어째 말에 뼈가 있어 보입니다. 그래도 말은 바로 합시다. 설원이 미실의 사람인 건 사실이지만 내겐 정적이오. 내 마음이 편치만은 않았다오. 아무려나 이제 풍월주의 임자를 찾아주어야지요. 뭐 낭전 분위기도 그렇고 문공께서 풍월주를 맡으셔야지요."

"아주 제 입에 재갈을 물리시는군요. 엄연한 부제가 있는데 무슨 말씀이십니까."

"부제요. 아, 미생! 하하하."

"어찌 그리 웃으십니까."

"웃을 밖에요. 그 방자한 철부지를 풍월주라고 생각하니 웃음밖에 나지 않는군요."

세종은 미생을 문노보다 더 못마땅해 했다. 제 누나를 황후에 올려

보겠다고 동륜과 어울려 다니며 방탕을 일삼고, 사치와 낭비로 화랑의 위신을 땅에 떨어뜨린 그가 풍월주라니 생각만 해도 웃음만 나올 일이다.

"그래도 미실궁주의 친동생 아닙니까."

"아, 이제야 저를 부른 이유를 알겠네요. 내가 전왕폐위를 도와 달라 부탁할 때 내 집으로 오라고 한 것과 마찬가지로, 지금 이리 불러 놓고 공이 풍월주로 추대되는데 걸림돌이 되는 미실을 회유해달라는 말씀 아닙니까. 걱정 놓으십시오. 제가 깔끔히 처리하죠. 하 하 하."

"아니 그 무슨 곡해를… 제가 풍월주가 되겠다는 것이 아니라 미생이 풍월주가 되는 걸 막아야 한다는 말씀을 드리고 싶은 것입니다."

"그게 그거지. 미생이 아니면 문공이지, 다른 누가 있다는 말이요. 우리 사이에 그렇게 속내를 감출 게 뭐 있겠소. 얘기 다 끝난 걸로 합시다."

문노는 세종이 너무 쉽게 자신의 의도에 동조해 의아했다. 마치 기다리고 있었다는 듯 처리를 맡아준다지 않는가. 미실이라면 제가 앉은 풍월주 자리마저 내주던 위인이 어찌할 셈인가. 과연 펄쩍 뛸 미실을 막아낼 수 있을까. 미실만 아니라면 상선이요 병부령이니 다른 문제는 없을 것이다. 어쨌거나 호탕하게 웃으며 호언장담하는 걸 보면 심중에 큰 변화가 있는 건 분명해 보였다.

의아해한 문노와 달리 세종은 이미 문노의 집을 들어설 때부터 가슴 속에서 일어나는 감정의 변화를 감지하고 있었다. 가장의 위신을 느낄 수 있는 아늑하고 편안한 집안 분위기에 뭔가 오랫동안 잃어버리고 있었던 게 생각난 듯했다. 다소곳하면서도 음전한 윤궁의 모습과

까칠하고 요염한 미실이 비교되면서 남아로 그리고 성골의 왕족으로 자존감을 찾고 싶었다. 그러려면 욕망을 감춘 미실의 치마폭을 벗어나야 한다. 미생을 제치고 문노를 풍월주로 추대하는 것에서부터 시작할 생각이다. 물론 문노의 우국충정을 이미 잘 알고 있던 터라 망설임도 없었다. 병부령이요 상선인 제 힘으로 어려운 일도 아니다. 세종은 미실의 굴레를 벗어날 생각에 스스로 고무되고 있었다.

진평왕과 마야의 혼례가 있은 후 사도태상태후는 지소가 그랬듯 비구니의 몸으로 영흥사로 들어가 몸을 의탁했다. 사가에서도 엄한 시어머니일수록 원망을 하면서도 닮아가는 게 며느리이다. 며느리 입장에서 당할 때는 악행과 악습이던 시어머니의 언행이, 자신이 시어머니가 되면 가르침이요 가풍이란 명분이 생기는 것이다. 한때 사도태후는 시어머니인 지소태후가 자신을 내치고 숙명을 황후로 내정한 것에 대해 원망을 품고 자신도 며느리인 지소의 딸 만호를 내치고 미실을 태자비로 앉히려 한 적이 있었다. 그리고 이제 생을 다함에 앞서 또 한 번 시어머니를 따라 비구니가 되기로 한 것이다. 물론 단순히 시어머니 행적을 따르려는 것이 아니다. 권력도 누릴 만큼 누렸고, 또다시 정쟁을 겪는 것도 부질없어 보였고, 무엇보다 남편 진흥제를 진실되게 보필하지 못한 죄책감에 마음이 무거웠다. 시어머니도 이러지 않았을까 하는 생각을 해보며 불도로 모든 걸 털어내고 싶었다.

권력의 동반자요 발판이던 이모를 잃은 미실은 상실과 허무에 젖어 지냈다. 많은 사내를 쥐락펴락했으니 사다함을 잃은 분풀이도 할 만큼 한 셈이고, 왕까지 폐위시켰으니 권력도 누릴 만큼 누린 셈이다. 더 이상 가질 것도, 갖고 싶은 것도 없다. 의지해오던 이모가 곁에 없어서 인지 오히려 갖고 있는 게 버겁게 느껴지기도 했다. 권력도 세월이 가면 늙는가. 이제는 모든 걸 놓고 평온해지고 싶었다.

윤궁이 찾아온 날도 미실은 적적함을 달래느라 몸단장을 하고 있었다. 한때는 특정 사내를 염두에 두고 그의 취향을 생각하며 몸단장을 하곤 했는데 이제는 그저 막연하게 몸단장을 하려니 재만 남은 화로에 부젓가락질 하는 것 같아 허망하기 이를 데 없었다.

"오, 화주(풍월주의 아내) 오시는가!"

미실은 윤궁을 반갑게 맞아주었다.

"화주라니?

윤궁은 화들짝 놀라 물었다.

지난번 세종이 집에 왔을 때 언질이 있긴 했으나 미실의 성정으로 보아 녹록치 않을 줄 알았는데 뭔가 진행이 빠른 듯해 의아했다. 세종과 미실 사이에 무슨 일이 있었던 것인가. 진심인지 빈정거림인지 윤궁은 미실의 안색을 살폈다.

"요런 앙큼한 것 시치미 떼기는. 이제 내 승낙 따위는 필요 없어진 것 잘 알면서."

"내가 무슨 시치미를 떼? 그리고 승낙 따위가 필요 없어졌다니?"

"전군께서 너희 집에 다녀왔다며. 딱히 그일 때문인지는 모르겠으나 아무튼 그 이후 전군의 태도가 달라졌더라고. 내 말이 안 먹히더란 말이지. 참 모호하더라. 내 말이라면 무조건 따라 줄 때는 만만하고 좋으면서도 어딘가 허전했거든. 그런데 막상 당당해지니까 배신당한 것 같아 쓸쓸하면서도 사내대장부다운 게 듬직하기도 하더라. 이래서 여자

272

가 요망하다고 하는 건지… 아니 여자가 다 그런 건 아니겠지. 내가 누구 말처럼 요부라서 그런 게지. <u>흐흐흐.</u>"

미실은 힘없이 웃었다. 예전의 요염하고 당찬 모습은 상상이 안 될 정도로 쓸쓸한 표정이다. 미실이 이 정도까지 상심해 있는 걸 보면 세종전군의 태도에 변화가 있는 건 분명해 보였다. 하지만 그 내막까지는 물어볼 수가 없다. 아직 건재함을 인식시켜 위로해 주고 싶었다.

"형부가 달라져봐야 언니 손바닥을 벗어나겠어. 우리 집에 오셔서도 언니가 사내대장부로 태어났다면 군왕도 될 인물이라며 칭찬하더라는데."

"얘가 이제 없는 말도 지어낼 줄 아네. 그럴 필요 없다니까. 이미 문화랑이 풍월주로 내정되었다니까."

"내가 무슨 말을 지어내. 언니가 치마 두른 대장부인 건 세상이 다 아는 일 아냐. 어쨌거나 서방님을 풍월주에 내정해 준다니 고마워. 이 일로 서방님과 언니가 화해했으면 좋겠어. 세월도 많이 흘렀고 큰일도 같이 해냈잖아. 그리고 서방님도 그전과 많이 달라졌어. 조정에 들어가면서 모난 생각도 많이 부드러워졌고, 언니에 대해서도 많이 편해졌어. 오로지 조정과 화랑도 걱정만 한다니까. 남편이라서가 아니라 정말 우국충정만큼은 존경스러워."

미실은 윤궁이 입에 발린 말로 위로해준 줄 알면서도 싫지는 않았다. 마음 같아서는 급변한 세종의 태도에 성토라도 하고 싶지만 누워 침 뱉는 꼴이 될 것 같아 애써 윤궁이 듣기 좋은 말로 돌렸다.

"나도 그건 알지. 우리가 개인적인 일로 자꾸만 꼬이다 보니 여기까지 왔지. 하지만 이제 문공의 시대가 열린 것 아니니. 벼슬도 얻고 골품도 얻고 이제 풍월주까지. 어디 그뿐인가 천하의 지혜로운 지어미까지 거느렸으니 앞으로 탄탄대로겠지."

윤궁의 설득으로 문노가 미실에 대해 어느 정도 유연해졌듯, 미실도 그 즈음 문노에 대해 유연해져 있었다. 어쩔 수 없이 대세를 따른 것일 수도 있지만 문노의 대범한 처사에 마음이 흔들리면서부터다. 처음 세종에게 문노를 선왕폐위에 끌어들이라 한 것은 당연히 있을 화랑과 낭두들의 반발을 막아달라는 뜻이었다. 그런데 직접 나서서 왕을 별궁에 위폐시켜 주어 적이 놀랐다. 그렇게 민첩하고 깔끔하게 처리해줄 줄은 상상도 못했다.

문노를 새삼스레 다시 보게 된 미실은 문노에게 내려진 직위가 마음에 걸렸다. 자기가 직접 내린 건 아니지만 자기가 마음먹기 따라 5등위 대아찬을 주어 진정한 진골이 되게 할 수도 있었다. 문노를 회유하기 위해서는 절박한 골품을 주지 않고는 안 되겠기에 진골은 내리지만 등급까지 진골 등급을 주기는 아까워서 한 직위 아래인 아찬을 제수했다. 진골이 될 수 없는 아찬으로 골품을 받았으니 몸에 작은 옷을 억지로 입고 있는 것처럼 석연치 않았을 것이다. 그런데 이제 그는 그걸 탄탄한 발판으로 일어서고 있다.

일찍이 그에게 관직을 주는 건 호랑이에게 칼을 쥐어주는 거라고 이 사부에게 말하지 않았던가. 그걸 알면서도 제 손으로 칼을 쥐어준 셈이다. 다시 생각해봐도 어쩔 수 없는 일이긴 했다. 자신에게 무기인 색은 세월에 퇴색되겠지만 무사인 문노의 칼은 세월을 뛰어넘을 수 있다. 점점 예전 같지 않은 육신을 의식하며 미실은 이제 적은 문노도 그 누구도 아닌 바로 세월뿐이라는 회한에 젖곤 했다.

"그거야 지내봐야 알 일이지. 아무튼 서방님을 풍월주로 용인해 줘서 고마워. 미생이 마음에 걸렸을 텐데."

"미생은 좀 더 수양을 쌓아야 되겠지. 문공이 누구보다 화랑도에 애정이 많은 사람이니 잘 이끌 것이라 믿는다."

"정말 고마워 언니, 사실 난 서방님이 풍월주가 되는 것 보다 두 사람이 화해하는 것이 더 기뻐. 나 이제 두 다리 쭉 뻗고 잘 수 있을 것 같애. 그동안 두 사람 사이에서 외줄타기 하는 것처럼 얼마나 조마조마했는데. 칼바람과 꽃바람이 얼마나 매섭던지 한시도 마음을 놓을 수 없었다니까."

윤궁은 눈물까지 비치며 긴 숨을 토해냈다.

"뭐, 칼바람과 꽃바람?"

"아니, 그냥 내 생각으로. 하긴 서방님은 화랑이요 장군이라 칼바람이라 해도 되겠지만 언니는 꽃이라기보다 나비라는 게 더 잘 어울리겠네. 그럼 나비바람인가."

윤궁은 비유가 멋쩍은 듯 미소를 지으며 말끝을 올렸다.

"나비라니 색공지신이니 꽃은 꽃이지. 그런데 네 생각에 칼바람과 꽃바람 중 누가 이긴 것 같니?"

"그야 둘 다 바라는 걸 다 얻었으니까 둘 다 이긴 것 아냐?"

"아니, 둘 다 졌어. 둘 다 바로 너한테."

"나한테라니?"

"싸움이란 말이다. 상대가 있는 것이고 한쪽이 쓰러져야 끝이 나는 것이지. 그런데 네 말대로 우린 다 쓰러지지 않았어. 그렇다고 서로 상대를 이긴 것도 아냐. 네가 줄타기 하며 양쪽을 이겨낸 것이지. 너 아니었으면 우린 아직도 팽팽하게 대치하고 있을지도 몰라. 설사 대세가 문공 쪽으로 기울었다 해도 너 없이 문공 혼자 그걸 이루지는 못했을 거다. 나 또한 세월에 마모된 몸이지만 오기로라도 적대감을 버릴 수 없었을지도 몰라. 하지만 너의 헌신적인 사랑이 매서운 장수의 칼날을 무디게 하는 걸 보니, 한낱 색신의 몸으로 대적을 한다는 게 무모하다는 생각이 들어. 그러니 내가 졌다 해도 문공한테 진 것이 아니라 너한테 진 거라구."

"뭐 꼭 그렇게 이기고 지는 걸로 볼 건 뭐 있어. 그저 두 분 다 아주 열심히 살아온 것뿐이지. 또 그렇게 살 수 있도록 서로 자극이 돼 준 거고. 그러니 어찌 보면 적이 아니라 상생을 한 게 아닐까. 그리고 지난 세월이야 어쩔 수 없이 적으로 지낼 수밖에 없었다 해도 이제는 여건이 많이 달라졌잖아. 그냥 동생의 남편이요 우국충정 강한 장수요 관리로만 보아주면 안 될까."

"남편 생각하는 게 지극하구나. 문공에게 내 얘기도 그리 좀 잘 해주지 그러냐."

"그렇지 않아도 서방님이 내가 언니 걱정 많이 한다고 눈치주던데."

"설마."

"아니야. 언니말대로 서로 적으로 생각하고 있는데 어느 한쪽만 마음을 바꿔서야 되겠어. 정말 나 서방님하고 언니하고 잘 지냈으면 좋겠어."

"고맙다. 오히려 내가 부탁해야 할 처지인데 네가 그리 나서주니 한결 마음이 편하구나."

"고마워, 언니."

윤궁은 눈물을 머금은 채 고운 미소를 보냈다.

윤궁이 돌아간 뒤에도 미실은 밝게 웃는 윤궁의 얼굴을 지울 수 없었다. 윤궁의 얼굴에서 자신이 느껴보지 못한 행복을 보았다. 문노와 윤궁의 금슬이 좋은 건 일찍부터 알고 있었다. 아무 조건도 사심도 없는 진정한 사랑이었다. 자신들이 이용당했다는 걸 알면서도 절절히 아끼는 두 사람을 보면서 처음에는 제 계략대로 된 것 같아 뿌듯했다. 하지만 나중에는 두 사람이 오히려 단결하여 적이 된 것 같아 뒤통수를 맞은 것 같기도 했다.

색공지신이라는 신분에 얽매여 혹은 야망을 이루기 위하여 혹은 육욕을 채우기 위하여 이 사내 저 사내 품을 전전하던 자신에 비해 한 지아비를 위해 헌신하는 윤궁이 부러웠다. 자신이 색사로 이룬 모든 것들을 윤궁은 사랑 하나만으로 다 얻었을 뿐 아니라 한없이 위대해 보였다. 그실 선왕폐위에 문노가 가담하지 않았으면 성공을 보장할 수 없었다. 그 문노를 윤궁의 사랑이 움직인 것이다. 윤궁이 아니면 문노는 오히려 결사적으로 폐위를 막으려 했을 것이다. 그리되면 성공의 여부도 알 수 없으려니와 성공한다 해도 골육상쟁이 될 수도 있었을 것이다. 미실은 열 사내의 탐욕보다 한 사내의 절절한 사랑이 목마르게 그리웠다. 언뜻 사다함이 떠올랐으나 너무 먼 기억이다. 육즙 빠진 고기처럼 감정 없이 하나의 기억으로만 생각되었다.

'설원랑, 그라면…'

미실은 그림자처럼 따라주는 설원랑을 떠올렸다. 햇살처럼 감싸주고 수족처럼 움직여 주는 그 사람이라면 편히 몸과 마음을 맡길 수 있을 듯했다. 세종도 일편단심 자신만을 바라보고 지냈지만 그와는 달랐다. 세종은 왕실 사람으로 많은 것을 가지고 있고 누리고 있다. 자신은 그 많은 것 중의 하나일 뿐이다. 무엇보다 미실 자신이 그가 가진 많은 것을 공유하기 위해 부부의 연을 맺었다. 그러나 설원랑에게는 그가 가지고 있는 것 모두를 합해도 미실 자신 하나만 못할 것이다. 자신 또한 그에게 취할 건 사랑밖에 없다. 그라면 자신을 오롯이 아껴줄 것이고, 자신도 아무 조건 없이 사랑할 수 있을 것 같았다. 더군다나 얼만 전부터는 제 몸처럼 아껴주던 세종이 소원해지기까지 했다. 풍월주만 해도 미생이 부제로 있으니 당연히 미생을 추대해야 하는데도 거침없이 문노를 추대하겠다고 통고했다. 아무런 상의도 없었다. 자신도 미생이 여러모로 부족하다고는 생각하고 있었으나 세종이 그리 단호하게 나오자 반발이 일었다. 예전 같으면 당연히 눈치를 보거나 달래려 애썼을 것이다. 그런데 이번에는 화랑도 일은 자신이 더 잘 알고 있으니 자기가 알아서 처리하겠다고 단호하게 말했다. 안 봐도 그만이라는 결의도 느껴졌다. 화랑도뿐만 아니라 앞으로는 조정의 일도 자신의 주관대로 처리하겠다는 결의도 느껴졌다. 눈치로 권력을 쥐어온 미실의 직감이다. 이제 진평왕이 혼례를 치렀으니 온전히 세종만 모셔도 되나 막상 그리 되니 몸도 예전처럼 되지 않았다. 더군다나 세종도 자신을 원하지 않는 눈치다. 이모 사도 태상태후가 절로 들어간 마당에 세종마저 마음이 식었음을 느낀 미실은 허허벌판으로 내몰린 기분이었다.

미실은 설원랑을 불렀다.

"궁주님 찾으셨습니까."

"설화랑, 이제 풍월주 자리 내놓고 내 옆자리만 지켜주지 않겠소?"

"예? 풍월주야 어차피 내놓을 때가 되었지만 궁주님 옆 자리라뇨?"

"나도 이제 늙어 궁을 떠날 때가 된 것 같소. 지은 죄가 많아 태상태후마마처럼 절에 들어가 부처님을 모실 수는 없지만 절 근처에 소박하게 집을 짓고 불심을 닦으며 여생을 보내고 싶소. 색공이 아니라 한 아낙으로 돌아가 그대와 함께 지냈으면 하오."

"세종전군은 어찌하시고요."

"그분은 궁을 떠날 수 없소. 왕실의 어른 아니요. 나라를 위해 막중한 임무도 있고. 이제 나는 그분 곁을 떠나고 싶소. 그대와 해로하고 싶은데, 아니 되겠소."

"지금 해로라 하셨습니까. 아, 이제 제 소원이 이루어지나 봅니다. 이런 날이 오리라곤 꿈도 꾸지 못했습니다. 그저 멀리서라도 늘 뵈올 수만 있으면 고맙다고 생각해왔는데 해로라니요. 정녕 농을 하시는 건 아니시지요?"

진흥제 동륜태자 진지왕 진평왕을 모신 색신이요 권력자 미실이고 보니 낭도들조차 업신여기는 미천한 설원랑으로서는 선뜻 믿어지지 않는 게 당연했다.

"농이라니요. 이 늙은 몸을 받아주시면 고마울 따름이지요."

미실이 미소를 띠며 고개를 끄떡였다. 잔주름이 퍼진 얼굴은 요염함이 사라져 오히려 푸근했다. 설원랑은 다가가 안으며 '고맙습니다'를 연거푸 내뱉었다.

8세 풍월주에 오른 문노는 화랑도의 토대를 굳건히 세우는데 전력을 다했다. 윤궁의 설득으로 미실에 대한 경계를 접으니 큰 포부가 보였다. 이제까지 단순한 특권층이나 인재 양성소로 여겨지던 화랑도를 구국조직으로 키우고 싶었다. 고구려 백제 당 왜에 이르기까지 주변의 나라들을 견제하기 위해서도 막강한 군사력을 갖추지 않으면 안 되는 시국이기도 했다.

백제와의 관산성 전투를 떠올리며 문노는 화랑도를 부국강병의 근간이 되는 조직으로 키우기 위해 의지를 불태웠다. 우선 조직부터 체계적으로 편성했다. 풍월주 밑에 부제 한 명을 두는 건 종전과 같다. 부제 밑에 진골화랑 귀방화랑 별방화랑 별문화랑을 두었으며 나머지 화랑과 낭두 낭도는 좌삼부 우삼부 전삼부로 나누었다. 좌삼부는 도의(道義) 문사(文事) 무사(武事)를, 우삼부는 현묘(賢妙) 악사(樂事) 예사(藝事)를, 전삼부는 유화(遊花) 제사(祭事) 공사(供事)를 맡았다. 부제는 처남이 된 비보를 내정했다.

화랑도에 문노가 유독 관심을 가진 두 화랑이 있었다. 폐위된 진지왕의 소생 용춘과 가야의 마지막 왕자 무력의 아들 서현이다. 그 둘에 대한 문노의 애정은 각별했다. 용춘에 대한 관심과 애정은 선왕폐위에 대한 죄책감이기도 하고, 약속에 대한 의무감이기도 하고, 핏줄에 대한 연민이기도 했다. 서현에게는 그 아버지인 무력과의 연분도 있고 같은 가야 혈통으로서의 연민과 기대가 있었다. 피는 못 속인다더니 용춘은 문(文)에 더 영특한 면이 있고 서현은 무(武)에 더 기량을 보여 문노는 이 점을 감안하여 가르쳤다. 두 소년 다 대견하게도 힘든 수업을 잘 이겨내 주었다. 특히 용춘은 문노를 아버지처럼 따랐다.

언젠가 아내와 지도태후 모자를 대동하고 흥륜사에 간 일이 있었다. 그때 혜량법사는 용춘을 보고 움찔했다.

"참으로 총명하고 준수한 상이십니다."

감탄하듯 불쑥 말을 내뱉고는 지도태후를 향해 합장하고 고개를 숙였다.

"그렇습니다. 하나를 가르치면 열을 깨우친답니다."

문노는 제 자식이기나 한 것처럼 자랑스레 대꾸했다.

"장차 큰일을 해내시겠네요. 아이구, 내 정신 좀 봐!"

법사는 용춘에 대해 얘기하려다 잘못된 일을 수습하듯 얼른 말을 끊었다.

"왜 그러십니까?"

"왕자님 인상이 하도 좋아 불쑥 말이 나가긴 했는데 예전 일이 떠올라서요. 예전에 화주의 아버님이신 거칠부 상대등께 따님이 장차 만인의 칭송을 받을 상이라 말씀 드렸다가 두고두고 원망을 들었지요. 또 괜히 입방아를 찧었다가 태후마마의 원성을 살까 두렵습니다."

"저 때문에 공연히 법사님만 힘드시게 했지요. 하지만 제가 보기에도 왕자님의 기백과 엽렵함은 여느 도령과는 달라 보입니다."

윤궁이 민망해 하는 법사에게 힘을 실어 주었다.

"다 저를 위로하시느라 하는 말씀들이죠. 고맙습니다."

지도태후가 온화한 미소를 머금고 얘기를 받았다.

"단순히 듣기 좋으라고 드린 말씀은 아닙니다. 왕자님처럼 서기 어린 인상은 제 평생 처음 봅니다. 민가(民家)의 자재라면 고관이 될 상이요, 반가(班家)의 자재라면 재상이 될 상이라 말씀드리겠는데 성골의 자재이시니 감히 말씀드리기가 어렵습니다."

혜량은 원성을 들어도 어쩔 수 없다는 듯 조심스레 얘기했다.

"허, 뭘 그리 조심스러워하십니까. 그냥 왕재라 하시면 될 것을요."

"당숙! 왕재라니요. 법사님이 당황하시지 않습니까."

지도태후는 가당치않다는 듯 문노의 말을 부인했다. 하지만 얼굴에 기쁜 내색은 감추지 않았다. 법사의 혜안을 태후도 들어 알고 있었던 것이다. 하지만 폐위당한 아비의 전력이 아들의 앞길에 결코 작지 않은 걸림돌이 될 것이 뻔한 터라, 태후도 문노도 법사의 안목을 그저 크나큰 위안으로만 받아들였다.

그러나 법사의 안목이 그리 크게 벗어난 것은 아니다. 훗날 준수하게 자란 용춘은 13세 풍월주에 올랐고, 진평왕의 딸 천명공주와 결혼하여 아들 김춘추를 낳는다. 김춘추 역시 풍월주를 거쳐 무열왕으로 등극하여 삼국통일의 대업을 이룬다. 서현은 헌걸차게 자라 14세 풍월주에 올랐고, 만명공주와 결혼하여 김유신을 낳는다. 김유신은 무열왕이 삼국을 통일하는데 가장 큰 업적을 세운다. 이때부터 견제세력으로만 지목되던 가야계가 신흥세력으로 주도권을 잡게 되며 왕통도 진골정통이 찾아온다. 훗날 김춘추와 김유신이 성골들의 신위만 모시는 포석사에 진골 화랑인 문노의 신위를 영정과 함께 모시고 성심을 다해 추모하게 되는 것도 이런 연유가 있었던 것이다.

그러니 그 먼 후일까지 내다본 것은 아니더라도 법사의 안목은 아직 늙지 않았던 것이다. 문노는 법사의 말이 아니더라도 성골의 용춘을 왕재로 염두에 두고 때로는 엄하게 때로는 자상하게 키웠다. 혜량의 눈썰미도 범상치 않았지만 문노의 정성도 하늘에 닿았는지 모른다.

문노는 밖에서는 추상같은 위엄으로 무예와 훈련을 독려했지만 집안에서는 아내로부터 낭도들에게 불출로 비칠까 걱정을 살 만큼 다정

다감한 남편이었다. 윤궁은 화주로서 직접 옷을 만들어 낭도들에게 나누어 주기도 하고, 문노가 종양으로 고생을 할 땐 서슴없이 입으로 빨아내며 내조에 몸을 아끼지 않았다.

"제가 듣기로는 영웅은 주색을 좋아한다고 하던데 서방님은 술도 안 하시고 색도 멀리 하시니 제가 속으로 부끄럽습니다."

"그래요. 내가 영웅이 아닌가 보지요."

"서방님이 영웅이 아니면 그 누가 영웅이란 말씀이에요. 공연히 제가 험담 듣지 않게 해 주세요."

"내가 색을 좋아하면 그대가 질투를 할 것이며, 술을 좋아하면 그대의 일이 더 많아질 것인데도 말이요."

"장부는 마땅히 자신이 좋아하는 일을 해야지 어찌 지어미에 매여할 일을 못한단 말입니까. 잠자리를 모시는 첩이 있으면 제 일을 대신하니 기쁜 일이지 투기라니요. 그리고 지아비를 위하여 일이 많은 것은 처의 영광입니다."

"보살이 따로 없구려."

문노는 흐뭇한 표정으로 윤궁을 바라보았다. 전에는 고지식하고 빈틈이 없었으나 윤궁을 만난 후부터는 푸근하고 온화한 성품으로 변해갔다. 때로는 옛날의 기상이 없어졌다고 빈축을 사는 일도 있었다. 그러면 문노는 허허 웃으며 지난날 세종전군이 미실 궁주의 말에 꼼짝 못하는 것을 보고 못마땅하게 여겼는데 내 이제 겪고 보니 알겠다고 했다. 그리고 그대 또한 당하면 다 알게 될 거라며 웃어넘겼다.

흥륜사 혜량법사가 입적했다. 고구려에서 망명해 불사를 크게 부흥

시킨 법사는 지소태후를 비롯해 진흥제 사도태후까지 불교에 귀의시켰다. 귀하고 천한 것을 신분이나 재물의 과다로 따지는 것을 속물로 여겨 배척했으며, 타인과 미물을 귀하게 여길 줄 아는 것이 진정한 불자의 삶임을 강조했다. 신분의 차별을 두지 않아 귀족들에게는 비난도 샀지만 상민들에게는 추앙을 받았다. 부처님의 가르침을 깨닫는 것이 진정으로 귀하게 되는 것이며, 가르침을 깨달으려면 모든 미물 밑에 자신을 두어야 한다고 했다. 그러면 세상에 나보다 귀하지 않은 게 없다. 그런 위치에서는 다툴 일도 없고 갈등도 적어져 평안과 행복을 누릴 수 있다는 설법이었다. 감사함에는 작은 일도 지나치지 말고, 감내함에는 큰일이라도 포기하지 말기를 설파했다. 하지만 끝없이 불공을 닦지 않으면 쉬운 일이 아니므로 힘써 불심을 키우길 당부했다.

소싯적부터 인연이 있던 윤궁은 종종 찾아뵙곤 했다. 몇 달 전 찾아 뵈었을 때 많이 쇠잔해지긴 했지만 그것이 마지막 모습이 될 줄은 몰랐다. 생각해 보니 법사는 자신의 임종이 가까웠음을 알고 있었던 것 같다.

"어서 오시오, 보살님. 요즘 안팎으로 많이 바쁘시다구요."

"예, 법사님. 부처님 은공으로 광영을 입어 그리되었습니다. 기력이 예전만 못해 보이십니다."

"그래도 숟가락 들 힘은 있습니다. 그래봤자 얼마 못가 아주 놓게 되겠지만요."

"무슨 말씀이세요. 어서 쾌차하시어 더 많은 중생들에게 가르침을 주셔야지요."

"오고가는 것이야 어디 마음대로 되나요. 이 세상과의 인연이 다 되었으면 또 다른 세상과 인연이 닿겠지요. 상대등 어른이 생전에 저를 많이 원망하셨는데 이제는 원을 푸셨겠지요."

"아버님이 저 때문에 속을 많이 끓이시면서 공연히 법사님께 투정을 부리셨나봅니다. 제가 법사님 뵙기에 얼마나 송구스럽던지요."

"사실 상대등 어른이 마음 아파하시며 제게 야속해 하실 땐 난처했죠. 서로 있는 곳은 같은데 바라보고 있는 곳이 달라 오해가 생긴 것 같아요. 저는 늘 낮고 넓은 곳을 보는데, 상대등 어른은 좁고 높은 데만 바라보시는 것 같았어요. 참으로 안타까웠는데 그래도 이제 상대등 어른 만나도 큰소리 칠만 하게 되지 않았습니까."

"예? 큰소릴 치시다니요."

"상대등 어른이 저를 원망하신 건 제가 어린 보살님께 만인으로부터 칭송을 받을 상이란 말을 해서 아닙니까. 그 말을 황후나 태후가 된다는 말로 받아들이신 모양입니다. 그런데 번번이 빗나가니까 실망이 크셨겠지요. 하지만 지금 보살님께서는 화주로서 황후나 태후보다 더 칭송을 받고 계시지 않습니까."

"제가요?"

"모르셨습니까. 탁발 나갔다가 온 스님들이 서라벌에 널리 퍼진 얘기를 하곤 하는데 그 중에 문노 화랑과 윤궁 화주에 대한 얘기가 많더라구요."

"무슨 얘기가…"

"남편을 얻으려면 문 화랑 같아야 하고, 아내를 얻으려면 김 화주 같아야 한다는 거죠. 그 소문이 퍼져 이제는 아들은 문 화랑처럼 기르고 딸은 김 화주처럼 기르라는 말도 같이 퍼진다는군요."

"설마요."

윤궁은 얼굴이 화끈거려 몸 둘 바를 몰랐다.

"저승길 받아논 늙은이가 없는 소리 하겠습니까. 그러니 상대등 어른 만나 큰소리치겠다는 것이지요. 하긴 제가 그렇게 만들어 드린 게 아니라 화주께서 그런 인품을 타고 나신 것이니 큰소리 칠 일은 아니군요. 모쪼록 그 소문대로 만인의 귀감이 되시고 오래오래 홍복을 누리세요."

법사는 엷은 미소를 띠며 눈을 감았다 떴다. 법사가 힘에 부친듯하여 다시 뵙겠다며 하직 인사를 하고 승방을 나왔는데 그것이 마지막이었다.

문노와 윤궁은 다비식이 행해지는 흥륜사로 발걸음을 놓았다. 넓은 절 마당은 인산인해를 이루었다. 제단은 연꽃잎 모양의 종이를 연속으로 겹겹이 붙인 대형 연꽃송이 안에 모셔져 있었다. 스님들이 불경을 외우며 제단을 감싼 대형 연꽃송이를 돌았다. 스님들과 너댓 보 밖을 많은 신도들이 둥글게 에워쌌다. 문노 내외도 신도들 틈에 끼어 합장을 하고 스님들의 독경을 경청했다. 내외를 알아본 낭두와 유화들이 연신 공손히 인사를 하고 물러났다. 그때마다 내외도 공손히 허리 숙여 인사를 받았다. 여기저기서 수군거리는 소리가 들렸다.

'저분들이 소문으로만 듣던 문노 화랑과 윤궁 화주래.'

'듣던 대로 정말 중후하고 자애로운 인상이다.'

'인상만 그런 게 아니라 실제 두 사람 다 그렇게 후덕할 수가 없다네.'

'오죽하면 남편으로는 문노만한 인물이 없고, 아내로는 윤궁만한 인

286

물이 없다고 하겠어.'

'천하의 미실도 문공이라면 고개를 숙인다며?'

'화주도 태후마마나 황후마마가 깍듯이 대한다는구먼. 그런데도 그
렇게 겸손할 수가 없다네.'

문노와 윤궁은 수군거림을 귀로 흘리며 마주보고 엷은 미소를 지
었다.

"불 들어갑니다!"

스님이 외친 후 제단에 불을 당겼다. 대형 연꽃은 탐스런 불꽃으로
피어올랐다. 너울거리는 불길을 타고 법사가 오르고 아버지 거칠부가
오른다. 불길을 한참 지켜보던 윤궁은 눈을 감았다. 감은 눈 밑으로
눈물이 하염없이 흘렀다. 모인 군중들도 눈물을 흘리거나 불경을 외느
라 여념이 없어 굳이 부끄러울 것도 눈물을 닦을 필요도 없었다.

"나무아미타불 관세음보살!"

군중들과 함께 문노도 합장한 채 열심히 허리를 숙였다 펴곤 했다.
이 많은 군중이 한결같이 추앙하는 법사의 힘이 보였다. 진흥제는 물
론 지소태후 사도태후까지 내로라하는 권력가들에게서 무기를 내려놓
게 하고 야망을 버리게 한 힘도 느껴졌다. 오래전 고구려정벌에 나섰
을 때 밀물처럼 달려오는 적국의 군사들 앞에 담담히 서서 목탁을 두
드리던 법사의 의연한 모습도 떠올랐다. 죽음도 불사하면서까지 조국
고구려를 버리고 신라를 선택하게 한 것이 무엇일까. 분명 명예도 권력
도 아닌 것 같은데 무엇일까. 온 신라 땅을 불국정토로 만든 그 힘이
무얼까. 그것이 무엇인지는 몰라도 어떤 검술과 지략으로도 할 수 없
는 일인 것은 분명하다. 풀 한 포기 벨 수 없는 목탁 하나만 든 스님이

창검을 든 장수를 압도하고, 헐렁한 승복이 무장한 군복보다 강해보였다. 구국이란 미명 아래 수많은 살상을 해온 문노는 그간 부지불식간에 가지고 있던 영웅심이 부끄럽게 여겨졌다. 나무아미타불 관세음보살을 뇌이며 자신의 칼과 화살에 숨져간 사람들의 명복을 빌고 또 빌었다.

거대한 불길의 몸집이 줄어들면서 신도들과 비구니들도 독경을 외는 스님 바깥으로 원을 그리며 같이 돌았다. 비구니 중에 사도태상태후가 손에 염주를 들고 합장한 채 돌고 있는 것을 윤궁은 한참 후에야 알았다. 제단을 돌고 있는 신도와 비구니 밖으로 에워싼 군중 앞줄에 평복을 한 미실이 설원랑과 함께 묵도를 하고 있는 것을 발견한 것은 불길이 조금 더 잦아들어서였다. 뭇 사내들을 휘어잡던 요염한 모습은 어디에도 없다. 저런 수더분한 아낙이 어찌 그리 권력의 화신이 될 수 있었는지 윤궁은 상상이 안 되었다. 어릴 때부터 불심을 닦아온 윤궁은 감사한 마음에 연신 허리를 굽혔다 펴며 나무관세음보살을 외웠다.

태상태후나 미실을 불도로 이끌어주시지 않았다면 지금쯤 남편 문노와 적대시 하고 지낼 것이다. 양쪽 중 누군가 쓰러질 때까지 계략과 암투가 끊이지 않을 것이다. 합장을 하고 묵도에 잠겨있는 세 사람은 예전의 그 사람들이 아니다. 윤궁은 감읍한 마음에 또다시 눈물이 흘렀다. 미실이나 태상태후와 눈이 마주치면 묵도에 방해가 될 것 같아 문노를 조용히 잡아끌어 자리를 빠져나왔다.